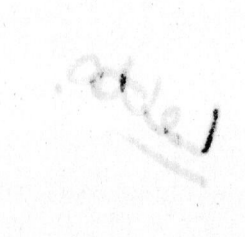

Einaudi. Stile Libero Big

Dello stesso autore nel catalogo Einaudi

Serie del commissario Ricciardi

Il senso del dolore
La condanna del sangue
Il posto di ognuno
Il giorno dei morti
Per mano mia
Vipera
In fondo al tuo cuore
Anime di vetro
Serenata senza nome
Rondini d'inverno
Il purgatorio dell'angelo
Il pianto dell'alba

Serie dei Bastardi di Pizzofalcone
Il metodo del Coccodrillo
I Bastardi di Pizzofalcone
Buio
Gelo
Cuccioli
Pane
Souvenir
Vuoto

Racconti
Vita quotidiana dei Bastardi di Pizzofalcone
Giochi criminali (con G. De Cataldo, D. De Silva e C. Lucarelli)

Maurizio de Giovanni
Nozze
per i Bastardi di Pizzofalcone

Einaudi

© 2019 Giulio Einaudi editore s.p.a., Torino
Pubblicato in accordo con The Italian Literary Agency, Milano
www.einaudi.it
ISBN 978-88-06-23720-2

Nozze

*A Francesco Pinto.
Con immensa gratitudine.*

I.

Che poi, un matrimonio in febbraio.
Ma pensi che la gente sia scema?
Sí, l'ho sentita la storia che sei andata dicendo in giro, che banalità i matrimoni a maggio o a giugno, quando si sposano tutti, che palle. Che poi ti ritrovi dovunque con altre coppie, valigie firmate nuove di zecca e camicie a fiori, all'aeroporto alle sei di mattina. Io, hai detto, voglio andare al mare quando gli altri hanno i cappotti addosso. Dall'altra parte del mondo, in mano un drink con l'ombrellino, al sole, a pensare a voi che lavorate tremando dal freddo o sotto la pioggia.
Perciò febbraio, hai detto. E ti sei messa a ridere con quella risata che dice io, vedete, io sono la padrona del mondo. Quindi febbraio, cosí mi sposo solo io e nessuno a farmi ombra. Come se mai qualcuno fosse riuscito a farti ombra, su quel piedistallo dove sei stata collocata dalla nascita.
Come se ti mancassero i soldi o il tempo per farti la vacanza che vuoi tu, esattamente quando vuoi tu.
Be', ti dò una notizia: nessuno ci ha creduto, a questa fesseria del matrimonio fuori stagione per la vacanza al mare. Per il sole d'inverno. Per l'abbronzatura controtempo.
Che tu il matrimonio non l'abbia preso sul serio è evidente.
Perché, mia cara, il matrimonio non è una sciocchezza, sai. Il matrimonio non è l'occasione per una vacanza.
Il matrimonio è una cosa importante. Anzi, ti dirò di piú: in fatto di relazioni umane è la cosa piú importante che esista.

E minimizzarne il valore, riducendolo a una festa con annesso viaggio di piacere, è una dimostrazione di superficialità che dà fastidio. Molto fastidio.

Perché, sai, c'è chi ci crede al matrimonio. Chi dà peso a questa promessa, che almeno nelle intenzioni durerà tutta la vita.

Per questo ci si sposa. Perché si è convinti, magari sbagliando, non dico di no, di aver trovato la persona con la quale si vorrebbe invecchiare dopo aver navigato nel mare calmo o in tempesta, dopo averne passate tante, dopo aver affrontato le difficoltà. Dopo aver costruito i ricordi.

Perché vedi, tu che invece hai pensato ad andare in chissà quale isola dall'altra parte del mondo a sentire musica strana su una spiaggia finta, il matrimonio è una salita ripida, come la vita. Che si deve percorrere in due.

Tu invece lo hai visto come una tappa sociale piú o meno obbligatoria, una fase per diventare la signora ricca e annoiata che volevi diventare. Un atto dovuto, come si dice: un aspetto necessario nella costruzione di te stessa. Quindi hai individuato il soggetto, hai preparato il terreno, hai pianificato quello che c'era da pianificare. Il matrimonio per te era una conseguenza, non una causa.

Solo che hai scelto la persona sbagliata.

Non che tu non fossi cosciente di questo. Nulla ti è stato nascosto, nulla era celato. Tutto chiaro. Quindi la scelta è stata consapevole. Ciò non toglie che sia stata sbagliata.

Un matrimonio a febbraio. Che assurdità.

È cosí che succede, quando si sbagliano le scelte. Si va incontro a conseguenze complicate da valutare. Ci si espone a chissà quali problemi di difficile risoluzione.

Hai sbagliato a scegliere, tutto qua.

È per questo che sei morta.

II.

L'agente scelto Aragona Marco, in fiero e brillante servizio presso il commissariato di Pizzofalcone, sbucò da uno degli ascensori che davano nella hall dell'hotel *Mediterraneo* andando ottimisticamente incontro alla mattinata che lo attendeva.

Le informazioni in suo possesso in merito al clima lo avevano convinto a optare per un look meno aggressivo del solito, con sporadiche concessioni all'eleganza che gli era propria. Gli risultava che ci fosse sí un bel sole, ma che l'aria fosse frizzante per un venticello del Nord che teneva il cielo sgombro ma che poteva portare alla sua preziosa testa fastidiose nevralgie. Aveva pertanto deciso di accoppiare al piumino viola metallizzato, che era il suo orgoglio, un cappellino verde pisello che lo aveva chiamato a gran voce dalla vetrina di un rinomato negozio del centro. L'effetto cromatico, tenuto conto degli immancabili occhiali azzurrati modello poliziotto di Miami, era spettacolare. Lo specchio della suite dove risiedeva lo aveva gratificato, al termine delle numerose prove sostenute prima di uscire in sensibile ritardo.

Fu perciò in netta controtendenza – rispetto al fino ad allora piacevole inizio di giornata – il tossicchiare perfido con il quale Alfonso, il portiere, richiamò la sua attenzione.

Aragona aveva un ottimo rapporto col personale dell'albergo. Teneva una certa distanza, come competeva alla riservatezza di un funzionario di polizia impegnato in importantissime e in gran parte segrete indagini, ma talvolta benevolmente concedeva confidenza. Erano ragazzi simpatici, nella generalità dei casi.

Peraltro il consolidarsi del rapporto con Irina, la cameriera con la quale era ormai a tutti gli effetti fidanzato e che riteneva senza alcun dubbio la donna piú bella dell'universo conosciuto, lo aveva portato a ridurre le distanze a cui il suo rango lo avrebbe obbligato. Si era perfino ritrovato a frequentare un paio di assistenti di cucina e di garzoni, amici della ragazza, in alcune festicciole private, e doveva ammettere di aver scoperto che in fondo, e come non avrebbe mai immaginato, senza la divisa e al di fuori dell'ambiente di lavoro si trattava di giovani normali. Alcuni erano addirittura laureati.

Irina, però, adesso era a casa propria, nel Montenegro, per una meritata vacanza, e cosí Aragona aveva diradato quegli incontri. Per la verità, il periodo era stranamente solitario per l'agente scelto, di norma molto incline a un'intensa vita sociale.

C'era freddezza coi genitori, ed era comprensibile dopo la sua decisione di non ascoltare l'invito paterno a cautelare un socio in affari che si era rivelato un imprenditore con troppe ombre nel comparto dell'acquisizione della merce. Grazie all'azione di Marco era saltato fuori un traffico illecito che coinvolgeva l'uomo, adesso indagato dalla procura con buone probabilità di essere sbattuto in galera da un istante all'altro. Michele Aragona non gliel'aveva perdonata, e quando per le feste di Natale il poliziotto era tornato in famiglia non si era fatto vedere, facendogli sapere attraverso la madre che la sua presenza non era piú gradita.

La donna aveva cercato di rassicurare Marco: al padre sarebbe passata, c'era solo da aspettare. Ci avrebbe pensato lei, pian piano, a fargli capire le ragioni del figlio, questione di tempo. Adesso, però, era meglio assecondarlo.

Aragona aveva perciò trascorso i giorni di festa nell'albergo di lusso dove risiedeva, fingendo coi colleghi di essere rientrato a casa. Non gli era dispiaciuto, aveva fatto spese ed era stato con Irina nei momenti in cui era libera dal lavoro; ma l'astio del padre gli dava inquietudine, anche perché non gli sfuggiva che il tenore di vita che riusciva a mantenere era perlopiú dovuto ai sostanziosi bonifici che la madre gli indirizzava: se Michele avesse scoperto la cosa, e tagliato il flusso?

Quando ci rifletteva, risolveva il pessimistico presagio con una scrollata di spalle. La madre avrebbe trovato il modo di ricominciare ad approvvigionarlo, con un adeguato by-pass. Ce l'aveva sempre fatta, ce l'avrebbe fatta ancora.

Sugli altri fronti le cose andavano benissimo. I fantasmi della chiusura si erano quasi del tutto diradati per il commissariato, grazie a una sequenza di successi professionali che Aragona in gran parte ascriveva a sé, pur dovendo ammettere che la squadra di cui faceva parte era di ottimo livello. Eppure era una compagine raccogliticcia, composta dai rifiuti degli altri nuclei della città. Tutti poliziotti dei quali si poteva fare a meno, che avrebbero dovuto limitarsi a gestire la burocrazia di una struttura da liquidare a causa delle malversazioni di quanti li avevano preceduti.

Invece quel marchio di infamia, i Bastardi di Pizzofalcone, era diventato una formidabile garanzia di infallibilità, e la diffidenza degli altri si era trasformata presto in livida invidia. La cosa dava un gran gusto ad Aragona, detto (solo da lui stesso, ma questo era un trascurabile dettaglio) Serpico, il piú astuto dei poliziotti.

Fermò un elastico passo a metà, sollevò un sopracciglio all'indirizzo di Alfonso (inutilmente, essendo quel lato del

volto compresso fra l'orlo del cappellino e la lente azzurrata), infastidito dal richiamo nel bel mezzo di un'attività mentale dalla quale – come l'uomo avrebbe dovuto intendere, evitando di interromperla – dipendeva la sicurezza di una significativa porzione della città.
– Ce l'hai con me, Alfo'? Vuoi qualcosa?
Contrariamente a Peppino, il portiere di notte avido di mance ma comprensivo e gentile, Alfonso ad Aragona non piaceva. Era sussiegoso, con un finto sorriso che non corrispondeva agli occhietti inespressivi.
– Dottore, potrebbe per cortesia attendere un attimo? Il direttore vorrebbe parlarle.
Aragona diede un rapido sguardo all'orologio.
– Veramente sono in ritardo, quelli al commissariato senza di me non combinano niente e...
L'uomo assunse un'aria addolorata.
– E però dovrebbe davvero farmi la cortesia di attendere un attimo, dottore. Si tratta di un'urgenza, ha detto il direttore. Sarà questione di un secondo.
Aragona sbuffò.
– E vabbe', allora chiamalo, 'sto direttore. Facciamo presto, però. Non ho tempo da perdere.
Incassata la cortese risposta, Alfonso bisbigliò qualcosa alla cornetta del telefono interno. Dopo qualche minuto, in cui l'agente scelto manifestò la propria crescente scocciatura, arrivò il direttore.
Dall'andatura contrita, Aragona capí subito, grazie al suo leggendario intuito, che quella non sarebbe stata una bella giornata.

III.

Costanza Giaquinto aveva ottantanove anni, ma appena si affacciava alla sua finestra sul mare si sentiva come quando eludeva la sorveglianza della madre e si sedeva sul davanzale, le gambe penzoloni sull'acqua torbida, a fantasticare su cosa ci fosse sotto la superficie.

Aveva trascorso la vita intera in quella casa. La guerra, i bombardamenti, la ricostruzione. La cementificazione della collina, i «viceré» e gli affaristi, delinquenti e palazzinari che andavano sostituendo gli aristocratici decadenti e alla fine decaduti: generazioni di nuovi ricchi che rediventavano poveri avevano pensato di poter abitare nell'enorme, antichissimo palazzo edificato nel Seicento, mai ultimato e mai diroccato pur avendo l'aspetto di entrambe le condizioni. Un dedalo senza senso e bellissimo, divenuto nel tempo simile a un piccolo promontorio naturale, un dito di città sull'azzurro del golfo.

Costanza aveva visto passare tutti e prima o poi andarsene tutti, compreso il marito che lí non era mai stato a suo agio, cosí vicino all'acqua, lui che veniva dall'altra collina, quella che sino agli anni Cinquanta era fatta di frasche e insalata. Diceva che la salsedine doveva per forza far male, alla lunga. Che come corrodeva ferro e legno di finestre e porte, avrebbe finito per corrodergli il corpo.

Magari era stato come diceva lui, rifletté Costanza guardando le piccole onde di febbraio luccicare nel sole del pomeriggio. Magari lei che ci era nata era corazzata, non avrebbe saputo vivere in nessun altro posto. Magari era per questo che non avevano avuto figli, appartenevano a specie non compatibili. Magari era per questo che lui era morto, tanti anni prima.

Costanza non aveva mai ipotizzato di andare via da là. La sua finestra sul mare era anche la finestra sulla sua esistenza. I ricordi galleggiavano sull'acqua, tornando confusi, alterando la linea del tempo e proponendo l'infanzia dopo la maturità e prima dell'adolescenza, in un mulinello torbido simile alla corrente che proveniva dall'antro dell'antico approdo delle barche a sinistra e andava verso la spiaggetta privata a destra. Si sentiva parte di quel tufo, ora che erano morti tutti, amici, parenti. Era rimasto il palazzo coi suoi fantasmi, quelli raccontati dalle leggende che i turisti spiavano dal cortile e quelli privati, le cui voci risuonavano nella testa e nel cuore.

Non aveva bisogno di compagnia, Costanza. Due o tre amiche erano ancora vive, ma non le piaceva stare con loro. Troppo livore. Troppa rabbia per la vita trascorsa, per i nipoti che non andavano a trovarle, per un mondo che non comprendevano più e che non faceva caso a loro. La routine dei vicini circoli nautici, le infinite partite a carte, i buffet ammuffiti non le procuravano nemmeno più orrore: le sembravano spoglie decomposte di un passato sbiadito e inutile, che forse non era mai stato vero.

Se ne restava con la badante, una donna grassa e gentile originaria di un paese dell'oceano Indiano. Si aggiravano nelle stanze, l'una tenendo conto dell'altra con rispetto e in silenzio, affinché ogni cosa andasse per il verso giusto. Alla sua morte, Costanza intendeva donare la casa proprio a Nilika. Non aveva altri, e non sapeva immaginare quelle mura destinate a una qualche attività di beneficenza. La memoria dei figli mai avuti, dei nipoti mai nati sarebbe scomparsa con lei; e allora le sembrava legittimo che quella silenziosa, fedele domestica, che l'ascoltava partecipe quando decideva di dare voce ai ricordi, rimanesse da proprietaria dove aveva vissuto per anni.

Non aveva intenzione di morire, però. Non per il momento. Ogni giorno la finestra le raccontava una nuova storia, ogni giorno il gioco della luce sulle onde era diverso. Le barche dei pescatori erano sempre meno, certo: ma tutti, giovani e anziani, transitando a pochi metri d'acqua la salutavano con rispetto, alzando la mano bruna ed esibendo sorrisi. La signora del palazzo era una figura cara. Magari sarebbe diventata anche lei una specie di leggenda.

Quel pomeriggio di febbraio, per esempio, era una bella storia.

L'acqua sciabordava sul muro che si immergeva sotto di lei, mormorando irregolare onde che venivano da lontano. L'aria era fresca, ma non ancora fredda come sarebbe stata di lí a poche ore, appena il sole si fosse ritirato dietro la collina. La penisola dall'altra parte del golfo era rosa e bruna, e il castello pareva di poterlo toccare.

Per inusuale che fosse, la città non urlava. Sussurrava piuttosto, senza sirene che squarciassero l'aria o trombe infuriate. Vinceva il mare, con i suoi mulinelli incomprensibili e le navi da crociera che lasciavano il porto scortate da aliscafi e vele coraggiose. E il vento, immateriale e improvviso, che le sferzava il volto e le agitava i capelli candidi come una vita nuova.

Il suo pensiero andò a Paolo, il marito che non c'era piú. Non a lui come se n'era andato, straziato dalla malattia, ridotto a una povera mummia sofferente: ma a come l'aveva conosciuto, grande e forte e ribaldo, dalla risata contagiosa e invadente. Si sentí presa in braccio e baciata, e assecondò quel ricordo del corpo come fosse un ricordo della mente. La sua anima pareva trasportata indietro, proprio come le onde sotto di lei allontanavano verso il mare aperto alghe e pezzi di plastica.

Pensò a sé stessa giovane sposa. Alla gioia di quel giorno, all'inquietudine che avrebbe anticipato la passione. Pensò al passato come al futuro di quel giorno, in cui aveva percorso la navata al braccio di suo padre; e si chiese come fosse andata, alla fine. Non riuscí a darsi una risposta.

Il ricordo delle nozze era vivido e perfetto, e le sembrò quasi naturale vedere che la corrente che spingeva acqua dalla riva al largo recava una grande macchia bianca. Qualcosa di ampio e setoso, con merletti e veli.

Un abito da sposa. Che andava via, in direzione dell'isola simile a una figura di donna.

Costanza sbatté le palpebre, incredula. Era questa, la demenza senile? Era questa la malattia che l'avrebbe rinchiusa in un mondo tutto suo, dal quale non sarebbe mai piú tornata?

Prima di dare una risposta, la mente che conosceva a menadito le correnti del mare sotto il palazzo ordinò agli occhi di seguire il flusso fino a quella che ne era l'origine: la spiaggia privata a pochi metri dalla finestra, a sinistra.

E capí.

Costanza chiamò Nilika, e le disse di portarle il soprabito.

IV.

Come lo chiamavano, adesso? Un flash-mob. Ecco come lo chiamavano.

A Lojacono sovvenne finalmente il nome di quell'evento itinerante, improvviso, che veniva fatto per pubblicizzare qualcosa, per celebrare qualcuno. Cantanti, attori, ballerini che si riunivano per strada, in una piazza, in un centro commerciale e cominciavano a cantare, a suonare o a ballare attirando la sorridente o l'infastidita attenzione dei passanti.

Una cosa carina. Una festa a sorpresa, l'espressione in apparenza casuale – e invece pianificata con scrupolo – di una qualche arte collettiva, orchestrata e sinfonica.

Solo che qua, pensò, non c'è proprio niente da festeggiare. Anzi.

Se ne stava in piedi dietro uno spuntone di roccia, cercando di ripararsi dal vento freddo e dall'umidità della grotta. Di tanti posti dove in febbraio si può ammazzare qualcuno, rifletté, guarda quale sono andati a trovare. Assurdo.

Attorno e davanti a lui era in corso quella danza che gli aveva fatto venire in mente il flash-mob. Uomini in tuta bianca, la scritta «Polizia» sulle spalle, cappucci in testa e mascherine, guanti e soprascarpe, si muovevano veloci senza toccarsi come organizzati da un coreografo, quasi conoscessero benissimo l'angusto e sconnesso territorio in cui esercitavano la propria arte.

La grotta era illuminata a giorno da quattro riflettori attaccati a un generatore. La scena era resa surreale dallo sciabordio delle onde, che faceva da contrappunto al ronzio cupo del motore che produceva l'elettricità. Donne e uomini della scientifica si sussurravano incomprensibili indicazioni, che avrebbero preso corpo solo nel successivo rapporto. Comparse. Come il medico legale, come la sua collega, come i quattro poliziotti che battevano i denti dal freddo all'ingresso di quell'assurdo labirinto in forma di palazzo, come le due donne che se ne stavano ferme nell'angolo opposto al suo, due statue di marmo senza espressione. Comparse.

Perché l'attrice principale, la protagonista assoluta, la diva che faceva convergere su di sé i fasci di luce dei riflettori, attorno alla quale si svolgeva la danza silenziosa del flashmob e al cui cospetto, senza un motivo apparente, nessuno parlava a voce alta, se ne stava adagiata sulle levigate rocce di tufo, stesa sul ventre, un braccio lungo il fianco e un altro proteso verso la scura massa d'acqua, quasi a indicare qualcosa.

L'attrice principale, la protagonista assoluta, la diva non avrebbe però pronunciato alcuna battuta. Dalla sua bocca non sarebbe venuta fuori una parola, un motto che avrebbe dato inizio a una conversazione o – fosse stato un musical – a una canzone. Perché l'attrice principale era morta.

Lojacono attendeva, paziente. L'esperienza e la lunga militanza non gli avevano tolto di dosso il senso di tristezza, di malinconia e di spreco che provava ogni volta che si trovava davanti alla scena di un omicidio. Quella schiena livida, quelle gambe slanciate, quel corpo che sembrava di cera erano stati una donna bellissima, una giovane che aveva ancora tanto da vivere.

La vittima era nuda. Non erano visibili segni di colluttazione e l'ispettore non vedeva ferite sul corpo. Il medico legale, uno sbuffante quarantenne corpulento, si aggirava mormorando intorno al cadavere, accovacciandosi e rialzandosi con difficoltà.

Per la decima volta in poco piú di un quarto d'ora, la collega avvicinò Lojacono.

– Ma quanto cazzo ci mette, si può sapere? Perché non sollecitiamo?

L'accento piemontese della donna emergeva ancora piú evidente se, come in quel caso, tratteneva la rabbia. Lojacono rifletté sul fatto che la vicecommissaria Martini Elsa, il piú recente acquisto del commissariato di Pizzofalcone, tratteneva spesso la rabbia. Anzi, la tratteneva sempre. Non lo faceva soltanto quando quella rabbia, appunto, esplodeva.

Lui era l'esatto contrario. Imponente, atletico, asciutto. Gli zigomi alti e gli occhi a mandorla gli conferivano un aspetto orientale piú che consono alla manifestazione di una perenne calma olimpica. Senza spostare lo sguardo dalla vittima, sussurrò:

– Arriverà quando arriverà. A quest'ora c'è molto traffico e per venire qua c'è una sola strada. Tanto la nostra amica, qui, non ha certo fretta. Ti pare?

La Martini sbuffò. Il cappello di lana scuro le arrivava fin quasi sugli occhi. Indossava un soprabito sformato nelle cui tasche teneva affondate le mani, i jeans e degli anfibi. Nulla di femminile, eppure sembrava un'indossatrice su una passerella.

– Niente. Una città in cui non funziona niente. I mezzi pubblici, le strade, la gente, il traffico, i parcheggi. Maledizione.

Lojacono si strinse nelle spalle.

– In effetti. C'è da chiedersi come mai sei finita qui, se il posto ti fa cosí schifo. Potevi restare dalle tue parti, dove tutto funziona cosí bene, no?

La Martini accusò il colpo.
– E tu, Lojacono? Nemmeno tu mi sembri cosí felice di essere qui, no? Quindi non venirmi a fare prediche, per cortesia.

L'ispettore distolse lo sguardo dal cadavere e lo fissò negli occhi verdi della donna.

– Io? Io sono qui perché mi ci hanno mandato, Martini. E col passare del tempo ho smesso di combatterci, contro questa città. Mi sono prima rassegnato, un po' alla volta mi sono guardato attorno e adesso, credo sia la prima volta che l'ammetto, ci sto perfino bene. Ti consiglio di fare altrettanto, anche perché, a quanto mi risulta, sei stata tu a scegliere di lavorare qui. O sbaglio?

L'espressione di Elsa fu quella di una donna schiaffeggiata. Le narici le si allargarono, si morse il labbro inferiore.

– Sono cazzi miei, Lojacono. Tienilo ben presente, capito?

– Sí? Perché, altrimenti che fai? Mi fa rapporto, signora maestra?

Prima che Elsa potesse trovare una risposta tagliente, entrò finalmente in scena la Pm, trafelata, per dar luogo alle indagini.

V.

L'orario di lavoro si era ormai concluso, nel commissariato di Pizzofalcone; e come al solito, sembrava che nessuno se ne fosse accorto.

Era una caratteristica che Gigi Palma – il dirigente designato a traghettare la struttura verso una malinconica e infamante chiusura, poi addirittura promosso vicequestore per i successi ottenuti con quella squadra di sbandati – aveva rilevato fin dall'inizio con una certa sorpresa.

Perché le risorse a sua disposizione, come pomposamente avevano detto in questura nel cercare di convincerlo ad accettare l'incarico, dovevano essere poliziotti scadenti e molto poco motivati; gente di basso valore professionale, incline a fregarsene del lavoro e pronta a scattare verso casa un minuto prima e mai un minuto dopo.

Invece, per una strana congiunzione astrale che non avrebbe saputo spiegare, nemmeno ora che conosceva nel profondo quasi tutti i suoi ragazzi e le loro curiose storie, fin dal principio si erano rivelati degli stacanovisti. Sembrava che nessuno avesse mai voglia di staccarsi dalla sala agenti per tornarsene alla vita esterna.

Poi Palma aveva capito. E aveva capito osservando sé stesso, una notte di primavera in cui dalla finestra aperta del suo ufficio saliva un'aria dolcissima insieme alla cacofonia del vicolo sottostante. Il motivo era semplice e chiaro: stavano tutti meglio dentro che fuori.

Uscí dalla sua stanza fregandosi le mani.
– Be', ragazzi, direi che l'inverno resiste alla primavera. E d'altra parte è ancora febbraio, no? Notizie da Martini e Lojacono?

Ottavia Calabrese sollevò gli occhi dallo schermo del computer e gli lanciò uno sguardo sfuggente. Da quando, qualche mese prima, avevano dato concretezza all'attrazione che c'era stata fin dall'inizio, si erano promessi di stare ben attenti a non manifestare segni davanti agli altri. Il risultato era stato un'apparente scontrosità immotivata, che aveva avuto l'unico effetto di rendere chiarissimo a tutti che tra il capo e Mammina c'era qualcosa di forte in corso.

– No, ancora niente. La Piras pare che sia bloccata nel traffico e finché non arriva lei il medico non si sbottona. È una donna nuda, c'è del sangue a terra davanti al corpo. Il vestito l'hanno recuperato dall'acqua, la scientifica è sul posto. Non sappiamo altro. Io sono in contatto telefonico costante con Lojacono, comunque.

Francesco Romano, dalla sua scrivania, ridacchiò beffardo. Come al solito, anche in pieno inverno teneva le maniche della camicia arrotolate sulle braccia muscolose e il bottone slacciato sul collo taurino; un filo di barba gli velava la mascella quadrata.

– E figurati, nessuno ha pensato che parlassi con la Martini. Quella nemmeno con sé stessa dice una parola.

Alex Di Nardo scrollò il capo. Era una giovane minuta dall'aria inoffensiva, ma chi avesse creduto che lo fosse avrebbe compiuto un fatale errore.

– Però è brava. Non simpaticissima, d'accordo, ma proprio brava. Poi è operativa, sta sul pezzo, si butta nelle indagini con tutte le forze. Una di sostanza.

Ottavia fece una smorfia. Non le era simpatica, la Martini, e per due motivi. Il primo era che avrebbe sostituito il suo caro Pisanelli, destinato alla pensione dal successivo giugno e ancora convalescente per l'intervento chirurgico che aveva subito; il secondo era piú banale e difficile da ammettere: una donna cosí bella, nell'ambiente ristretto in cui lavorava l'uomo del quale si era innamorata, era difficile da sopportare.

– Be', sarà anche brava, ma ha la pistola troppo facile. Non ci scordiamo quello che ha combinato prima di arrivare da noi. E poi non la sentite anche voi precaria? Secondo me pensa di andarsene prima possibile.

Aragona si alzò di scatto. Era stato silenzioso per tutta la giornata, quasi che un pensiero lo opprimesse.

– Sarebbe una perdita grave, Mammi'. Non disprezzando te, che per la tua età ti mantieni bene, e Calamity, che se qualche volta si vestisse da femmina sembrerebbe perfino scopabile, la Martini è di una bontà indescrivibile e anche l'occhio vuole la sua parte.

Palma lo fissò disgustato.

– Arago', sempre a distinguerti per classe e galanteria, tu. Ma come ti permetti di dire queste cose? Le colleghe vanno trattate con rispetto.

– Capo, io sono un ragazzo sincero e dico le cose come stanno, le bugie pietose non fanno per me. La verità è che da quando ci sta la Rossa, qua dentro l'aria è cambiata. Guarda Hulk, si è messo perfino la cravatta. Un cesso di cravatta, ma una cravatta.

Romano aggiunse il proprio disgusto a quello di Palma.

– 'Azz', mo' il problema sarebbe la mia cravatta? E di quel cappellino che tieni in testa da stamattina, color verde vomito, vogliamo parlare?

– Punto primo, è un capo di un'eleganza che tu, buzzurro ignorante, non puoi proprio arrivare a comprendere, e costa quanto tutto quello che tieni addosso tu, mutande comprese e detratta la cravatta, che ha un valore negativo per quanto è brutta; punto secondo, lo tengo perché ho mal di testa, e se mi viene l'influenza voglio proprio vedere come va qui dentro senza di me.

Alex bofonchiò:

– Capo, se Aragona si ammala per noi valgono come giorni di ferie, vero?

L'agente si risentí.

– Fai la spiritosa, tu. Come se non si sapesse chi è che ha il vero intuito investigativo, qui dentro. Vabbe', vi lascio al vostro destino e vado a trovare il nostro amico prossimo pensionato. Un'altra opera di bene che tocca sempre a me.

Ottavia gli diede ragione.

– È vero, Marco, ti devo dare atto che sei quello che è stato piú vicino a Pisanelli nella malattia. A proposito, come sta? Non lo sento dalla settimana scorsa.

Aragona rispose mentre indossava il giubbotto viola.

– Ah, sta fin troppo bene. Piagnucola perché vuole rientrare, gli ultimi mesi li vuole fare in servizio, non vuole andare dritto in pensione dalla malattia. Io però credo che, se è vero che fisicamente sta meglio, dal punto di vista, come si dice, mentale non ha proprio recuperato del tutto.

Palma si preoccupò.

– Che vuoi dire, Arago'? Che significa, dal punto di vista mentale? Che fa, ha delle assenze, non capisce o…

– No, no, capo, anzi, rompe le palle peggio di prima, è analitico, passo per passo, lo sai, non ha certo le mie intuizioni ma è un buon poliziotto. È solo… triste, malinconico. Secondo me può diventare un depresso, come i suicidi che sono la sua fissazione, hai presente?

Romano provò pena.

– Poveretto. È vedovo da anni, il figlio lavora al Nord. Pure io al posto suo sarei terrorizzato dalla pensione.

Aragona era d'accordo con il collega.

– Esatto, Hulk, hai detto bene! La solitudine! È quello il problema di Pisanelli. Dovrebbe avere un po' di compagnia, non ti pare? Tu comunque per la pensione non temere, tanto non ci arrivi, vedrai che a forza di menare le mani prima o poi qualche malvivente ti spacca la testa.

Romano prese una spillatrice e fece per lanciargliela, ma Aragona, con un saluto leggiadro, aveva già svoltato l'angolo proprio mentre entrava la guardia Ammaturo.

– Signori, giacché state quasi tutti ancora qua, che ne dite se faccio il caffè?

Squillò il telefono.

VI.

Non avrebbero potuto essere piú diverse, la Piras e la Martini. Eppure erano simili, forti e risolute, non propense a perdersi in chiacchiere e abituate a sgomitare per farsi spazio in ambienti poco inclini all'apprezzamento della femminilità.

Una bruna, non molto alta, formosa ed elegante, gli occhi scuri e grandi in un viso dai lineamenti morbidi, la voce bassa con una gradevole inflessione sarda; l'altra dai capelli rosso scuro che spuntavano dal berretto, priva di trucco e tuttavia appariscente, come illuminata dall'interno, gli occhi verdi e il fisico asciutto e flessuoso anche senza alcuna concessione alla raffinatezza o al vezzo.

Dopo un cenno di saluto a Lojacono e nel rispetto del grado, Laura si rivolse a Elsa.

– Buonasera, Martini. C'è un traffico bestiale. Allora, che abbiamo?

Elsa non perse tempo.

– Donna, età apparente attorno ai trenta. Nuda, come vede. In un angolo hanno trovato un paio di jeans e un maglione, un reggiseno, niente slip. Sembrano riposti ordinatamente, non pare ci siano strappi. Hanno anche recuperato un vestito da sposa, che è quello che ha attirato l'attenzione della signora Giaquinto Costanza, la vecchietta là nell'angolo con l'indiana. Ha telefonato lei, l'indiana, su incarico della Giaquinto.

La Piras strinse le palpebre.
– Un vestito da sposa? Che vuol dire?
Lojacono intervenne.
– La signora abita qui sopra, ha una finestra che dà sul mare, a un metro e mezzo, massimo due d'altezza. È un palazzo strano, le abitazioni non sono omogenee. Quella della Giaquinto è l'unica cosí vicina a questo posto.
Laura si guardò intorno.
– In effetti è notevole, sí. Molto appartato, raggiungibile a piedi per un vialetto stretto che nemmeno si vede dalla strada. E dal mare, naturalmente.
Elsa disse:
– Sí, ma dal mare per arrivare qui si deve passare per forza sotto la finestra della vecchia. Che, da quanto ho capito, trascorre la vita affacciata. Ma si deve approfondire, abbiamo atteso lei per interrogarla.
L'allusione al ritardo non sfuggí alla Piras, che aggrottò le sopracciglia ma decise di soprassedere. Nel contempo volle tuttavia ristabilire le gerarchie.
– Va bene. Giacché senza di me non parla, sentiamo innanzitutto cosa ci dice il dottore.
Il medico legale si alzò sbuffando e, strofinando le mani con una salvietta, salutò deferente la Piras, che chiese:
– Allora, Di Muzio? Qualcosa di notevole?
L'uomo era cauto.
– Mah, dottore', qua si vede poco. E comunque, come può immaginare, mi riservo di farle un rapporto dettagliato dopo gli esami che…
– Sí, sí, certo. E nessuno si aspetta un referto a vista, siamo troppo esperti entrambi, no? Voglio sapere che cosa le sembra a un primo sguardo. La chimica e la biologia le rimandiamo a domani, spero, o a dopodomani, termine massimo che le concedo. Dunque?

– Direi ventisei, ventotto anni. Non ho visto abrasioni, anche le unghie sono integre e libere da residui, non ha graffiato nessuno, non ha lottato. Niente ferite recenti, a parte le escoriazioni sul seno e sul ventre per la caduta. Va da sé che non sono in grado di determinare se ha avuto rapporti sessuali, consenzienti o meno, per quello dovete pazientare.

La Piras annuí.

– L'ora presumibile della morte? E la causa?

– Tenuto conto della temperatura e dell'umidità, direi stamattina tra le dieci e mezzogiorno. Quanto alla causa, una ferita profonda all'altezza del cuore con un'arma da punta, credo un coltello.

– Un solo colpo? Frontale?

– Credo proprio di sí, ripeto, non ho visto altre ferite o segni che facciano pensare a una lotta o a qualcuno che bruscamente l'ha costretta a girarsi.

Lojacono disse, piano:

– Non c'è niente, qui. Nessun coltello che possa essere stato usato, nessuna traccia su nulla.

La Piras assentí, pensosa. Aveva l'abitudine di mordicchiarsi il labbro inferiore quando si concentrava. Lojacono lo considerava delizioso.

– Abbiamo una qualche idea sull'identità?

La Martini scrollò il capo.

– No. Niente documenti nei vestiti, niente a terra vicino al cadavere, niente all'ingresso della grotta. Nemmeno il cellulare.

– E questo... come avete detto? Un abito da sposa. Anche là niente?

Elsa fece cenno di no. Non aveva tolto le mani dalle tasche, né modificato l'espressione insolente.

– Nulla di rilevante, mi dicono i colleghi. Anche loro, però, si riservano di analizzare in laboratorio, eccetera.

La Piras aveva ascoltato senza guardare mai in faccia la Martini. Lojacono avvertí una punta di disagio.

– Va bene, – disse, – andiamo a sentire la signora.

L'anziana e la badante se ne erano rimaste in piedi, nell'angolo della grotta di fronte a dov'era il cadavere. Lojacono aveva provato a dire loro di tornare nell'appartamento: le avrebbero poi raggiunte per qualche domanda, non aveva senso restare là con quel freddo. La Giaquinto però aveva detto che preferiva attendere. Aveva trovato lei quella povera ragazza, e le sembrava giusto attendere che la portassero via.

Declinò alla Piras le proprie generalità e quelle della badante, non omettendo gli anni. Laura le chiese le circostanze del ritrovamento.

– Io passo molto tempo alla finestra, signora. Alla mia età non resta poi molto da fare, se non si gioca a burraco e non si ha sufficiente ipocrisia per frequentare gente che non si è mai sopportata. E nel tardo pomeriggio di oggi, mentre osservavo scorrere la corrente, ho visto in mare il vestito da sposa. All'inizio, credevo di essermelo immaginato.

– Perché, le capita spesso di immaginare le cose?

La domanda di Elsa suonò brusca e ironica. Costanza sbatté le palpebre, ma mantenne il tono cortese.

– Sí, mi capita. Non ho allucinazioni, se è questo che vuole sapere, ma l'immaginazione mi aiuta tanto. In quel momento stavo proprio ricordando il mio matrimonio, pensi un po'.

La Piras chiese:

– Certo è insolito veder passare una cosa del genere sotto la propria finestra, signora. E aveva per caso sentito suoni, voci...

– No, niente. Quanto alla corrente, nel pomeriggio tende a uscire e si porta via un po' di rifiuti. Sa, qua la gente non è che sia tutta civile, diciamo. Borse di plastica, bottiglie, cartacce. I resti delle merende, perfino qualche sacchetto. Che tristezza.

Elsa sbottò, infastidita:

– Sí, ma ha sentito qualcosa? È mai possibile, nemmeno un urlo, una parolaccia, dei rumori?

Costanza girò piano la testa. Appuntò sul viso della Martini uno sguardo freddo.

– Signorina, forse ha problemi di udito. La signora magistrato mi ha già fatto questa domanda e io ho risposto: no, niente. Lei ha un calo di attenzione. Ho insegnato per quarant'anni, è un disturbo abbastanza frequente. Di norma, con l'età si risolve: ma non sempre, evidentemente.

Il tono piatto con cui si era espressa non tolse potenza alla risposta. Lojacono ritenne di intervenire.

– Sa, signora, a volte qualcosa può sfuggire. Siamo in presenza di un omicidio, è un fatto molto grave, come può comprendere. La mia collega intendeva chiederle un ulteriore sforzo per ricordare se, nella mattinata di oggi, lei o la sua collaboratrice domestica avete visto o sentito nulla.

– Giovanotto, io capisco benissimo l'italiano. È una lingua complicata da imparare, ma assai chiara. E le ripeto, come ho già detto due volte, che no, non abbiamo sentito niente di insolito. Anche perché era mattina.

La badante, di volta in volta, confermava quello che diceva l'anziana assentendo vigorosa.

Lojacono chiese:

– In che senso, signora? Che vuol dire, che era mattina?

La donna scambiò uno sguardo d'intesa con Nilika, che per qualche oscuro motivo ridacchiò. Poi disse:

– Ispettore, io abito qui da quando sono nata. Questo anfratto, diciamo questo piccolo approdo, non è naturale ma è stato costruito piú di quattro secoli fa perché la signora che ha commissionato il palazzo doveva ricevere i suoi amanti in maniera riservata. Da allora l'utilizzo è rimasto lo stesso. Quasi ogni sera, le coppie vengono qui a fare l'amore. Lo so perché io stessa ho perso qui dentro la mia verginità.

Lojacono arrossí, mentre Elsa fece una smorfia beffarda pensando a quanti anni prima quella mummia aveva fatto sesso lí dentro.

La Piras domandò, gentile:

– Quindi lei pensa che quella ragazza fosse qui con un partner per fare l'amore? E se posso chiedere, anche se immagino che in queste condizioni non sia facilmente riconoscibile, è certa di non averla mai vista? Che so, potrebbe essere una vicina di casa, una commerciante dei dintorni, o…

– Signora, io non posso sapere perché fosse qui quella poveretta. E no, non l'ho mai vista. Una ragazza cosí bella non passerebbe inosservata, e da queste parti ci conosciamo tutti. Posso dirle, e appunto le dico, che non c'è stato alcun rumore, e comunque di mattina fra il traffico, le voci di chi esce di casa, i bambini e i negozi che aprono non avremmo potuto udire due che fanno l'amore. Se lo hanno fatto normalmente, cioè. A volte si sentono certe urla, sa. Io per esempio, ai miei tempi, ero un'urlatrice…

La Piras ed Elsa si guardarono sorprese. Lojacono non poté fare a meno di tossire.

VII.

Ottavia si chiese se l'avrebbe fatto comunque.

In coscienza poteva dire che la sua applicazione lavorativa era sempre stata massima; un mestiere come quello non si fa senza una profonda passione. Lei poi, con una laurea conseguita a fatica quando già lavorava e una competenza informatica che continuava ad aggiornare con costanza, avrebbe potuto cercarsi un impiego molto piú remunerativo e gratificante, oltre che meno oneroso. Ma lei aveva sempre voluto una sola cosa, fin da bambina, mentre le coetanee vestivano bambole e infornavano biscottini: essere una poliziotta.

Non che fosse stato facile. Per una donna, d'altronde, non lo era mai. Specie se era anche madre, e soprattutto se il figlio viveva rinchiuso in un mondo senza porte o finestre, dal quale emetteva senza sosta un ottuso, sordo richiamo: mamma, mamma, mamma.

Riccardo aveva ormai quattordici anni. Figli piccoli, problemi piccoli, diceva con un sospiro Gaetano, il marito: non completava mai la frase, lasciando agli altri la parte finale e le relative considerazioni, ma la realtà era che il loro unico figlio era stato un problema enorme fin dall'inizio e adesso, se possibile, lo era ancor di piú. Andava verso la piena maturità sessuale, e all'interno dei lunghi momenti di assenza si incastonavano crisi in cui la forza di quel giovane corpo esplodeva con violenza. Una preoccupazione ulteriore, oltre a quella del futuro. Oltre a quella del fantasma di un istituto in cui Riccardo avrebbe trascorso i suoi giorni quando i genitori non ci sarebbero stati piú.

Scacciò bruscamente il pensiero. Sapeva bene dove l'avrebbe portata il loop generato da quell'assillo, con gli scrupoli e i rimorsi, col dolore della consapevolezza di essere, secondo quanto le era stato insegnato e per i valori che credeva di aver radicato in sé, una persona diversa da quella che avrebbe dovuto.

Si chiese invece, e di nuovo, se avrebbe comunque, appena ricevuta la notizia del ritrovamento del cadavere nella grotta sul mare, chiamato subito a casa per avvertire che non sarebbe rientrata. Che c'era un caso di omicidio, che si ignorava l'identità della vittima e che di conseguenza tutti avrebbero dovuto prestare la propria opera oltre l'orario previsto.

Non sapeva cosa Gaetano, il marito, pensasse in realtà della rinnovata dedizione al lavoro che da qualche tempo dimostrava. Era un ingegnere, un uomo razionale, e il ragionamento che lei gli aveva proposto filava eccome: l'opportunità che il commissariato restasse aperto, coi vantaggi logistici che le portava in termini di vicinanza a casa, di presenza di trasporti pubblici convenienti, di turni quasi sempre gestibili con elasticità; la ritrovata dignità professionale, perduta con la storia degli originari «bastardi di Pizzofalcone» con la b minuscola, i colleghi infedeli che avevano commerciato la droga sequestrata sotto il naso di lei e di Giorgio Pisanelli, approfittando della distrazione di entrambi per la malattia e la morte della moglie dell'uno e per la condizione del figlio dell'altra; la bella, strana coesione che si era andata formando coi nuovi colleghi, paria e reietti come lei e tuttavia validi e simpatici. Le sembrava che Gaetano fosse addirittura sollevato dal suo buonumore e che non se ne domandasse la recondita ragione.

La cosa acuiva il suo senso di colpa. Per la menzogna, certo: ma anche per aver deciso di sentirsi ancora donna, e non solo la sfortunata moglie dello sfortunato uomo che aveva procreato uno sfortunato bambino che, sfortunatamente, non poteva guarire e che con ogni probabilità avrebbe vissuto molto piú di loro.

Nel dragare sullo schermo del computer le denunce di scomparsa relative a donne che potevano assomigliare a quella ritrovata sulla spiaggetta, Ottavia immaginò di parlare al volto grigiastro e privo di espressione che, a occhi socchiusi, la fissava dalla foto che Lojacono le aveva mandato. L'invio era abusivo, perché le fotografie del cadavere rientravano nelle prerogative della scientifica: ma l'ispettore sapeva di poter contare sulla velocità della Calabrese. Le prime quarantott'ore erano cruciali per le indagini.

Chissà chi eri, disse tra sé Ottavia alla ragazza morta, mentre sul monitor scorrevano donne di tutte le età, ritratte in spiaggia o in montagna, a feste di compleanno o coi capelli al vento, sulle giostre o davanti a un boccale di birra. Chissà cosa ti ha portato dove ti abbiamo trovata, se eri là per amore o per forza, per gioia o per dolore.

Chissà come ti sei sentita, se hai compreso che quello era il tuo ultimo giorno. Se per un attimo, mentre perdevi coscienza e partivi per il posto dove sei adesso, hai pensato che ti eri pettinata per l'ultima volta, che ti eri vestita per l'ultima volta, che avevi supplicato per l'ultima volta.

Ottavia disse alla ragazza che lei ci pensava ogni giorno, invece. Che il nuovo, terribile pensiero divenuto il motore di ogni azione era proprio la consapevolezza che ogni istante poteva essere l'ultimo. Che la vita scorreva come sabbia in una clessidra, ma che quella clessidra era fatta di un materiale opaco che non lasciava comprendere quanto mancasse ancora, quanta esistenza avesse davanti.

Era quello che aveva abbattuto ogni muro, superato ogni resistenza. Piú ancora degli occhi di lui quando la fissava, di quell'irresistibile sorriso timido, del tremore delle sue mani, il pensiero della vita che passava aveva fatto cadere Ottavia nello spazio di paradiso che era diventato il rapporto con il vicequestore Palma. Sai, disse alla ragazza morta mentre nell'altra metà dello schermo si avvicendavano donne di cui non si avevano piú notizie: non è vero che sei stata fortunata a non sapere che saresti morta oggi. Era meglio che tu ne fossi informata, invece. Perché avresti assaporato ogni attimo per bene, invece di correre verso un futuro che non avevi. Invece di perdere tempo a pianificare, a programmare una vita che non avresti vissuto.

Gaetano non avrebbe capito. Lui aveva accettato Riccardo come un evento ineluttabile. Aveva approfondito la sua patologia, aveva studiato, come faceva sempre: una volta appurato che non si poteva fare niente, se non attutire i fenomeni e contenere i problemi, si era lanciato in quella situazione con fermezza. Era un ottimo padre, gentile e premuroso, e un marito dolcissimo e comprensivo. Non aveva sollecitato quello che la moglie non era piú disposta a dargli e viveva una condizione che non era in grado di modificare, accettandola come si accetta un acquazzone che coglie senza riparo: con una scrollata di spalle e un sorriso. Era cosí, Gaetano. Quello che non si può cambiare si sopporta, punto.

Ottavia credeva di avere lo stesso atteggiamento, e invece dentro di lei, acquattata come una pantera in attesa della preda, esisteva una donna che voleva vivere ancora. Che pretendeva di essere amata, di essere bella e di sedurre, di fantasticare un futuro alternativo che nemmeno avrebbe saputo identificare, ma che era bello pensare di avere.

Finí di passare in rivista le fotografie d'archivio, poi controllò le denunce degli ultimi giorni. Non erano molte, e le età non corrispondevano.

Magari, disse al volto del cadavere, chi ti ama non si è ancora accorto della tua assenza. Magari c'è qualcuno che aspetta che tu torni a casa, che comincia soltanto adesso a preoccuparsi, a fare qualche telefonata, giacché tu non rispondi o non risulti raggiungibile, e non sa che invece sei su un tavolo di metallo pronta a essere squartata da un medico che fischiettando e pensando ai fatti suoi dovrà determinare perché sei morta. Questi momenti, disse al cadavere, sono gli ultimi in cui sarai ancora viva. In cui per chi ti ama avrai ancora un nome, una voce calda o stridula, un carattere e una mentalità. Per chi ti ama ancora fai battute, ti commuovi e ti arrabbi, canti o balli o disegni.

Tutta un'altra cosa rispetto a questo pezzo di carne senza vita, senza emozione, senza calore. Tutta un'altra cosa. Da un lato una persona, dall'altra un cadavere. Finché il nome e il cognome stanno da una parte, e la morte dall'altra. E sarò io, pensò Ottavia, a unire queste due condizioni dando un nome alla morte. Sarò io a mettere insieme queste due identità, per ora separate.

A mezzanotte e ventisei minuti, a seguito di una telefonata ricevuta dal centralino della questura, il cadavere della grotta ebbe un nome.

E Francesca Valletta, ventotto anni, fu finalmente morta.

VIII.

La Martini e Lojacono attesero i genitori di Francesca Valletta all'esterno dell'obitorio. La notte si era fatta gelida, il vento tagliava le facce e risuonava lugubre sotto la stretta pensilina che non dava riparo.

La Piras era rientrata in procura, per verbalizzare il ritrovamento e l'interrogatorio alle due donne che avevano effettuato la prima chiamata; nell'andare via aveva sussurrato a Lojacono un «a dopo» che all'ispettore era suonato ottimistico. Infatti, pensava adesso bilanciando intirizzito il peso da un piede all'altro.

Elsa, invece, sembrava insensibile al freddo. Fumava fissando impassibile il vuoto. Era stata lei ad acquisire l'indicazione di Ottavia e a proporre al collega di recarsi comunque in ospedale per raccogliere le prime frasi dei genitori della vittima. Un interrogatorio articolato sarebbe stato compiuto dal magistrato il giorno dopo, ma entrambi i poliziotti sapevano che le migliori informazioni arrivano quando le difese dal dolore sono ancora da costruire, e la consapevolezza di quanto accaduto è lontana.

Un atteggiamento da avvoltoi, rifletté Lojacono: ma la Martini aveva ragione, e aveva soltanto dato voce al suo stesso pensiero. Non c'era da dubitare: erano due animali della medesima specie, anche se la donna possedeva una scorza che doveva avere motivazioni non solo professionali.

Per il Cinese, Elsa era un mistero.

Per natura aspettava, prima di dare un giudizio sulle persone. Era una sorta di deformazione professionale; aveva imparato che un'opinione affrettata ti porta lontano dalla soluzione quanto un treno in corsa. E tuttavia, i tre mesi e piú passati a lavorare insieme non avevano aggiunto elementi sufficienti a comprendere le linee di pensiero della vicecommissaria. La maggior parte delle volte sembrava equilibrata e razionale, in possesso di una mentalità analitica e della freddezza necessaria a formarsi un quadro completo delle cose. Una qualità rara e fondamentale, secondo Lojacono, per essere un ottimo poliziotto.

A volte, però, sopravveniva una gelida, infinita rabbia che sorprendeva e faceva paura. Come se un muro edificato per celare la vera personalità della donna venisse sgretolato dalla furia di una belva rinchiusa all'interno che, stanca di stare al buio, veniva fuori con prepotenza oscura. Era allora che l'ispettore riconosceva la donna che, secondo quanto si diceva nei corridoi della questura, aveva ucciso a sangue freddo un anziano medico che forse, forse, era stato un pedofilo.

Il processo non aveva dimostrato la colpevolezza della Martini, soprattutto per la testimonianza del partner, il quale aveva dichiarato che l'uomo si era avventato sulla donna con un bisturi in mano; ma l'opinione comune era che lo strumento chirurgico fosse stato messo in mano al cadavere proprio per salvare Elsa.

Ora che ne guardava il profilo alla fredda luce del neon all'esterno dell'obitorio, Lojacono si chiedeva il perché di quelle due personalità. Era bellissima, non c'erano dubbi: ma l'ispettore trovava la collega priva di quella vena di fragilità che rendeva attraente anche la piú forte e dura delle donne; come era per Laura, che appariva determinata e risoluta ma che nell'intimità sapeva rannicchiarsi dolcemente dentro il suo abbraccio in cerca di sicurezza.

Addormentarmi vicino a te, pensò fissando la collega, mi farebbe quasi paura.

Il pensiero evaporò al rumore della porta che lasciò uscire dall'obitorio Luigi e Annamaria Valletta, i genitori della ragazza morta.

Ottavia aveva fornito ai colleghi qualche notizia sommaria, raccolta in rete. L'uomo era l'alto funzionario di una banca locale, e la moglie l'erede di una ricca famiglia di costruttori. Francesca era figlia unica.

Attraverso i social e le domande ad amici, parenti, colleghi e vicini di casa, nulla della dimensione esterna della vittima sarebbe rimasto nascosto. Avrebbero rimestato in ogni traccia del passaggio della donna, nel lavoro e perfino nei suoi sogni. Questo sarebbe avvenuto dopo, durante il percorso per scoprire cos'era accaduto nella grotta isolata e buia al centro di una città affollata e luminosa. Adesso erano però di fronte al piú puro e acuminato dei dolori, alla piú innaturale delle tragedie: quella di due genitori privati della figlia.

Non esiste una parola, pensò Lojacono. Orfano è chi perde un genitore, vedovo chi perde la moglie. Può accadere, accade. Ma non esiste una parola per chi prova l'immane sofferenza di perdere un figlio. Come sempre in quelle circostanze il suo pensiero andò a Marinella, la sua bambina oramai adolescente, che a quell'ora dormiva tranquilla a casa; e alle paure che gli dava pensare che sarebbe andata da sola per il mondo, fuori dalla sua protezione. Sentí la fredda lama del terrore, e dovette resistere alla tentazione di scappare da lei.

La Martini doveva aver pensato qualcosa di molto simile, perché la voce le tremava.

– Sono la vicecommissaria Martini, del commissariato di Pizzofalcone, e il mio collega è l'ispettore Lojacono. Siamo addolorati per la vostra perdita, e ci scusiamo per non potervi lasciare in pace in un frangente come questo. Ma sono certa che anche voi vogliate sapere che cosa è successo, e chi... come sia potuto accadere. Vorremmo perciò farvi qualche domanda, solo per poter avviare correttamente le indagini. Poi, quando sarete piú sereni, vi sentirà la dottoressa Piras, la Pm incaricata.

Lojacono, a voce bassa, aggiunse:

– Capiremo se non ve la sentirete, naturalmente. Ma vi saremmo molto grati se ci accordaste un paio di minuti. Altrimenti possiamo rivederci domani, quando...

La madre lo fermò con un gesto. Di norma doveva essere una bella donna, dall'aspetto curato e ben vestita. In quel momento, scarmigliata dal brusco risveglio e devastata dal dolore, era immersa nel peggiore degli incubi. I capelli tinti pendevano in ciocche gialle su un volto pallido e segnato da rughe profonde. Gli occhi esprimevano una sofferenza allucinata, come non riuscisse a rassegnarsi al fatto di essere viva.

– Quando? Quando cosa, mi scusi? Che cosa potrà cambiare tra un giorno, un mese o dieci anni? Certo, l'ipotesi piú concreta è che non mi troviate viva. Questo sí.

Il marito disse, affranto:

– Anna, ti prego...

La donna si girò verso di lui, sorpresa, quasi lo vedesse per la prima volta.

– Sí? Mi preghi? E di che cosa mi preghi, Luigi? Di darmi un contegno, di essere educata? E dimmi, perché? Quale dovrebbe essere la ragione? Hai visto anche tu quello che ho visto io, lí dentro, o no? Perché mi pare di ricordare che c'eri. O mi sono sbagliata?

Lojacono provò una profonda pena per Valletta. Era una dinamica alla quale gli era toccato di assistere piú di una volta. Una madre in un frangente simile ha bisogno di prendersela con qualcuno. Non era quella l'ora della condivisione, del reciproco sostegno. Annamaria Valletta ora aveva solo bisogno di riversare il proprio dolore su altre spalle.

Luigi era un uomo grassoccio, sulla sessantina. Le lenti cerchiate d'oro erano appannate dal freddo e dalle lacrime, che gli scorrevano sul viso come da un rubinetto dimenticato aperto. Ogni tanto si asciugava con un gesto secco della mano. Da sotto il cappotto spuntava una camicia abbottonata male.

– No. Non ti sbagli, tesoro. C'ero. Ma i signori sono qui per aiutarci, no? Per darci una mano a capire che... Ma come possiamo capire, me lo dite? Francesca è... Lei è meravigliosa. Lei non ha nemici, e non è... Impossibile. È impossibile.

Lojacono intervenne:

– Sappiamo che è assurdo e inaccettabile, signor Valletta. Mi creda, vorremmo darvi tempo per assorbire almeno il pensiero di quello che vi aspetta, ma queste prime ore sono fondamentali. Per cui devo chiedervi se avete idea di come possa essere accaduto. Ogni dettaglio, anche quelli apparentemente senza importanza, può essere rilevante.

Elsa disse:

– Vostra figlia vi ha detto qualcosa su qualche litigio, discussione o anche semplici contrasti? C'era qualcuno che poteva avercela con lei per qualche motivo?

L'uomo fece segno di no.

– Ve l'ho detto, non aveva nemici. E voi escludete quindi... Non può essere stato un incidente? Non può essere caduta su qualcosa, o...

Lojacono non lo fece finire.

– Dalle prime risultanze sembrerebbe proprio di no. I periti e il medico riferiranno al magistrato, noi non escludiamo niente.

La madre disse, secca:

– Francesca si sposa. Domani. Oggi, dovrei dire. È passata la mezzanotte, no?

La frase era stata pronunciata in tono colloquiale, come una notizia ordinaria. E al presente, come se da un momento all'altro la morta dovesse uscire dall'obitorio in abito nuziale. Tutti si voltarono verso Annamaria, nei cui occhi brillava una strana luce. Sorrideva. A Lojacono corse un brivido lungo la schiena.

Tossí e disse:

– Questo è un dato importante, con chi avrebbe dovuto...

La donna ebbe un moto di fastidio.

– Ispettore, mi scusi, sta sbagliando. Il verbo, dico. Francesca si sposa oggi, non mi ha sentito? È tutto organizzato, daremo un ricevimento che farà epoca, a *Villa Smeraldo*, conoscete il posto? È in collina. Certo, io avrei preferito qualcosa di un po' piú sobrio, ma...

Il marito sussurrò:

– Dio mio, Anna...

La moglie lo fissò con sufficienza.

– Lo so, a te va bene tutto quello che decide tua figlia, mai una volta che abbia avuto il coraggio di dirle di no. Sapete, è cosí testarda. Una brava ragazza, ma testarda da morire. E lui mai, mai che riesca a farla ragionare.

Elsa fissava la donna con evidente preoccupazione.

– Signora, credo sia il caso che andiate a riposare, adesso. Qui per ora non c'è niente che si possa...

Annamaria Valletta la interruppe.

– Eh, riposare. Non sa quanta fatica ci sia dietro un matrimonio, cara signorina. In questo caso ancora di piú, peraltro, perché io sono l'unica in possesso di un minimo di gusto. Per carità, Giovanni è un bravissimo ragazzo, ma la sua famiglia... Imparentarsi con questa gente è stato il colpo di testa peggiore di Francesca, e le posso assicurare che ne ha fatti.

Il marito si passò una mano sul viso e mormorò:
– Come faccio, adesso. Come faccio.
Lojacono gli disse:
– La porti a casa, signor Valletta. Ci sentiremo domani. La signora deve riposare. Le dia qualcosa per dormire.
L'uomo lo fissò, quasi faticasse a comprenderlo. Poi rispose:
– Dovrò avvertire Giovanni. Lui... non ci avevo pensato.
Elsa disse:
– Possiamo pensarci noi, se preferisce...
Valletta scosse la testa.
– No, no, devo farlo io. Lui... è molto innamorato di Francesca. Sarà terribile. Mia figlia era molto... Aveva una personalità forte, Giovanni è un ragazzo intelligente ma tanto sensibile, e... Non so proprio come la prenderà.
Annamaria lo scrutava, gli occhi allucinati sotto le sopracciglia aggrottate.
– Luigi, non capisco perché dovresti avvertirlo. Dobbiamo solo fare in modo di risolvere questa cosa e arrivare in chiesa con un ritardo non eccessivo, vedrai che ce la faremo. Sei sempre cosí pessimista.
L'uomo le prese il braccio con delicatezza.
– Sí, tesoro. Stai tranquilla, ora. Andiamo a casa.
Si avviarono verso il parcheggio. Elsa li fermò, d'impulso.
– Signor Valletta, mi scusi. Come si chiama il fidanzato di sua figlia?
L'uomo sembrò in difficoltà a ricordare il nome. Poi disse:
– Sorbo. Giovanni Sorbo.
E se ne andò, sorreggendo la moglie che camminava rigida come un automa.

IX.

Giorgio Pisanelli sorrideva a Nadia, l'infermiera che veniva a praticargli l'iniezione serale rientrante nella profilassi postoperatoria. Non che fosse una condizione piacevole: il vicecommissario aveva una sua dignità, e una cosa era stare col sedere all'aria in ospedale dove tutti dovevano sottoporsi alle terapie, e un'altra era a casa, dove era abituato a vedersi in una situazione di stabilità e sicurezza. Peraltro le iniezioni da bambino erano state per lui uno spauracchio, e da adulto aveva sempre cercato di evitarle.

Nadia, però, era uno dei pochi aspetti positivi della malattia, ivi compreso il delicato intervento chirurgico che Pisanelli aveva subito. Una ragazza dolce e intelligente che lo aveva accudito agli ordini di un'arcigna caposala e poi, in virtú di una garbata amicizia nata tra una flebo e l'altra, aveva dato continuità all'assistenza una volta che il paziente era stato dimesso, proponendosi per accertarsi a fine turno che il poliziotto non trascurasse la cura. Era diventato un appuntamento gradevole, anche perché, man mano che riacquistava le forze, Pisanelli soffriva sempre di piú l'inattività.

La prospettiva della pensione – alla quale si era rassegnato e che di lí a pochi mesi avrebbe sancito la sua uscita dal mondo del lavoro dopo piú di quarant'anni – non gli faceva piú paura. Si era convinto che se un uomo ha dei valori deve avere anche degli interessi. Non voleva ancora pianificare, ma fantasticava su viaggi mai fatti, libri da leggere e film da vedere, vecchi amici da incontrare e magari qualche giorno in piú da trascorrere con Lorenzo, il figlio che insegnava presso un'università del Nord. Tante cose da fare, insomma: una nuova èra da affrontare senza malinconie.

Poi c'era l'altra questione. Ci pensò con una fitta allo stomaco sincronizzata con la puntura alla parte superiore della natica destra, che la mano delicata di Nadia riusciva ad attenuare ma non a eliminare. L'altra questione, sí: ma a quella poteva dedicarsi anche da pensionato. Aveva tutti gli elementi che gli servivano, ormai. Inclusi volto e nome del colpevole.

Non si capacitava di aver sottovalutato segni, indizi, persino prove. Stentava a credere che l'affetto e l'amicizia lo avessero reso cosí cieco da ignorare che Leonardo, sacerdote amato e riverito nel quartiere, piccolo, dolcissimo frate che era stato per lui piú di un fratello, fosse in realtà un folle. Un assassino feroce e determinato che, motivato da una distorta interpretazione della volontà divina, metteva fine alla vita di persone attanagliate dalla depressione e dalla solitudine. Sulla base delle evidenze raccolte nel corso di lunghe indagini personali su quelli che erano stati frettolosamente rubricati come casi di suicidio, Pisanelli calcolava almeno tredici omicidi perpetrati dalla stessa mano, ma con ogni probabilità si arrivava a una ventina in una dozzina d'anni.

Ora Leonardo si era dileguato, e la colpa era sua. Gli aveva fatto capire che le responsabilità gli erano ormai chiare, ma gli aveva anche dato il tempo di fuggire. Era stato ingenuo; proprio lui, tanto esperto da essere sul punto di andare addirittura in pensione. Una sconfitta professionale in confronto alla quale il non essersi accorto dei bastardi, i colleghi che gli spacciavano droga sotto il naso, era un peccato veniale.

La terribile scoperta aveva inciso in maniera determinante sulla decisione di congedarsi per raggiunti limiti di età.

Pisanelli voleva la libertà necessaria per scoprire dove si era nascosto quel folle assassino e andarlo a prendere. Lui aveva sbagliato, lui doveva risolvere.

Doveva però rimettersi in forma, e se il processo di ricostruzione passava per le abili mani di Nadia, tanto di guadagnato.

La ragazza disse:

– Rivestiti, Giorgio. Il tuo affascinante sedere ha avuto la sua razione quotidiana. Ti ho fatto male?

Massaggiandosi la parte offesa, Pisanelli rispose:

– Un dolore immenso, sei una dannata sadica. Ci credo che rifiuti di essere pagata: ti piace fare del male agli uomini. Cos'è, una forma di vendetta?

Nadia rise di cuore. Aveva poco piú di vent'anni, un ovale delicato e un nasino all'insú che la faceva sembrare ancora piú ragazzina.

– Sí, proprio cosí. Nella mia lunghissima vita gli uomini mi hanno fatto molto soffrire. Tu sei troppo giovane e non puoi capire.

– Devo rassegnarmi, non ho speranze. Ti serve uno piú anziano. Ma a parte gli scherzi, mi dici com'è che una come te non è ancora fidanzata? O non vuoi darmi tutta questa confidenza?

– Boh. Forse non ho incontrato quello giusto. Forse lavoro troppo, per una della mia età. Se volessi fare la simpatica, direi che i ragazzi della mia generazione sono superficiali, per non dire deficienti. Uomini come te, Giorgio, non se ne trovano piú.

– Ma non è vero! Devi solo dare una possibilità a qualcuno, ti meriti di avere uno in gamba vicino. E poi non tutti i ragazzi sono stupidi, e non tutti quelli della mia età sono maturi.

Un'ombra passò sul viso della ragazza.

– Be', questo è vero. Verissimo.

L'anima del poliziotto gli portò alla mente un momento di strana tensione percepito in ospedale, quando mentre Nadia gli cambiava la flebo era arrivato l'aiuto del primario. Un uomo bello e simpatico, che ostentava un fascino indiscutibile. Pisanelli ricordò che Nadia aveva mutato espressione, proprio come adesso, e che il dottore, che avrebbe potuto benissimo essere il padre dell'infermiera, contrariamente al solito era stato brusco ed evasivo e se n'era andato appena possibile.

Una vecchia, banale storia, pensò Giorgio. L'infermiera giovane e bella e il dottore scafato e sicuro di sé. Ricordò anche che in un'altra occasione l'uomo si era fermato a chiacchierare e aveva parlato di una moglie e di due figli, tutti medici come lui.

La consolò, paterno.

– E va bene, non ti preoccupare. Questione di tempo. Basta che stai alla larga da relazioni che non portano a niente, però. Questo è fondamentale.

– Terrò presente, mio caro psicologo della posta del cuore. Appena qualcuno si fa avanti, lo faccio venire qui e tu mi dici quello che ne...

Una violenta scampanellata alla porta li fece sobbalzare. La ragazza disse:

– Madonna santa, ma chi è che a quest'ora si permette di...

Pisanelli si passò una mano sul volto.

– Lo so io, chi si permette. Lo so io. Per favore, tesoro, apri tu. E non ti preoccupare, perché è di certo un malintenzionato ma non un delinquente.

Nadia non capí il gioco di parole e lo fissò dubbiosa, poi andò ad aprire. Dopo qualche secondo, in cui Pisanelli sospirò rassegnato nell'ascoltare un vivace scambio di battute, indistinto per la distanza dell'ingresso, Aragona irruppe.

– Ué, Pisane', richiama il cane da guardia qua, dille che posso entrare quando cazzo voglio.

Nadia era rossa di rabbia.

– Giorgio, vuoi dirmi che animale è questo, per favore? E come si rischia a dire che questa è casa sua, che entra ed esce quando gli pare e che sa benissimo che tu sei ammalato ma che lui è quello che ti fa stare bene?

Aragona si girò, tolse gli occhiali col suo famoso gesto da detective Fbi e la considerò come se la vedesse per la prima volta.

– Scusa, Preside', ma tu ti fai dare del tu dalla sguattera? Non te lo consiglio, sai. Certo è una dimostrazione di benevolenza che può spingere a lavorare meglio, ma poi si pigliano confidenza e cominciano a non fare piú un cazzo. Mia madre una volta aveva una negra che...

Temendo il peggio, Giorgio l'interruppe.

– Già, voi non vi siete mai incontrati. Nadia, tesoro, scusami. Lui è Marco, un mio giovane e stolto collega, impresentabile, cafone e soprattutto vestito come un pagliaccio. Arago', idiota che non sei altro, lei è Nadia, la mia infermiera che...

L'agente scelto manifestò un moto di ammirazione.

– Tesoro? L'hai chiamata tesoro? Cioè, tu ti scopi una ragazzina con la scusa della malattia? Geniale! Non ti facevo ancora attivo, vecchio maiale. Allora l'operazione è riuscita! Io lo dicevo che...

Nadia avanzò di un passo, strinse occhi e labbra e con un largo, arcuato gesto mollò ad Aragona uno spettacolare ceffone sulla guancia sinistra. Il rumore, secco, fu come un colpo di pistola. Le lenti azzurrate partirono in volo e atterrarono sul letto di Pisanelli.

Seguí un attimo di silenzio surreale. Aragona, la mano sulla faccia arrossata, fissava la ragazza con uno sguardo inespressivo. Nadia fissava Aragona con uno sguardo carico di odio, rabbia, disgusto. Pisanelli fissava entrambi con uno sguardo pieno di divertimento.

Alla fine, Nadia disse:

– Giorgio, questa casa dev'essere disinfestata. Io di igiene me ne intendo. Ci sono strani insetti. Buona serata, ci vediamo domani.

E se ne andò, arretrando e senza staccare gli occhi da Aragona, quasi temesse che si rifugiasse strisciando sotto un mobile.

Tenendosi la guancia, Aragona disse:

– Ma fammi capire: che mi ha dato, uno schiaffo?

– No, no, te lo sei immaginato. Voleva accarezzarti, non ha resistito al tuo fascino. È solo che non riesce a dosare le forze.

Aragona recuperò le lenti.

– Dici? A me sembrava proprio uno schiaffo. E quindi non sta con te? Non è tipo la tua amante, cose cosí?

Pisanelli si domandò se essere lusingato da quel dubbio.

– No, Arago'. Potrei essere suo padre. È solo una delle infermiere dell'ospedale, cosí gentile da prendersi cura di un paziente che secondo lei non andava ancora dimesso. Tutto qui.

Marco sghignazzò.

– Altro che padre, potresti essere il bisnonno. Ma lasciamo perdere, l'importante è che non ce la troviamo fra i piedi, le femmine in una casa dànno molto fastidio e...

Il vicecommissario sollevò una mano.

– Alt. Scusa, devo avere un problema alle orecchie, ho sentito la voce di uno che parla di casa mia come fosse anche sua. Il che è impossibile, perché io vivo da solo.

Il giovane ostentò approvazione, come un maestro di fronte a un alunno diligente.

– Ecco, proprio cosí, bravo! Tu vivi da solo, e non va bene perché sei malato.

Pisanelli protestò.

– Io non sono malato! Sto benissimo!

– Ah, sí? E se stai benissimo com'è che la ragazzina ti viene a curare a domicilio? Che ci fai nel letto, in pigiama? E che cosa sono tutti quei medicinali sul comodino, che pare una farmacia? Non ti scordare che sei di fronte al miglior poliziotto che tu abbia mai incontrato, Preside'!

L'anziano fissò i flaconi come fossero stati sistemati là abusivamente.

– Ma che c'entra, io ho subito un intervento, non è che... Ma si può sapere che ti succede, Arago'? Parla chiaro!

Il ragazzo si mise una mano sul cuore.

– È che io sono buono, Pisane'. E non riesco a dormire, pensando che tu sei solo qua e che se ti senti male e muori, come succede a tutti alla tua età... Anzi, te la sei cavata abbastanza bene anche perché io ti ho tirato fuori dai casini quando hai avuto l'emorragia, e vorrei ricordarti che saresti morto stecchito se non fosse stato per me, e allora mi vengono tutti questi brutti pensieri e...

– Tuo padre non ti paga piú l'albergo. È cosí, vero? Per il fatto dell'amico suo, del deposito di merce rubata. Ti ha tagliato i viveri e non sai dove andare.

Aragona tossí. Si tolse gli occhiali. Se li rimise. Tossí di nuovo.

– Tengo una valigia nell'ingresso, avevo pensato di sistemarmi nella stanza di tuo figlio, tanto lui non viene spesso, da quanto ho capito. È per pochissimo, Preside', te lo giuro, mia madre mi ha detto che ci pensa lei, che mette tutto a posto. E poi io non dò nessun fastidio, sono discreto, tranquillo, mai invadente, puoi fare le schifezze con la ragazza tua e io mi chiudo nella stanza e non esco. So pure cucinare, vedrai, quando avrò risolto mi supplicherai di restare ancora e...

Pisanelli abbassò le palpebre, e si augurò di morire nel sonno.

x.

Giunsero di prima mattina a casa della vittima, piuttosto incerti. Le condizioni della madre, che dopo un'apparente presa d'atto della situazione aveva cominciato a dare segni di squilibrio, lasciavano presagire che non sarebbe stato facile ottenere informazioni valide.

Tuttavia, era un passaggio obbligato. La ragazza viveva in famiglia: per provare a ricostruire quanto le era accaduto, era imprescindibile andare a vedere il posto in cui abitava.

Stavano in un quartiere residenziale, in collina, piuttosto distante dal luogo dell'omicidio. La sua utilitaria era stata rinvenuta a un centinaio di metri dalla grotta, per metà sulle strisce pedonali; all'interno della vettura, che una veloce ricerca informatica di Ottavia aveva confermato come di proprietà della vittima, nulla da segnalare se non il normale, allegro disordine di un'automobile guidata da una ragazza di quell'età.

Elsa e Lojacono citofonarono e attesero che una voce di donna fornisse scala e piano. Il contesto era borghese, una serie di palazzine di tre piani immerse in un giardino curato. I rumori della città in fase di risveglio arrivavano attutiti, come una lontana minaccia.

Trovarono la porta dell'appartamento aperta, e furono introdotti da una cameriera di mezza età in lacrime. La donna non smetteva di soffiarsi il naso, in evidente stato di commozione. Andò loro incontro il padre di Francesca.

Elsa osservò con raccapriccio che aveva perso almeno un decennio di vita dalla sera precedente.

— Prego, prego, entrate. Mia moglie sta riposando, le ho dato delle pillole... Continua a parlare del matrimonio, dell'organizzazione della cerimonia. Non capisce, non si rende conto... Io davvero non so come fare...

Lojacono rispose, piano:

— Non c'è una regola, purtroppo, in questi casi. Bisogna aspettare, è una difesa della mente. Le stia vicino, dottore. Cerchi di concentrare su sua moglie tutte le attenzioni.

Nella stanza c'erano un uomo e una donna di giovane età. Valletta li presentò.

— Mio nipote Achille e sua moglie Cecilia. Loro sono... sarebbero stati i testimoni di Francesca. Li ho chiamati perché... Dobbiamo avvisare tutti. C'è gente che viene da lontano, io posso pensare ai parenti, ma Francesca... Aveva molti amici, sapete. Per tanti anni ha studiato fuori, prima di rientrare, e lei è... era molto socievole. Scusatemi, io non riesco ancora a parlarne al passato. E invece devo, perché altrimenti non posso nemmeno aiutare Annamaria. E se la perdo, come faccio io? Me lo dite, come faccio?

Achille si alzò dal divano e si avvicinò a Valletta. Era tarchiato, con gli occhiali e il colorito bruno. Mise un braccio attorno alle spalle del padre di Francesca.

— Zio, ti prego. Devi, dobbiamo essere forti. Ci dobbiamo appoggiare gli uni agli altri. Ti prego, concentrati su quello che c'è da fare, un passo alla volta. Ci sono io, c'è Cecilia. Ci siamo noi.

L'uomo tentò di trattenere il pianto. Il velo di barba bianca che gli ricopriva le guance, gli occhi cerchiati e arrossati, il tremito del labbro inferiore accentuavano l'impressione di invecchiamento repentino che i poliziotti avevano avuto nel rivederlo.

Luigi Valletta si rivolse a Lojacono.

– Vi chiedo scusa, vado a vedere se Annamaria dorme ancora. Sono terrorizzato dall'idea che non si svegli piú, chissà perché. Torno subito.

Si allontanò, instabile sulle gambe ma rifiutando l'aiuto del nipote. Martini e Lojacono si qualificarono, e il nipote si presentò meglio.

– Sono Achille Barrella. Per Luigi e Annamaria in realtà sono piú di un nipote, perché alla morte di mia madre, che era sorella della mamma di Francesca, gli zii mi hanno preso in casa. Avevo quindici anni, Francesca tredici. Cecilia, mia moglie, era la migliore amica di mia cugina.

La ragazza, affranta sul divano, era una bella donna bruna dai capelli lunghi. Fece un segno di saluto con la testa. Come la cameriera, stringeva un fazzoletto intriso di lacrime, che le scorrevano incessanti sul viso.

– Avrei dovuto essere la testimone di nozze. Eravamo come sorelle. Francesca era un pezzo di me, e non so proprio come farò, come faremo senza di lei. È atroce, terribile quello che è successo. Oggi. Proprio oggi.

Accennò a quello che c'era attorno. I due poliziotti realizzarono il contrasto fra l'atmosfera gioiosa e disordinata della stanza e i sentimenti di chi si trovava in quel luogo. Pacchi e pacchetti erano stipati dovunque. La luce lattiginosa del primo mattino arrivava dalla finestra appannata dal calore del riscaldamento in funzione. L'aria era resa soffocante dall'odore dei fiori, sistemati in ogni angolo dell'ambiente.

Elsa chiese ad Achille:

– Ci scusiamo per questa che può sembrare un'intrusione, ma come dicevamo stanotte a suo zio, le prime ore di un'indagine sono cruciali. Possiamo approfittare della vostra presenza per farvi qualche domanda? Vi preavvertiamo che la Pm incaricata dell'inchiesta, la dottoressa Piras, potrà volervi sentire a propria volta, quindi vorremmo evitare di dare troppo fastidio e...

L'uomo rispose, deciso:

– Signora, crede davvero che non vogliamo fare tutto quello che è possibile per capire cos'è accaduto? Prego, ponete tutte le domande necessarie. Cecilia e io vi risponderemo.

Lojacono chiese:

– Avete descritto un rapporto profondo, oltre che di parentela anche di amicizia. Quindi, se Francesca avesse avuto paura di qualcosa, o qualche preoccupazione, liti, contrasti, minacce ricevute, ne avrebbe parlato con voi, no?

Rispose Cecilia, che si era alzata in piedi.

– Non c'è alcun dubbio, ispettore. Con mio marito erano come fratelli, e se avesse avuto problemi o bisogno di difesa Francesca avrebbe subito cercato lui. Ma se la questione avesse avuto una natura, diciamo, piú femminile, sentimentale o affettiva, ne avrebbe parlato con me. Noi due ci dicevamo tutto.

Il marito aggiunse:

– Stavamo sempre insieme, noi tre. Scherzavamo spesso sul fatto che, davanti a Giovanni, il suo fidanzato, dovevamo limitare i cenni d'intesa sui quali ci capivamo al volo e che lo escludevano. Se avesse avuto qualche preoccupazione, mia cugina ne avrebbe parlato a noi. A entrambi o singolarmente, come diceva mia moglie.

Elsa chiese a Cecilia:

– Da quanto vi conoscevate, lei e Francesca?

La donna si passò una mano tremante sul volto. Sembrava ancora piú addolorata del marito. Elsa non poté fare a meno di chiedersi chi avrebbe sofferto tanto se fosse capitato a lei, di morire all'improvviso; e chi si sarebbe preso cura della sua bambina. Il pensiero ne indusse altri, che scacciò per ascoltare la risposta della donna.

– Da quando avevamo diciott'anni. Eravamo le sole provenienti da questa città in un gruppo di italiani che studiava a Londra. Siamo andate a vivere insieme, e siamo state in Inghilterra per sette anni. Francesca studiava Economia, io Lingue straniere. Adesso sono una hostess, e per colpa di questo lavoro avevo meno occasioni per vederla, ma ci sentivamo ogni giorno, piú di una volta al giorno. Posso confermarle che per lei era un periodo senza ombre, di felicità per il matrimonio.

Lojacono chiese al marito:

– E con lei non aveva espresso nulla? Nessuna paura, nessuna preoccupazione? Per favore, si sforzi di ricordare. Anche un dettaglio in apparenza insignificante potrebbe essere rilevante per noi.

Barrella rifletté, portando due dita alla radice del naso. La mano gli tremava.

– No. Niente, per quanto cerchi di andare indietro con la memoria. E le assicuro, ispettore, che anche se non me ne avesse parlato mi sarei accorto di qualsiasi preoccupazione. Noi avevamo un'intimità profonda, prima che cugini eravamo amici. Lei era presa dall'organizzazione delle nozze, noi l'aiutavamo: ci incontravamo quasi ogni giorno, io lavoro in una società di certificazione di bilanci e Francesca in una ditta di import-export che ha sede vicino alla mia. Pranzavamo spesso insieme. Escludo ogni ombra. Parlava soltanto del matrimonio.

Tra le lacrime, la moglie aggiunse:

– Sí. Io la sfottevo un po' per questo, le dicevo: e che sarà mai, finalmente metti la testa a posto. Era stata lei a presentarmi Achille, il primo anno che eravamo a Londra. La nostra unione l'aveva imposta Francesca, noi nemmeno ci pensavamo. Diceva sempre che il matrimonio è una cosa importante, importantissima, per questo voleva sposarsi solo quando sarebbe stata sicura. Poi ha conosciuto Giovanni, l'ultimo semestre in cui eravamo in Inghilterra, studiava là anche lui. E dopo due anni di fidanzamento, aveva deciso di sentirsi pronta.

Fu a questo punto che Achille Barrella pronunciò, come tra sé, una parola che avrebbe cambiato il corso dei pensieri e delle indagini.

– Purtroppo.

I poliziotti si girarono all'unisono verso di lui, quasi avesse sparato un colpo in aria.

Elsa chiese:

– Perché ha detto cosí? Che intende?

Cecilia scrutò il marito con le sopracciglia aggrottate, con aria di rimprovero. L'uomo parve pentito del commento e tentò di sistemare le cose.

– Non fraintendetemi, vi prego. Giovanni è un bravissimo ragazzo, anzi, la sua personalità dolce e remissiva, a confronto dell'esuberanza di Francesca… Noi ci scherzavamo molto, ecco. Ma è innegabile che davanti a una tragedia come questa, uno sia spinto a pensare che…

La moglie lo rintuzzò, brusca.

– Per quale motivo dici questo adesso, Achille? Franci era assolutamente in grado di comprendere chi stava sposando e perché, e il perché era che lo amava, punto e basta. Non possiamo sapere come mai si trovasse in quel posto, ma di certo a ucciderla sarà stato un malintenzionato, un rapinatore o qualcuno del genere. Giovanni non c'entra.

La Martini insistette con Barrella.

– Mi faccia capire: lei immagina che lui, il fidanzato, possa aver ucciso sua cugina?

Achille sembrò sorpreso.

– Giovanni avrebbe… No! Non lo penso affatto, come le viene in mente una cosa del genere? Lui è un ragazzo me-

raviglioso, privo di atteggiamenti violenti, e poi ama Francesca con tutte le sue forze!
Lojacono disse:
– E allora perché, quando sua moglie ha parlato della decisione di sposarsi, ha detto «purtroppo»? È evidente che per lei la causa della morte di sua cugina è legata al matrimonio. Non è cosí?
L'uomo parve in difficoltà. La moglie lo fissava torva. Lui ne evitò gli occhi e disse:
– Be', lui non può aver fatto del male a Francesca. Ma è innegabile che il solo appartenere alla sua famiglia possa suscitare preoccupazioni.
Elsa chiese:
– E per quale ragione?
Fu Cecilia a rispondere, giacché il marito teneva gli occhi sulla finestra con le labbra serrate.
– Perché Giovanni è il figlio di Emiliano Sorbo. Ecco perché.

XI.

La porta era socchiusa, e la violenza con cui fu spalancata la fece sbattere contro il muro. Laura Piras, che stava parlando al telefono, sobbalzò e sentí le proteste della segretaria. Prima ancora di vederlo, capí chi aveva fatto irruzione nel suo ufficio.

L'uomo era al solito in camicia, le maniche arrotolate sopra il gomito a scoprire gli avambracci, con l'abbronzatura da neve che aveva fatto seguito a quella da barca di cui aveva fatto sfoggio fino a ottobre inoltrato. Il colletto sbottonato sulla cravatta allentata non dava una sensazione di sciatteria, come il filo di barba e i capelli lunghi in apparenza spettinati, bensí di efficienza e di attenzione alle cose che contano. La Piras, però, era consapevole che ogni particolare di quell'affascinante aspetto era studiato al fine di offrire un'immagine attraente per i media, che cercavano quell'uomo con parossistica attenzione.

Il sostituto procuratore addetto alla Direzione distrettuale antimafia, Diego Buffardi, era infatti il piú mediatico fra i magistrati. La sua ironia tagliente, la battuta incisiva e la capacità di zittire l'antagonista erano leggendarie. Come l'ininterrotta sequenza di successi professionali, che lo stava proiettando ai vertici della struttura. Queste caratteristiche avevano due effetti: da un lato catalizzavano su di lui l'invidia e la malevolenza dell'intero organico della procura; dall'altro ne incrementavano l'arroganza.

Laura, che aveva avuto modo di conoscerlo anche al di là del lavoro, sapeva che come chiunque Buffardi aveva delle fragilità. E sapeva anche che era un errore fatale ritenerlo un superficiale e un vanesio. Diego era un acuto e determinato professionista, che aveva fatto della lotta a tutte le forme di criminalità organizzata una missione che non prevedeva sconfitte. Per questo alle otto del mattino si trovava al lavoro già da quasi due ore. Come lei stessa, peraltro.

Lo fissò come un insetto e concluse con calma la telefonata, mentre l'uomo schiumava rabbia in piedi, davanti alla scrivania. Mise giú la cornetta, congedò con un'occhiata la segretaria che, mortificata per l'irruzione che non era riuscita a contenere, miagolava le proprie ragioni e le disse di chiudere la porta.

– Buongiorno, Diego. Che posso fare per te?

Gli occhi castani di Buffardi erano colmi d'ira. Un muscolo gli guizzava sulla guancia, e il labbro superiore fremeva sotto i baffi brizzolati.

– Quando avevi intenzione di dirmelo, cazzo? Me lo spieghi quand'è che me lo avresti detto?

La Piras rispose a voce bassa, in contrasto con il tono alto di lui.

– Non capisco di cosa parli. E ti voglio dire che non risponderò a nessuna domanda, né interromperò il mio lavoro, fino a quando non esci di qui, bussi alla porta e aspetti che io dica «avanti».

Buffardi la guardò come si fosse espressa in greco antico.

– Che cacchio dici? Io vengo a chiederti spiegazioni e tu te ne esci con la buona educazione!

Ostentando indifferenza, Laura prese il telefono e digitò un numero. Buffardi urlò.

– Laura, cazzo, mi stai a sentire? Io esigo di sapere immediatamente…

– Pronto, salve, sono Piras dalla procura. C'è la Martone? Sí, me la passi. Grazie.

L'uomo la fissava esterrefatto.

– Spero tu stia scherzando, perché a me non è mai...

– Salve, Martone. Buongiorno. Volevo sapere quanto ci vorrà piú o meno ad avere notizie di... No, non intendo il rapporto completo, per quello lo so che ci vuole del tempo, per carità. A me per ora basterebbe... Sí, certo, qualche parola in confidenza, anche solo le sue impressioni, so quanto sia brava e coscienziosa, quindi...

Buffardi allargò le braccia. A grandi passi uscí dalla stanza, sbattendo la porta dietro di sé. Laura ghignò, feroce, continuando la conversazione.

– Mi interessa soprattutto la questione dell'abito. Sí, quello da sposa che galleggiava. Se ci sono stranezze o...

Si sentí bussare freneticamente alla porta. Laura non rispose. Disse invece al telefono:

– Soprattutto se c'è qualcosa di insolito, di non comune. Certo, immagino che l'acqua... Dipende da quanto tempo era passato, sí. Va bene, mi premeva solo riferirle l'urgenza della questione.

Il rumore alla porta si ridusse, fino a divenire un educato picchiettare. Laura salutò la Martone, depose la cornetta e disse:

– Avanti.

Diego entrò, lasciando intravedere il volto sconcertato della segretaria, e si avviò verso la scrivania passandosi una mano inquieta fra i capelli.

– Non lo so per quanto ancora approfitterai della zona franca che ti concedo, Piras. Perché questo tuo modo di farmi salire il sangue alla testa, ti dico la verità, sta colmando la misura.

– Quanto mi diverte questo tuo sentirti superiore a me in grado, Diego. In effetti sí, sto valutando l'ipotesi di andare da Basile e farti un rapporto di quelli seri e articolati. Lo sai di questi tempi quanto pesano il sessismo, la molestia, la prevaricazione. I testimoni, grazie alla tua strafottenza, li ho. Alla mia segretaria piacerebbe un mondo raccontare di stamattina.

Buffardi si lasciò cadere su una poltrona e poggiò i piedi sulla scrivania.

– Sí, come no. Voglio vederla, una donna che testimonia contro di me. Nemmeno le mogli dei capoclan si permettono.

Laura fissò fredda i piedi e allungò la mano verso il telefono. Buffardi li tolse di scatto e disse truce:

– Vogliamo tornare alle cose serie, adesso? Vuoi rispondere alla mia domanda, per cortesia?

– E qual era questa domanda, scusa? Perché tutto quello che hai detto prima di entrare correttamente nel mio ufficio non è rilevante. Quindi, se vuoi, ripetila.

Diego si portò le mani sul volto, per ritrovare la calma. Poi tirò un respiro.

– Dunque, la domanda è semplicissima. Quando avevi intenzione di dirmi che sei stata chiamata per un delitto di mia competenza? E soprattutto, quando trasmetti al mio ufficio l'integralità della documentazione raccolta per consentirmi di cominciare a lavorare prima che i tuoi vigili urbani rovinino irrimediabilmente l'indagine?

La Piras avvertí montare l'ira, poi ricordò che era proprio l'effetto che Buffardi voleva sortire.

– Hai mai pensato al cabaret, Diego? Secondo me riusciresti benissimo. Già buchi lo schermo, cambiare pubblico passando dalle vecchiette ai giovanissimi ti gioverebbe.

L'uomo corrugò la fronte. Laura era l'unica che riusciva a farlo sentire fuori fuoco, inadeguato.

– Sto aspettando.
– E su quali basi questo sarebbe un omicidio che ti riguarda? Da che cosa si capirebbe?
– Ah. Vedo che i tuoi non sono riusciti nemmeno a scoprire questo. D'altra parte la selezione della polizia è già infima, e non che i carabinieri siano diversi, purtroppo. Poi si tratta di Pizzofalcone, no? Quelli sono scadenti fin dall'origine, il fatto che per puro culo abbiano risolto un paio di casi non significa niente. Allora, ti informo che...
Laura prese un foglio dalla scrivania e lesse.
– Valletta Francesca di anni ventotto, la vittima, avrebbe dovuto stamattina contrarre matrimonio con Sorbo Giovanni, di anni trenta. Si segnala che il suddetto è il terzogenito di Sorbo Emiliano, di anni sessantasette, il presunto capo dell'omonimo clan, pregiudicato e con molti processi a carico in corso per molteplici delitti. Per i quali tuttavia, è scritto qui, la magistratura non è stata in grado finora di dimostrarne la diretta responsabilità. Per cui il detto Sorbo Emiliano è ancora a piede libero, e se non fosse stato per la prematura scomparsa di Valletta Francesca, evento che obiettivamente rende complicata la celebrazione delle nozze del figlio, tra qualche ora se ne sarebbe stato seduto sorridente e felice al primo banco di una chiesa gremita del centro storico.
L'accento sardo e il tono da professoressa con cui aveva letto il rapporto, integrandolo con ironiche considerazioni personali, ebbe su Buffardi l'effetto di uno schiaffone in pieno volto.
– Ma allora lo sapevi? Ti è chiara la gravità della cosa, sí? Tu hai tenuto nascoste informazioni all'antimafia, facendo perdere ore importanti a...
– Io non ho nascosto proprio niente. Un'ora fa, appena saputo il nome del mancato suocero della vittima, ho chia-

mato il procuratore facendo presente il quadro completo. Lui ha convenuto con me sulla correttezza di quanto era stato fatto, e finché non emergono palesi indizi che si tratti di un delitto connesso alla presunta attività del padre del fidanzato di lei, noi non...

Buffardi balzò in piedi, i pugni stretti sui fianchi. Sembrava una pentola a pressione con la valvola di sfiato otturata.

– Ma quali sarebbero i palesi indizi? Noi sui Sorbo stiamo da dieci anni, e sono talmente radicati e consolidati nell'egemonia sul territorio che sbattiamo la testa contro il muro senza beccare un'accidenti di crepa! È evidente che questa è una vendetta, un'intimidazione, un avvertimento! Qualcuno cerca di far paura al vecchio, e non riuscendo ad arrivare a lui o a uno della famiglia ha messo le mani su questa ragazza che...

– Illazioni. Solo illazioni. I fatti raccontano tutt'altro. Era nuda, i vestiti riposti di lato, come se si fosse spogliata volontariamente. Un'unica coltellata, diritta nel cuore. Un vestito da sposa che galleggiava in mare. La macchina parcheggiata. E poi era la fidanzata del figlio, non del vecchio: e il figlio, a Pizzofalcone hanno controllato, non è in nessuna delle attività di famiglia, fa il funzionario alle imprese in una grande banca del Nord.

Buffardi era attonito, quasi stesse ascoltando una barzelletta che non capiva.

– Ma davvero. Tu credi davvero che qualcuno ammazzi la futura moglie dell'erede di un boss tra i piú feroci e potenti di questa città e che i due fatti siano indipendenti fra loro? Lo credi davvero, Piras? Perché se lo credi davvero non sei soltanto pazza come ho sempre immaginato, ma pure scema.

La Piras si alzò in piedi a propria volta. Era assai piú bassa del collega, ma sembrava in grado di sbranarlo tale era la ferocia che le sprizzava dagli occhi.

– Questa cosa, vedi. Questa che hai appena detto. Non sai quanto rimpiangerai anche solo di averla pensata –. Si fronteggiarono per un po', poi la donna riprese: – Guarda, voglio farti un favore: farti toccare con mano il modo di lavorare dei miei... come li hai chiamati? Ah, sí: vigili urbani. Io sto andando a Pizzofalcone. Vediamo che iniziative hanno preso per rovinare l'indagine, come dici tu. Vieni con me, cosí ti fai un'idea.

XII.

Era primissima mattina quando Martini e Lojacono avevano lasciato casa Valletta. La madre non si era svegliata ancora. Il padre era tornato da loro scuotendo la testa, e dal volto devastato i poliziotti avevano compreso che era rimasto a piangere accanto alla moglie immersa nel sonno chimico.

Avevano chiesto e ottenuto di visitare la stanza di Francesca, li aveva accompagnati Cecilia. Non si erano fermati molto, stava alla Piras decidere su un'eventuale perquisizione per la quale, al momento, non avevano titolo. Anche quell'ambiente era sembrato normale, ingombro di indumenti e biancheria. La testimone di nozze era scoppiata in un pianto dirotto ed era rimasta sulla soglia, il fazzoletto sulla bocca, appoggiata allo stipite, squassata dai singhiozzi. Elsa ne aveva seguito lo sguardo, chiedendosi cosa l'avesse commossa tanto. E aveva visto il bouquet del matrimonio che non sarebbe mai stato celebrato, un mazzolino di rose bianche e blu, con un delicato merletto a guarnirne il bordo.

Cecilia aveva mormorato:

– Avevamo sempre detto che avremmo rispettato le tradizioni. Cosí è stato per me quando mi sono sposata, cosí sarebbe stato per lei. Un matrimonio tradizionale, per due ragazze trasgressive. Lo abbiamo sempre detto. Sempre. Cazzo, Franci, che brutto scherzo che mi hai fatto.

Una volta in strada, Lojacono aveva chiamato Laura per informarla a partire dalla notizia principale, quella dell'appartenenza alla famiglia Sorbo del promesso sposo di Francesca. Aveva dovuto ammettere che il nome era stato pronunciato dal padre già la notte, all'obitorio, ma che non l'aveva collegato al clan. Alla Piras aveva anche detto, dopo averlo concordato con la collega, che avrebbero voluto andare subito da Giovanni Sorbo, di cui avevano chiesto l'indirizzo al cugino di Francesca.

Sarebbe stato un azzardo. Una loro visita a un Sorbo avrebbe potuto scatenare reazioni non controllabili. Ottavia, ultimata la consueta ricerca, aveva però riferito che l'uomo, oltre a essere incensurato, sembrava non avere nessun legame con la famiglia. Aveva studiato in Inghilterra e trovato impiego presso una banca d'affari a Milano, dove risiedeva.

La Piras, allora, aveva preso contatto col procuratore generale per poi dare l'autorizzazione a procedere. Era fondamentale capire quale reazione stava avendo l'uomo, e aspettare la formalizzazione dei mandati poteva essere uno svantaggio incolmabile. Aveva soltanto invitato Lojacono, e attraverso lui la Martini, a non farsi sfuggire nulla sulla scena del crimine, che avrebbe voluto tenere segreta il piú possibile.

Giovanni Sorbo abitava lontano dal quartiere governato dal padre, in un appartamento vicino al mare che, come aveva raccontato ai poliziotti Achille Barrella dando loro l'indirizzo, utilizzava quando veniva in città per Francesca. Dopo le nozze si sarebbero trasferiti a Milano; a detta del cugino, Francesca non avrebbe avuto difficoltà a procurarsi un impiego, visti i titoli e le capacità che aveva nella finanza.

Già nei pressi dell'abitazione, la Martini e Lojacono si resero conto che la zona era presidiata dagli uomini del clan. Due potenti moto stazionavano davanti alla palazzina, con tre giovani col giubbotto di pelle che fumavano intirizziti ma attenti a quello che accadeva attorno. Gli occhi di Lojacono individuarono anche un'auto dai vetri col tipico riflesso della blindatura, con due persone a bordo, all'inizio del viale privato che conduceva da Sorbo.

Scambiò uno sguardo d'intesa con la Martini. Si avviarono spediti verso la casa. La mano di Lojacono, nella tasca del cappotto, accarezzò il calcio della pistola e la schiena gli si irrigidí per la tensione. Al loro passaggio, uno degli occupanti dell'auto prese un telefonino e fece una chiamata. A distanza di meno di cento metri, uno dei motociclisti ricevette una chiamata e annuí, mettendo via il cellulare. Quando i poliziotti furono nei pressi del portone, un tizio dal viso butterato che Lojacono non aveva mai visto disse a mezza voce:

– Buongiorno, Cinese.

Lojacono non diede risposta e fece per citofonare. Un altro disse, sfottente:

– Secondo piano, ispetto'. Salite, salite. Non ci sta l'ascensore, ve la dovete fare a piedi.

I tre uomini risero. Elsa sussurrò al collega:

– Nessun problema. Anche dalle mie parti i delinquenti fanno cosí. Poi però quando li arresti piagnucolano, e hanno paura che a qualcuno dei nostri scappi la mano.

– Cosa che peraltro a volte succede. No, Martini?

Al secondo piano la porta era accostata, davanti c'era un energumeno con le mani incrociate dietro la schiena. Gli si fermarono di fronte. L'uomo non si mosse. Passato qualche istante si spostò, con un lieve, ironico inchino.

Non era un appartamento grande: due stanze, una cucina e un bagno. Pulito, ordinato, in apparenza vuoto e immerso nella luce fioca della prima mattina di febbraio. Elsa e Lojacono si guardarono e la donna infilò la mano nel soprabito: non aveva molto senso, ma l'ipotesi di una trappola non poteva essere scartata. L'ispettore la bloccò e indicò la fonte della luminosità.

Un infisso semiaperto dava su un terrazzo. A un tavolino sedeva un uomo, di spalle. Si intravedevano un bicchiere vuoto e una bottiglia di vino, oltre a un filo di fumo. I poliziotti si avvicinarono e uscirono all'aperto.

Il panorama era bellissimo. La strada in cui sorgeva la palazzina apparteneva a un comune limitrofo, in una zona un tempo abitata dagli operai della grande acciaieria. Le costruzioni erano popolari, risalivano a un'epoca in cui allontanarsi dal centro era un'ammissione di sconfitta; ora invece l'apertura di bar, ristoranti e discoteche si succedeva con rapidità, e tanto le sere d'estate quanto quelle d'inverno i dintorni si riempivano di ragazzi in cerca d'aria fresca o di bella musica.

Il terrazzo sembrava il ponte di una nave, sospeso com'era sul mare. Nell'aria tersa del mattino si stagliavano i profili di promontori e isole, cosí vicini da poterli toccare.

Dando voce ai loro pensieri, l'uomo seduto al tavolino disse, sommesso:

– Per questo scegliemmo l'appartamento. Io ne avrei preso uno un po' piú grande altrove, ma lei disse: «E perché? Ci serve spazio? Be', piú di cosí? Tutto il mare del mondo, non ti pare abbastanza?»

– Buongiorno, il dottor Sorbo, immagino. Io sono la vicecommissaria Martini e il mio collega è l'ispettore Lojacono, del commissariato di Pizzofalcone. Siamo qui in via ufficiosa, con l'autorizzazione della dottoressa Piras che è la Pm che sta seguendo le indagini, e...

– Lo so, chi siete. Lo so da ieri. Non avete visto gli uomini qui fuori? Sono le persone che mi hanno avvertito di quello che è successo, che di fatto mi hanno messo sotto chiave anche se formalmente posso andare, venire e fare ciò che voglio. Ma non ha senso uscire, se devo essere preceduto e seguito da macchine e moto che sorvegliano ogni passo, non crede? Me ne sto qui. A guardare il mare, che lei adorava. Nel giorno in cui avrei dovuto sposarmi.

Scrutò la sigaretta che stringeva fra le dita. Era un giovane alto e magro, con un'incipiente calvizie sulla sommità della testa, le lenti cerchiate di metallo e un grosso naso adunco. Aveva occhi neri e gentili, arrossati dal pianto.

– Avevo smesso. Da tre anni. Me l'aveva chiesto lei. Diceva che le restava la puzza sui vestiti. Ma adesso posso, no? Sí. Posso. La puzza non rimane da nessuna parte.

Lojacono chiese:

– Posso domandarle, dottor Sorbo, quando ha visto l'ultima volta la signorina Valletta? E cosa ha fatto da allora e dacché ha saputo cos'è successo?

– Capisco... Tutto può essere, no? Non va trascurata nessuna ipotesi. Mi rendo conto. Voi non potete sapere che mi sento come se la vita fosse finita, e che da ieri sto cercando disperatamente un motivo, un solo motivo per alzarmi da questa sedia. Giusto.

Elsa disse, piano:

– Dottor Sorbo, noi facciamo il nostro lavoro e...

Giovanni annuí, mesto.

– Certo, certo. Lo so. Era solo una riflessione... Ieri mattina ci siamo incontrati per strada, dovevamo andare a fare l'ultima prova dei vestiti. Abbiamo scherzato, immaginando di scambiarceli e la faccia che avrebbero fatto gli invitati a vedere me in abito bianco e lei in tight. Io le ho detto che... – Gli si ruppe la voce. Tossí, riempí il bicchiere e bevve un lungo sorso di vino. Poi riprese: – Era radiosa. Sono sicuro che sarebbe stata bellissima anche in tight. Mi sono domandato per l'ennesima volta come fosse possibile che una ragazza cosí bella volesse sposare uno come me. Sono andato dal sarto, potete verificare, ci sono rimasto un paio d'ore. Poi sono tornato qui, avevo da lavorare, ho il computer in collegamento con l'azienda, lo avrei portato anche in viaggio. Poi... – Di nuovo la voce spezzata, di nuovo un sorso di vino. Chissà se aveva mai smesso di bere, dal giorno precedente. – Poi sono arrivati gli uomini che avete visto. Prima due, dopo quattro. Adesso non so quanti siano.

Elsa volle andare a fondo.

– Chi sono, queste persone? Ce lo può dire?

Sorbo ridacchiò. All'inizio piano, poi sempre piú forte. Si asciugò gli occhi.

– Mi scusi, signora, ma mi è sembrata una battuta irresistibile. Chi sono, dice. E perché me lo chiede, se posso permettermi? Sono convinto che tecnicamente lo sappia meglio lei di me, chi sono. Almeno la loro identità personale, nomi e cognomi, di faccia e di profilo. Non ho dubbi che siano tutti a loro modo famosi, nell'ambito di appartenenza. Io so solo da dove vengono. E chi li ha mandati. Lo so da quando ero bambino, ho smesso da tempo di interrogarmi sui loro nomi.

Lojacono disse, senza durezza:

– E allora ce lo dica, dottor Sorbo. Ci dica da dove vengono e chi li ha mandati.

XIII.

Due piú due. Alla fine, è sempre questione di due piú due. Voi nel vostro mestiere fate cosí, no? Mettete in fila le cose, le sommate fra di loro e traete le conclusioni. E pensate pure che siano oggettive, le conclusioni. Che invece, ve lo posso garantire, sono spesso figlie del pregiudizio.

Io, per esempio, sono una conclusione sbagliata. Che combatte da sempre contro il pregiudizio, appunto.

Dovete sapere che io a mio padre e ai miei fratelli voglio bene. Sinceramente. Sono una buona famiglia, tutto sommato. Certo, fosse stata viva mia madre molte cose non sarebbero accadute, o forse sarebbero accadute comunque, chi lo sa. Mi dicono che io assomigli a lei, le piaceva leggere, andare al cinema, a teatro, io a stento me la ricordo. Uno non se l'aspetterebbe una donna cosí, in una famiglia come la mia. Due piú due.

Fin da piccolo ho dovuto combattere contro il due piú due. E ho inteso presto che per non avere danni dovevo rinunciare ai benefici. Che chiamarmi come mi chiamo mi costringeva a uscire da certi ambienti e a stare in altri.

Non volevo entrare negli affari di famiglia. Quando ho capito di che cosa si trattava, non ci ho avuto piú niente a che fare. E sapete perché? Non per onestà, o per vigliaccheria; non per pudore, o per rettitudine.

Io non sono negli affari della mia famiglia perché non li so fare.

Non li comprendo, non riesco a entrare in quel modo di pensare. Io sono diverso, semplicemente.

Mio padre l'ha sempre saputo che avevo altre inclinazioni. Credo lo intenerisse che somigliassi cosí tanto a mia madre, e che in qualche modo questo perfino lo gratificasse. Sta di fatto che non ha insistito, anzi, mi ha mandato a studiare fuori e rivedevo tutti soltanto nelle feste comandate.

Ho incontrato Franci a Londra. Cercavamo di tenerci in contatto, noi studenti italiani di Economia. Avevo sentito parlare di lei, della sua bellezza e della sua intelligenza, ma non era niente, rispetto a com'era in realtà. Niente. Eppure in quell'allegria c'era anche una vena di fragilità, come un'antica malinconia. Una tristezza sottile, che la rendeva ancora piú affascinante.

Ho cominciato a corteggiarla. Mi pareva impossibile che avesse attenzione per me, e invece le piacevo. Ci siamo messi insieme, e confesso di averle detto dopo, solo dopo, quello che facevano mio padre e i miei fratelli.

Sono stato generico, anche perché, come vi ho spiegato, io i particolari non li conosco e nemmeno li voglio conoscere. Lo so che sembra assurdo, ma non ho mai domandato e mai nulla mi è stato detto. Non ne faccio un discorso morale, sono consapevole che, senza fare domande, ho sfruttato i soldi di mio padre per essere mantenuto nel lusso a studiare in una delle migliori università del mondo. Ma il resto l'ho fatto io.

Due piú due. Uno col mio cognome che studia Economia, quindi una ripulita e un colletto bianco in piú per gestire gli affari. Un upgrade dell'attività, non piú gangster all'americana ma il salotto buono della finanza. Ho letto migliaia di articoli di giornale, di cronaca giudiziaria, ho visto film. Ma non è il mio caso. A me non è mai stato chiesto di fare qualcosa per la famiglia, nemmeno un consiglio sugli investimenti o qualche soffiata sul mercato azionario. Niente di niente. Io non ho idea di nulla.

Franci lo capí subito. Mi guardò negli occhi e mi chiese perché avessi aspettato a parlargliene. Io risposi la verità, e cioè che avevo paura che se ne andasse. Che facesse due piú due. Lei rise, e quando rideva faceva pensare all'acqua che scorre, alla pioggia di primavera. E disse che per lei due piú due faceva sempre una somma diversa.

Ma voi volete sapere di ieri, vero? Scusate, io divago. Troppo vino, forse.

Sono arrivati e uno si è messo alla porta, l'altro mi ha fatto sedere. Poi ha telefonato, col suo cellulare, e mi ha passato mio fratello Alessio. Ha voluto sapere come stavo, se mi era successo qualcosa. Io gli ho detto di no, che era tutto a posto, e gli ho domandato il perché di quella specie di irruzione. Allora lui me l'ha detto.

Mio fratello non è uno che scherza. Fin da bambino è stato cosí. Mia sorella sorride, qualche volta, ma mio fratello no. È in tutto e per tutto uguale a mio padre. Non ho avuto dubbi che dicesse sul serio.

Mi ha detto che gli avevano comunicato di un movimento in zona, di un arrivo delle vostre macchine. Che c'era stata questa... disgrazia. Cosí mi ha detto. Ma è sbagliato, non vi pare? Una disgrazia è un incidente di macchina, una caduta. Quando cade un cornicione e ammazza qualcuno, quella è una disgrazia. Una coltellata non è una disgrazia. Una coltellata è un omicidio.

No, non ho chiesto come l'hanno saputo, chi li ha chiamati. Immagino abbiano le loro fonti, proprio come voi. E non so altro: come l'hanno rinvenuta, se le avevano rubato qualcosa. So solo che è stata accoltellata.

Mio fratello mi ha passato mio padre. Mi ha detto che era sicuro che la cosa non riguardasse lui, gli affari della famiglia. Cosí ha detto: non riguarda la famiglia. Io nemmeno ci avrei pensato, ma sapete, anche loro fanno due piú due.

Non possiamo escludere però, mi ha detto, che qualcuno volesse colpire noi. Perciò da questo momento te ne stai là buono buono e aspetti. Che devo aspettare?, ho domandato. Che siamo sicuri, ha detto lui.

Poi sono arrivati gli altri. Si sono piazzati come li avete trovati voi. Si alternano, credo. A me sembrano tutti uguali.

Ho chiesto il vino e le sigarette, e me li hanno portati subito. Da allora sto qua. Oggi avrei dovuto sposarmi, sapete? E la donna che amo, che amerò per tutta la vita, è morta ammazzata. Nientemeno. E io non ho potuto nemmeno andarla a vedere, dove sta adesso.

Perché io mi chiamo Sorbo, Giovanni Sorbo. E tutti, compresi voi, appena avete sentito questo nome avete fatto lo stesso pensiero.

Due piú due.

XIV.

L'assistente capo Romano Francesco, detto Hulk, celebre per gli scoppi d'ira e famoso nella polizia locale per aver quasi strangolato un fermato che lo sfotteva per l'esiguità dello stipendio di un agente in rapporto al guadagno medio di uno spacciatore, picchiettava delicato la schiena di una bimba bionda aggrappata al suo enorme collo. Sul volto del poliziotto era dipinta un'espressione estatica talmente inconsueta che nessuno, se fosse stato fotografato, lo avrebbe riconosciuto.

La piccola si chiamava Giorgia, e per Romano era la piú bella bambina dell'emisfero boreale, con alte possibilità di essere in assoluto la piú bella dell'intero pianeta e probabilmente dell'universo, oltre a essere anche intelligente e precoce giacché pronunciava in maniera comprensibile (almeno per lui) una dozzina di parole, tra cui una che gli strappava il cuore dal petto e lo proiettava verso il sole.

Quella parola, l'unica sulla cui interpretazione convergevano tutti gli adulti che avevano a che fare con la bambina, era «papà».

Certo, si sarebbe potuto eccepire che Giorgia non aveva tanti altri elementi a disposizione, essendo la madre stata uccisa lo stesso giorno di aprile in cui era nata, qualche ora prima di essere abbandonata nel cassonetto in cui l'assistente capo Romano Francesco l'aveva trovata; e che la successiva, breve esistenza della suddetta bambina non aveva fornito schemi tradizionali, essendo ancora nella casa famiglia alla quale il giudice l'aveva affidata. Ma nonostante queste considerazioni, restava il legame fortissimo tra l'uomo e la piccola, che passava tutto il tempo a disposizione abbracciata a quel collo taurino.

Ragion per cui, ogni mattina all'alba, Romano Francesco, dimenticando di essere detto Hulk, invece di diventare verde decideva per il rosa: e attraversava la città fino alla periferia est per trascorrere con Giorgia una mezz'ora di assoluto paradiso.

Le due donne che gestivano la struttura, madre e figlia, erano abituate all'arrivo di Romano e assecondavano la bambina, che si comportava come una fidanzata in attesa del suo principe. La vestivano, la pettinavano con l'acconciatura preferita di lui (due spiritosi codini stretti da elastici colorati, di cui Romano aveva procurato una collezione completa), la profumavano per bene: e lei aspettava, quieta secondo il suo carattere, con in braccio un orsacchiotto privo di un occhio dal quale non si separava mai.

Ogni giorno il poliziotto le portava qualcosa: un giocattolo, un dolce, un indumento. E spesso, pur non incontrandoli perché a quell'ora dormivano, recava regalini anche agli altri cinque sfortunati bambini che risiedevano nella casa. Di lí a poco l'ambiente si sarebbe festosamente riempito, perché oltre gli ospiti fissi c'erano anche quelli che le mamme del quartiere lasciavano per il tempo in cui dovevano lavorare: un servizio che a prezzi modici Assunta e Rosa offrivano per arrotondare le insufficienti risorse percepite dallo Stato.

Romano conosceva ormai bene le capacità e lo spirito di sacrificio delle due donne, e cercava di supportarle raccogliendo generi di varia natura e, di tanto in tanto, erogando piccole somme in denaro. Ma ciò non comportava disparità di trattamento fra i bambini. E d'altra parte, a coccolare la piccola Giorgia ci pensava lui.

Il ragionamento che faceva Romano era semplice. Senza il suo fortunato ritrovamento, Giorgia sarebbe morta. Era grave, era stata salvata per miracolo. E la responsabilità era di lui, che l'aveva presa dalla spazzatura, e della dottoressa che l'aveva riportata in vita. Questo univa tutti e tre, a modo di vedere di Romano. Li univa indissolubilmente.

Il fatto che a questa unione di responsabilità si fossero unite altre complicazioni non faceva che rendere i legami ancora piú forti. E problematici, a voler essere chiari.

La piccola, stretta nel suo abbraccio, raccontava all'orecchio di Francesco storie incomprensibili che coinvolgevano Dodo, l'orsacchiotto, Sutta che era Assunta e lui stesso, «papà». A sua volta, Romano sussurrava alla bambina nel loro speciale linguaggio le solite cose di ogni mattina.

Io ti porto via di qua, Giorgia, amore mio. Ti porto via e ti faccio vivere in una meravigliosa cameretta dipinta di rosa e di azzurro. Sul soffitto dipingerò un cielo di stelle, col sole e la luna insieme e gli uccellini, tanto è un dipinto e chi se ne frega. E sulle pareti ci saranno gli alberi, e ti darò i colori, cosí anche tu potrai metterci quello che vuoi.

Parlavano insieme, Giorgia e Francesco, l'uno nell'orecchio dell'altra, lui in piedi e lei appesa al suo collo, quasi ballassero una danza speciale e segreta. Le diceva stai tranquilla, amore mio, perché io non permetterò che tu vada in chissà quali mani. Sai, l'avvocata che sta seguendo la nostra pratica è una signora bravissima, robusta come una quercia e dolce come una meringa, si chiama Valentina e mi ha promesso che la domanda di adozione andrà a buon fine, perché adesso io e l'altra Giorgia viviamo di nuovo insieme e non succede niente di male, io sono diventato buono e tranquillo, e se riesco a non strozzare Aragona tutti potranno dirlo. E il giudice non potrà che accettare, e finalmente io ti potrò tenere con me fuori di qui.

Romano non avrebbe mai rinunciato a quel momento. Quelle manine, quel naso minuscolo, quelle lentiggini e quei codini gli avevano regalato la conoscenza di una parte di sé di cui mai avrebbe sospettato l'esistenza. L'altro, quello che perdeva il controllo, quello che non sapeva limitare le reazioni, che correva il rischio di renderlo un criminale peggiore di quelli che combatteva, lo conosceva invece fin troppo bene.

E se ne vergognava.

Era quello che aveva quasi ucciso lo spacciatore. Quello che faceva stare sul chi va là i colleghi, pronti a intervenire per difenderlo dalla sua stessa violenza. Quello che gli aveva fatto schiaffeggiare la moglie, portandola ad allontanarsi da lui.

Il rapporto era stato ricostruito con difficoltà. Giorgia, quella adulta, non si fidava. Gli aveva detto, in piú di una drammatica discussione, che non voleva aver paura di chi amava. Che preferiva la distanza alla progressiva distruzione di un sentimento. Ma l'avvocata era stata chiara: nessuna possibilità di adozione se fossero rimasti separati, tanto piú se il motivo era la violenza privata. A muso duro, la donna gli aveva anche detto che non sarebbe stato etico per lei sostenere le ragioni di uno che poteva perdere il controllo anche con la bambina.

Stringendola con delicatezza, Francesco disse muto all'avvocata che quella bambina era il suo antidoto. Che potendosi occupare di lei non solo non sarebbe mai piú stato violento in casa, ma nemmeno fuori. Avrebbe detto all'avvocata che il rapporto di causa e di effetto andava invertito: non dovete darmi la bambina se non sarò piú Hulk; io non sarò piú Hulk se mi darete la bambina.

Ma capiva che non sarebbe stato possibile proporre queste motivazioni. Doveva dimostrare il cambiamento, convincere prima Giorgia, poi l'avvocata e infine il giudice. Solo allora avrebbe portato la piccola Giorgia via da lí, per darle una nuova vita.

La lasciò tra le braccia di Rosa, la figlia di Assunta; e come sempre provò il senso di un'amputazione violenta, della separazione rumorosa e cruenta da una parte di sé. La bambina cominciò subito a piangere, come ogni mattina: si sarebbe distratta con una caramella predisposta per quella finalità. Romano però doveva allontanarsi in fretta, per non accentuare il dolore del momento.

Uscí all'aria frizzante di febbraio. Non pioveva, ma l'aria odorava d'acqua. Andò verso l'auto, le mani in tasca e la testa insaccata nelle spalle, lo sguardo a terra.

Come ogni mattina gli arrivò addosso la consapevolezza dell'incoerenza, pesante come la responsabilità nei confronti della bambina. Adesso che non la teneva in braccio, che non avvertiva il dolce peso di quella minuscola vita e non ne sentiva il battito del cuore sul suo torace, ridiventava un peccatore.

E il suo peccato era la menzogna. La menzogna delle carezze, dei ricordi antichi e della rinnovata tenerezza. La menzogna del sesso e della cena, dei film alla Tv da vedere abbracciati e delle telefonate durante il giorno per fingere interesse nei confronti di una donna, mentre ne aveva un'altra nel cuore.

Perché l'assistente capo Romano Francesco, detto Hulk, si era innamorato della dottoressa Penna. E se voleva salvare la piccola Giorgia doveva invece ricostruire il matrimonio con la Giorgia adulta. Su questo l'avvocata Valentina Di Giacomo era stata perentoria.

Ricostruire il matrimonio.

Come edificare di nuovo la prigione senza porte e finestre che avrebbe chiuso fuori l'unica possibilità, per lui, di essere felice.

Mettendo in moto la macchina per recarsi in ufficio, e rabbrividendo per il freddo dell'abitacolo, Romano si disse che era illusorio pensare di scegliere tra due donne. La verità era che la scelta era tra la bambina e lui stesso.

Il matrimonio è una prigione, pensò.

XV.

Appena si ritrovarono in strada, Lojacono ricevette la telefonata di Ottavia. Riportò quello che avevano saputo a casa di Sorbo, poi ascoltò a propria volta. Quando ebbe chiuso, disse a Elsa:
– Dobbiamo rientrare. La Piras ha indetto una riunione da noi, e pare, a quanto riferito dalla sua segretaria che ha avvertito Ottavia, che con lei verrà anche il sostituto procuratore dell'antimafia, Buffardi.
La Martini si irrigidí.
– E perché, scusa? Che diavolo c'entra?
Lojacono si strinse nelle spalle, continuando a camminare verso l'auto.
– C'era da aspettarselo, no? Il nome di Sorbo rende l'ipotesi mafiosa piuttosto realistica. Lo sai, una delle caratteristiche del crimine in questa città è che per prima cosa si pensa alle organizzazioni, ai clan, anche se non c'entrano niente. Figurati adesso, che sembrano implicati direttamente. È già tanto che l'indagine non ci sia stata sfilata.
Elsa aveva rallentato l'andatura. Pareva distratta.
– E perché proprio questo, come si chiama? Non sono tanti, i magistrati dell'antimafia?
– Be', sai, è uno di quelli importanti. E poi è il titolare di non so quante indagini sui Sorbo, uno non particolarmente simpatico ma molto in gamba. Se la Piras se lo porta dietro, vedrai, è proprio per convincerlo che l'inchiesta tocca

a noi. Già un'altra volta, per l'omicidio di un panettiere, prima che arrivassi tu...

Elsa si fermò di botto.

– Senti, Lojacono, parla tu alla riunione. Mi ero dimenticata che oggi c'è un incontro a scuola di mia figlia, sai com'è, si è appena trasferita e non voglio che pensino che è orfana. Mi faccio vedere un attimo e torno. Poi mi racconti cosa vi siete detti con la Piras e questo... Come hai detto che si chiama?

Quando il Cinese entrò in sala agenti, Piras e Buffardi erano appena arrivati e c'erano tutti. Palma gli chiese a bassa voce dove fosse la Martini, e lui lo informò sull'impegno a scuola. Il vicequestore sospirò.

– E solo adesso se lo ricorda... Vabbe', allora relazionerai tu.

La Piras guardò l'orologio.

– Non sono ancora ventiquattr'ore dalla morte di Francesca Valletta. Il collega Buffardi, qui, ritiene molto probabile che il delitto sia da collegare alla criminalità organizzata perché, come sapete, l'uomo che la vittima avrebbe dovuto sposare oggi è imparentato con la famiglia Sorbo, dell'omonimo clan egemone proprio in questa zona. Il dottor Buffardi ha anche avanzato l'ipotesi di una certa grossolanità dell'approccio non specialistico, per dir cosí, all'indagine. Avevo sentito il procuratore per completare la prima fase, ma ho pensato di cogliere l'occasione di questo incontro per dimostrare al collega che siamo in grado di organizzarci. Se poi emergeranno elementi decisivi a supporto della sua opinione, noi saremo lieti di trasferirgli tutto. Non è cosí, Palma?

– Ma certo, dottoressa. D'altra parte, come sa, già in passato ci fu la questione dell'omicidio Granato, il panettiere che...

Buffardi, che si era stravaccato sulla poltrona dietro la scrivania di Pisanelli ora occupata dalla Martini, sbuffò.
– Sí, vabbe', ma adesso per favore non perdiamo tempo. Ho cose urgenti da sbrigare, io.
Palma sorrise come se avesse ricevuto un complimento, e riprese.
– Dunque, la scientifica e il medico legale hanno fatto i rilievi. I rapporti non ci sono ancora, ma la nostra Di Nardo ha le sue entrature. Che ci dici, Alex?
La ragazza sfogliò un taccuino.
– Allora, capo, la collega che lavora come assistente all'istituto di Medicina legale mi ha fatto la cortesia di fotografare gli appunti del dottor Di Muzio. La sintesi sulla causa della morte e sull'ora è questa: una sola coltellata inferta dall'alto verso il basso, dritta nel ventricolo sinistro. La morte è intervenuta per dissanguamento in pochi secondi, presumibilmente attorno alle undici. Chi ha colpito, ha colpito per uccidere e ha colpito una volta sola.
Buffardi si era fatto attento.
– E altre ferite? È stata trascinata, legata, rapita o...
– No, niente. Su tutta la superficie del corpo, la mia amica asserisce che non ci sono tracce di altre ferite. Polsi, caviglie, niente. E non hanno tolto i gioielli, pare ci sia qualcosa anche di valore. Però queste sono le risultanze dell'esame superficiale, poi ci saranno le analisi, gli organi interni, eccetera. Ma per tutto questo bisogna aspettare domani.
Buffardi, che non aveva mai ottenuto notizie dal medico legale prima del rapporto ufficiale, riuscí a non tradire emozioni.
La Piras chiese:
– La scientifica? Ho sentito la Martone poco fa, ha detto che mi farà sapere quanto prima.
Alex assentí.

– Ho un contatto in laboratorio, dottoressa. Mi conferma l'assenza sulla scena di una possibile arma del delitto, del telefonino della vittima, dei documenti. Per oggi hanno disposto un sopralluogo dei sommozzatori, per vedere se c'è qualcosa sul fondo davanti alla spiaggetta. Stanno lavorando adesso sull'abito da sposa, spero di saperne di piú stasera. Ma di sicuro la dottoressa Martone la chiamerà prima.

– Sí, ne sono certa. Lei comunque, Di Nardo, resti in comunicazione col suo contatto. Magari facciamo prima noi. Complimenti per la velocità e la precisione, comunque –. Lanciò un'occhiata in tralice a Buffardi, che se ne stava impassibile nella stessa posizione. Si rivolse allora a Palma: – Andiamo avanti. Che altro abbiamo?

Il dirigente fece un cenno a Lojacono, che riassunse sia il passaggio a casa Valletta sia quello nell'appartamento di Sorbo. Quando riportò questa parte, Buffardi si drizzò a sedere.

– Siete andati davvero là? Nell'appartamento sul lungomare?

– Sí, dottore. Io e la collega Martini, che ora non c'è, e...

Buffardi non credeva alle proprie orecchie.

– Cioè, lei e questa Martini, chiunque cazzo sia, vi siete avviati da soli in bocca a quelle belve senza...

Lojacono sembrava un monaco buddhista in piena meditazione.

– Faccio presente, dottore, che abbiamo informato la qui presente dottoressa Piras che ci ha dato precise indicazioni. D'altra parte non abbiamo incontrato alcun ostacolo né nell'ingresso dell'appartamento né nella disponibilità del dottor Giovanni Sorbo, il quale...

Buffardi scoppiò a ridere.

– Il dottor Giovanni Sorbo? Un criminale che...

Intervenne Ottavia:

– Laureato in Economia a Oxford, massimo dei voti con lode. Master in Business Administration a Cambridge, in Finanza internazionale a Ginevra, in Finanza d'impresa a Milano, tutti con valutazione finale massima. Specializzazioni in...

Buffardi si voltò verso di lei, inviperito.

– Questo non lo colloca certo al di fuori del perimetro, signora. Mi creda.

– Intendevo solo dire che il titolo di dottore non è sbagliato. Dottore.

Palma mascherò una risata con un colpo di tosse. Lojacono riprese, ritenendo inutile riferire il racconto del giovane circa la propria estraneità al clan, alla quale lui aveva comunque creduto.

– Sorbo ha descritto i propri spostamenti nelle ore presumibili del delitto, e noi abbiamo richiesto la verifica.

Intervenne Aragona:

– Ci sono andato io, sartoria *Marinacci* in piazza Medaglie d'Oro. È stato là a provare il vestito, che è stato poi consegnato all'indirizzo dove siete stati voi, dalle 10 alle 11:30. Ci sono sei testimoni. Il che, tenuto conto che con il traffico ci vuole almeno un'ora ad arrivare al palazzo sul mare, e soprattutto alla luce del fatto che non c'ero io alla guida, esclude il tizio dalla lista, mi sa.

Palma gli lanciò un'occhiataccia che il giovane non vide, impegnato com'era a togliersi e rimettersi le lenti azzurrate.

Il vicequestore allora si rivolse alla Piras.

– Abbiamo anche pensato di fare un passaggio, ieri pomeriggio, sul posto di lavoro della vittima. C'è andato Romano.

L'assistente capo si inserí, pronto.

– Sí. La Valletta lavora, per meglio dire lavorava, alla Ronconi Export, una ditta che si occupa soprattutto di scambi commerciali con la Cina, prodotti agroalimentari all'andata e manifatturieri al ritorno. Gestisce i movimenti di container a grosso livello, la Valletta seguiva i regolamenti in valuta e le operazioni bancarie. Era molto stimata, e tutti erano tristi per il fatto che aveva preavvertito delle dimissioni per un trasferimento a Milano successivo alle nozze. Le volevano bene, ma non aveva amici veri e propri perché la media di età è parecchio piú alta della sua. Ovviamente non sapevano niente della morte, e io niente ho detto. L'unica informazione che ho ottenuto era che passava spesso la pausa pranzo in un ristorante dei dintorni col cugino e con sua moglie, sia insieme sia separati. Il cameriere, che li vede sempre, me l'ha confermato.

Buffardi era il ritratto della sorpresa, con gran divertimento della Piras che, man mano che gli agenti relazionavano sul lavoro fatto, allargava il sorriso.

– Bene, – disse. – C'è altro, Palma?

– Certo, dottoressa. Ottavia?

La Calabrese si schiarí la voce.

– I profili social e la presenza su internet dei soggetti sentiti e della vittima rientrano nella normalità, con accessi nella media e forti interazioni. Francesca era appassionata di fotografia e di viaggi, moltissime notizie su questo, sempre col fidanzato che invece risulta piú schivo, meno assiduo. Da tre mesi l'argomento centrale era il matrimonio, di cui è stata decisa la data il… – Consultò lo schermo, poi aggiunse: – Il 14 ottobre scorso. C'è un post della ragazza, con una caterva di commenti. Molti scambi con Cecilia Barrella, il cui nome da signorina è Fusco, la hostess, che sembra piú felice di lei. Anche il cugino non stava nella pelle. Da rilevare che Sorbo non ha profili social, nonostante in un paio di occasioni la fidanzata lo prenda in giro perché sempre al computer.

Lojacono annuí.

– Sí, ci lavora. Ce l'ha spiegato, è in contatto con l'azienda.
Ottavia confermò.
– Sí, ho verificato, è in rete con la banca d'affari per cui lavora. È ammesso dal regolamento.
La Piras disse, soddisfatta:
– Abbiamo finito, Palma?
– Per ora sí, dottoressa. Non appena avremo i rapporti della scientifica, del medico legale e dell'unità subacquea, procederemo agli incroci e agli interrogatori che saranno necessari.
Buffardi si alzò, infastidito.
– Tre giorni. Avete tre giorni. E nel frattempo io intendo comunque lavorarvi alle spalle, coi collaboratori di giustizia e gli informatori nel quartiere. Sono arciconvinto che si tratti di un avvertimento alla famiglia Sorbo, ma vi faccio giocare ancora per un po'.
Quando salirono in macchina per rientrare in procura, la Piras gli chiese:
– Non male per dei vigili urbani, eh, Diego?
Lui grugní, imbronciato.
Dal portone di fronte, due occhi verdi lo fissavano.

XVI.

Dopo lunghe e faticose ricerche, avevano trovato una trattoria in un vicolo non distante dalla grande piazza che dava sulla stazione centrale.

Era una zona molto popolare, con diversi vantaggi. Primo: era vicina alla procura, e Laura cosí poteva contenere i tempi della pausa pranzo. Secondo: era lontana abbastanza da Pizzofalcone, e Lojacono poteva contare sull'improbabilità di un incontro con qualche collega. Terzo: aveva una specie di saletta, che era piú una rientranza dell'ambiente principale, in cui si poteva parlare senza dover urlare per il rumore provocato dagli estroversi camerieri e dalla clientela di passaggio. Quarto: si mangiava divinamente.

L'appuntamento era stato confermato con uno sguardo impercettibile agli altri, al termine della riunione in sala agenti. Le sopracciglia corrugate e la lieve alzata di mento della Pm, l'abbassamento di un paio di millimetri dell'impenetrabile espressione orientale dell'ispettore. Traduzione: ci vediamo al solito posto? D'accordo.

E adesso erano al loro tavolo, in una bolla di intimità sottratta a una frenetica giornata in cui, con competenze diverse, dovevano affrontare lo stesso problema. Inevitabile che ne parlassero.

– Secondo me, – disse Lojacono, – i Sorbo non c'entrano. Almeno, non nella loro attività principale. Non è un delitto di mafia.

Aveva spazzolato in pochi minuti un piatto di pasta, patate e provola di dimensioni imperiali, e attendeva che la Piras finisse la sua pasta e ceci per passare alla seconda portata. La donna rispose, ingoiato il boccone:

– Non lo so. In effetti Buffardi non ha tutti i torti. Si tratta di un delitto molto melodrammatico, altamente simbolico, e questo se ci pensi rientra nello stile della lotta fra clan. Il giorno prima delle nozze, una coltellata nel cuore, l'abito da sposa che se ne va sulle onde. E poi, in un luogo che è all'interno della zona amministrata dai Sorbo.

– Appunto. Troppo all'interno per sfuggire alla sorveglianza, non credi? Rifletti: un commando di un altro clan che attraversa la città, attira non si sa come la Valletta nella grotta in pieno giorno, lei ci va senza lottare, si fida, non ne parla alla migliore amica, né ai parenti né al fidanzato stesso e si fa accoltellare guardando l'assassino, senza nemmeno mostrare sorpresa. Assurdo.

La Piras finí il piatto con un mugolio di piacere e si pulí le labbra col tovagliolo. Lojacono la trovò irresistibile.

– Tu sei troppo influenzato dalle modalità che la criminalità organizzata utilizza dalle tue parti, Giuseppe. Lí fanno le cose per bene, si attrezzano e le vittime scompaiono nel nulla, salvo farsi rinvenire in forma di ossa nella calce dopo anni se un pentito ne rivela la posizione. Qui è diverso, – fece un cenno verso la sala, dalla quale proveniva un frastuono di voci e di stoviglie, – qui fanno rumore. Qui ogni cosa dev'essere evidente, visibile, clamorosa. Pensaci: se un avversario avesse voluto dimostrare la fragilità dei Sorbo, con questa cosa ci sarebbe riuscito benissimo. A casa loro, in pieno giorno e con una che sta per entrare nella famiglia. Piú di cosí…

Lojacono accennò al cameriere di procedere con le portate. Era affamato.

– Sull'entrata in famiglia ho i miei dubbi. In riunione non ne ho parlato perché non aveva rilevanza col tema, e poi c'era Buffardi e sarebbe sembrata una scusa per rivendicare la nostra competenza sulle indagini, ma Giovanni Sorbo ci ha parlato a lungo della propria distanza dagli affari del clan. Devo dirti che mi ha convinto.

– Comunque, abbiamo tre giorni. È già tanto: credevo che Buffardi si sarebbe mosso per acquisire subito gli atti. Evidentemente è ancora scottato dall'altra volta, quando l'omicidio del panettiere risultò essere tutt'altro da quello che immaginava lui. O è rimasto sciocccato dalla vostra dimostrazione di competenza di stamattina, che devo dire è stata abbastanza impressionante.

Lojacono ridacchiò.

– Sí, perfino Aragona sembrava competente. Se pensi a come eravamo solo un paio d'anni fa, una banda di reietti raffazzonata e raccogliticcia, rifiuti che dovevano portare il commissariato alla chiusura sbrigando pratiche e chiudendo verbali. Non pare incredibile che oggi riusciamo addirittura a far restare a bocca aperta uno come Buffardi?

Laura rise in risposta, ma ridiventò subito seria.

– Sí, ma non ci vuole niente a tornare nella polvere. Sono in molti a non sopportare di aver dovuto ritrattare rispetto a quello che sarebbe successo di Pizzofalcone. Un errore grave, come aver fatto perdere tre giorni alle indagini su un omicidio di mafia, ve lo farebbero pagare. E anche a me, probabilmente. Quindi, non si può sbagliare.

Lojacono aveva attaccato con dedizione le sue braciolilne al ragú.

– Vedrai, Laura. Anche Elsa, la Martini, concorda con me. Certe cose si sentono. Questo è un delitto passionale.

La Piras aveva optato per un meno impegnativo piatto di zucchine alla scapece.

– Elsa... Siamo già a questo livello di confidenza, eh? E il caso vuole che tu faccia sempre coppia con lei. Mi devo aspettare qualcosa?

– Dottoressa Piras, se lei non fosse la donna piú fredda e determinata all'interno della cinta urbana, sarei quasi propenso a ritenere che ci sia della gelosia nelle sue parole.

Laura si strinse nelle spalle, senza sollevare gli occhi dal piatto.

– Be', è di sicuro bellissima, la Martini. E una col suo passato può anche essere affascinante per un poliziotto.

Lojacono la fissò, intenerito.

– Ma davvero pensi che un uomo che ha la fortuna di avere una come te possa anche solo guardare un'altra? La gelosia è insicurezza. E non credo proprio che tu sia insicura.

La Piras portò lo sguardo al di là della vetrata. Il sole riscaldava l'ambiente, facendo dimenticare il freddo di febbraio.

– Sai, Giuseppe, a volte la sicurezza è come un vestito. Lo puoi indossare, e ti può anche stare bene. Puoi portarlo con eleganza, magari sembra fatto su misura. Ma non puoi certo tenerlo sempre, no? Tutti i giorni, ventiquattr'ore al giorno. E può anche succedere che se una cosa ti sta a cuore, quell'abito lo togli. E resti senza.

Lojacono allungò la mano sul tavolo per sfiorare quella di lei.

– Mi piace, quando togli gli abiti. Sia in senso metaforico sia in senso reale. Ma non devi avere dubbi, io sono coinvolto in un sentimento per volta, è la mia natura. Peraltro la Martini è respingente. Sarà anche bella, non dico di no, ma ha quell'aria gelida che ti fa sentire a disagio. Ottima poliziotta, per carità: ma tutto, tranne che attraente.

– Attento... Hai davanti una che per mestiere trova la verità all'interno delle bugie.

– E allora guardami pure negli occhi. Non ti scordare che il limite maggiore del nostro rapporto è il tuo, visto che ti allontani quando siamo troppo vicini. Fosse per me...

– Sei pazzo, mi sa. Il problema della figlia ce l'hai tu, anche se sottovaluti Marinella. Quella ragazza è piú in gamba di quanto credi.

Lojacono piegò la testa di lato.

– Davvero? E che ne sai tu, che non ci hai mai parlato davvero?

Laura ripiegò in fretta, comprendendo di essere andata oltre.

– Immagino. Le ragazze di quell'età non sono piú bambine, anche se i padri lo capiscono sempre quando è troppo tardi.

Passò un minuto, in cui ognuno rifletté su sé stesso. Alla fine Lojacono disse:

– Sai, pensavo alla vittima, questa Francesca. A come doveva essere felice, il giorno prima del matrimonio. A come doveva sentirsi padrona del mondo, alle porte di una nuova vita. La casa, il trasferimento, il lavoro. Tutto nuovo. E invece non ha visto niente. Non ti fa rabbia, questa cosa?

– Sí. Molta. Anche se devo dirti che secondo me il matrimonio, alla fine, può essere anche la tomba di ogni sogno. Non è meglio restare indipendenti, e scegliersi ogni giorno, invece di infilarsi in una gabbia dentro la quale una mattina ci si sveglia senza poter scappare?

– È strano che lo dica io a te: io che ho un matrimonio fallito alle spalle, e mi vengono i brividi a pensare di essere stato legato a quell'arpia della madre di Marinella, a te che non ti sei mai sposata. Ma tra le persone giuste e in un'età consapevole, il matrimonio può essere la piú bella stagione della vita.

– Ci sono andata vicino, però. Proprio molto vicino. E non è un bel ricordo, come sai. Poi ho lavorato tanto, troppo forse, per costruire quello che sono oggi. E mi risulta ancora difficile pensare a me stessa in altri panni, all'interno di un'altra vita. Forse, col tempo...

Lojacono si spostò all'indietro, appoggiandosi allo schienale della sedia. Prese il tovagliolo e si asciugò la bocca.

– Certo. Forse, col tempo. E con chi sarà vicino a te al momento giusto.

– Giuseppe, io...

L'ispettore si alzò, richiamò l'attenzione del cameriere per il conto.

– Dài, andiamo. Palma ha detto che subito dopo pranzo voleva stabilire un piano d'azione, il termine ravvicinato gli ha fatto decidere di destinarci tutti all'omicidio Valletta. Fortuna che non c'è molto altro da fare.

La Piras si alzò a propria volta, con l'orribile sensazione di aver risposto con uno schiaffo a una carezza.

XVII.

Palma si risolse a essere chiaro.
– Ragazzi, avete sentito quel pallone gonfiato di Buffardi, no? Ci dà tre giorni. Come se fosse lui a determinare i compiti. Io non capisco per quale motivo la Piras è stata zitta quando si è permesso di fare il procuratore generale senza esserlo. Ma se lo ha fatto, allora è proprio vero: abbiamo tre giorni. E se abbiamo tre giorni, ci dobbiamo concentrare su questa indagine. Siamo d'accordo, sí?

La Martini se ne stava seduta a quella che per tutti era rimasta la scrivania di Pisanelli, in pizzo alla sedia come fosse in procinto di scattare in piedi.

L'interpretazione del ruolo era opposta a quella del collega che l'aveva preceduta. Tanto Giorgio era un punto di riferimento stanziale, sempre al proprio posto e pronto a riferire degli umori del quartiere anche solo sulla base dell'aria annusata, tanto Elsa pareva evitare ogni coinvolgimento con la città. A distanza di piú di tre mesi dal trasferimento, non risultava frequentare nessuno. Né i colleghi erano riusciti ad averla agli incontri in pizzeria che ogni tanto organizzavano per vedersi fuori dell'ufficio.

– Sí. Dobbiamo darci da fare, – disse, – e non solo per quello che ha detto questo tizio, chiunque sia: ma perché abbiamo la convinzione che la criminalità organizzata non c'entri. Se passiamo la palla, l'omicidio verrà imputato a qualche fesso di delinquente qualsiasi, e il vero assassino la farà franca.

Palma la trafisse con lo sguardo.

– Come che sia, abbiamo tre giorni. Approfittiamo del fatto che non c'è altro di urgente in ballo e dividiamoci i compiti. Martini e Lojacono, tornate sia dai genitori sia dagli altri parenti, quei cugini. Cercate di capire se c'era qualcosa che non andava nella sua vita. Non credo che tutto fosse cosí perfetto, se poi l'hanno ammazzata. Alex, tu fatti una passeggiata alla scientifica. Vedi di capirci al di là dei rapporti scritti, impressioni, idee. Magari c'è qualcosa sul vestito o sul cadavere, o i sommozzatori riescono a reperire quello che manca.

Alex si era già alzata per recuperare il soprabito. Palma continuò:

– Roma', tu invece torna sul posto di lavoro. La prima visita è stata superficiale perché non sapevamo ancora se dovevamo procedere o no, stavolta cerca meglio. C'era qualcuno che ti è parso piú legato alla ragazza?

– Sí, capo: è un'azienda divisa in comparti che interagiscono poco o nulla tra loro, e con la Valletta lavoravano in due, un tizio che era assente ieri pomeriggio e una ragazza che mi è sembrata molto collaborativa. Ne può uscire qualcosa.

– Bravo. Portati Aragona, cosí, come supporto.

Romano protestò debolmente.

– E no, capo, ti prego, fammi lavorare tranquillo!

L'agente scelto lo fissò, offeso.

– Lavorare è una parola grossa per te, Hulk. Dici piuttosto che il capo sa che hai bisogno di un badante, se no combini qualche casino. Tranquillo, capo, ci penso io. E se c'è qualcosa da scoprire, lo scopro.

Il dirigente alzò gli occhi al cielo.

– Mi chiedo dove saremmo senza di te, Arago'. Che cosa avremmo potuto fare, se non ci fossi stato tu.

Il giovane si tolse fiero gli occhiali, avendo frainteso il senso della frase del vicequestore.

– Invece per fortuna sono qui, capo. Inutile pensare alla triste eventualità. Ci sono e ci sarò sempre, non ti preoccupare.

A mezza voce, Romano disse:

– Ricordati che devi morire, dicevano i monaci nel Medioevo.

Palma continuò:

– Ottavia resta qui a fare da ufficiale di collegamento. Ognuno di voi, al termine di ogni visita, chiama e riferisce a lei, cosí abbiamo costantemente uno sguardo d'insieme. Domande?

Elsa chiese:

– Tu riesci a tenerci l'antimafia fuori dai piedi per questi tre giorni, Palma? Perché dobbiamo avere mano libera. Non possiamo correre il rischio di ritrovarci altre strutture fra le palle.

Aragona sorrise:

– Mamma mia, che fascino le donne che dicono le parolacce!

La donna non lo degnò di uno sguardo, ma replicò:

– Allora se ti piace essere preso a parolacce hai trovato la donna giusta, Aragona. E vaffanculo.

Palma rispose, come non avesse sentito quello scambio:

– Farò il possibile, Martini. Voi segnalatemi eventuali ingerenze. Va da sé, massima cautela soprattutto con Sorbo e nessun contatto con la famiglia. Se tocchiamo quei fili, restiamo stecchiti.

Quando furono usciti tutti, Palma si avvicinò alla scrivania di Ottavia. Non restavano da soli da una decina di giorni, Riccardo aveva avuto una brutta influenza ed era convalescente; la cosa aveva assorbito tutto il tempo libero di lei, che aveva anzi dovuto chiedere qualche ora di permesso. Il timore segreto del vicequestore era che l'indisposizione del ragazzo avesse sollevato gli scrupoli di coscienza che Ottavia, lo avvertiva chiaramente, tratteneva sotto la superficie del loro stare insieme, e che costituivano il piú grave degli ostacoli.

– Come sta tuo figlio? Non mi hai detto piú niente.

La donna lo guardò imbarazzata, come sempre quando il dialogo si faceva personale, soprattutto in quel luogo.

– Sfebbrato, siamo al secondo giorno. Ci ha spaventati, è arrivato a 39,6. Con lui il problema è che non si lamenta. Non dice nulla, dove gli fa male, se si sente svenire. Dobbiamo intuire noi.

Quel riferimento al marito, anche solo con l'uso della prima persona plurale, diede a Palma la ben nota fitta allo stomaco. Si chiese per l'ennesima volta quand'era stato che quel sentimento era diventato cosí importante da sentirsi sempre sospeso su uno strapiombo.

– E lo avete tenuto a casa?

– Sí, con questo freddo non si poteva lasciarlo uscire. Poi lunedí, se starà bene, lo accompagneremo a scuola. Ma non ti preoccupare, Gaetano ha fatto in modo di restare con Riccardo. Ha organizzato in azienda in maniera da poter rimanere in contatto telefonico.

– Certo che è proprio un santo, questo tuo marito. Fortuna che c'è lui, no? Altrimenti, non si sa proprio come sopravvivresti.

– Perché questo tono, Gigi? Non credi che non sia il caso di avere risentimento nei suoi confronti?

Palma si sentí schiaffeggiato. Si passò una mano sul volto e mormorò:

– Non ci posso fare niente, Otta'. Lo so benissimo che non ho alcun titolo, che dovrei accontentarmi di quello che abbiamo, che riesci a darmi. Ma il solo pensiero che tu condivida con un altro cosí tanto, che tu...

– Io non lo amo piú, Gigi. Ammesso che lo abbia mai amato, e credimi, certe notti cerco di ricordare com'era tra noi prima di Riccardo e non riesco a riportare alla mente niente: niente di niente. Nemmeno il divertimento, la complicità. Eppure qualcosa dev'esserci stato, non credi? Altrimenti non ci saremmo sposati.

Palma fece per allungare la mano su quella di lei, poi girò lo sguardo verso la porta. Fuori, Ammaturo fischiettava leggendo i giornali sportivi.

– Lo so, – disse, – non sei capace di amare due persone contemporaneamente. Lo so. Ma io vorrei amarti alla luce del sole, Otta'. Non ce la faccio a tenere questo sentimento chiuso nello scantinato. Voglio essere io, tuo marito. Lo capisci?

Con un gesto secco, Ottavia asciugò la lacrima che le scendeva sulla guancia.

– Anch'io voglio solo te. E con tutta me stessa. Ma con Gaetano condivido Riccardo. Magari nient'altro, e lo sappiamo tutti e due anche se non ce lo diciamo, ma Riccardo sí. E certe volte... Non me lo far dire, ti prego. Io piú di questo non ti posso dare, Gigi. E vorrei, sai. Vorrei tanto.

Il cuore di Palma fu attanagliato dal terrore di perderla. Ebbe la consapevolezza che se non si fosse accontentato sarebbe stato condannato all'assenza di lei, e non si sentí in grado di sopportarla.

– Hai ragione, Ottavia. Sono io un pazzo, uno stupido. Hai ragione tu. Solo, vorrei che sapessi che ci sarò, qualsiasi cosa decida. Voglio essere un bel pensiero, per te. Non un motivo per cui piangere.

La donna si morse il labbro, per recuperare l'equilibrio emotivo. Dopo qualche secondo disse:
– Stanotte pensavo a Francesca Valletta. Quando vai a fondo nei profili social di una persona, tutte quelle immagini, i post e i link a film, canzoni, spettacoli, ti sembra di essere diventato un suo amico. È strano. Non l'hai mai vista, ma ti pare di conoscerla da sempre. E sai che tentazione ho avuto?

Palma scosse il capo, e lei riprese.
– Mi è venuto di scriverle un messaggio. Non l'ho fatto, ma ne ho avuto proprio la tentazione. Le avrei scritto di non farlo, di andarsene via, da sola, dall'altra parte del mondo. Le avrei scritto: non ti sposare. Non fare una promessa che ti terrà legata, anche quando sarai una persona radicalmente diversa da quella che sei adesso. Non costruire la prigione in cui andrai a vivere. Non farlo.

Il dirigente la fissava, commosso. La donna continuò.
– Ma non si può, giusto? Quello che è successo è anche peggio. E noi non la possiamo piú avvertire via social. Non si può. Noi possiamo solo trovare chi ha fatto questa cosa, ma non la possiamo restituire alla sua vita. Peccato, no?
– Peccato, sí. Che peccato.

XVIII.

Nella rapida visita del giorno prima, Romano aveva dovuto solo accertare che non ci fosse qualcosa di macroscopico nella vita lavorativa di Francesca Valletta. Una lite, un dissidio plateale, qualche minaccia subita.

Verificatane l'assenza, aveva cercato di capire come avesse trascorso le ultime giornate in ufficio; ma gli era stato detto che nell'ultima settimana la ragazza non era andata, per via dei preparativi del matrimonio.

L'intento di escludere ragioni relative a quell'ambiente aveva circoscritto l'attenzione di Romano alle sfumature e ai particolari che, come aveva imparato, emergevano piú che dalle parole dagli sguardi, dai gesti, dagli atteggiamenti. Si riproponeva adesso di intercettare queste impressioni, in assenza di nuove notizie.

Contano i dettagli, pensava. I dettagli fanno la differenza tra indagare sul campo e rimestare nelle identità digitali. Rispettava il lavoro di Ottavia, e riconosceva che l'abilità della collega costituiva un enorme valore aggiunto per la squadra. Ma era convinto che un tono di voce incerto, uno sguardo sfuggente e una mano sudata raccontassero piú di un profilo social.

Certo, la compagnia di Aragona non era la premessa migliore per quel tipo di indagine. Aveva il suo intuito, non lo negava, e qualche volta aveva incredibilmente fatto centro; ma Romano era sicuro che fosse per la sua incapacità di vedere al di là della superficie. L'agente scelto, insomma, non si faceva distrarre dalle ipotesi. Quello che era, era.

Lasciarono l'auto al parcheggio sotterraneo ed emersero in superficie risalendo una scala mobile che non funzionava. Il vento gelido batteva l'area scoperta, la gente in giro era pochissima e accentuava l'atmosfera postatomica di un quartiere futurista incastonato incongruamente al centro di un reticolo di antichi vicoli. Grattacieli altissimi, viali enormi e aiuole malmesse dichiaravano il mancato mantenimento di una promessa di modernità.

Aragona, il cappellino verde pisello calato fin sotto le orecchie, disse:

– Madonna, che posto infame. Ti immagini, Hulk, a dover lavorare qua? Povera ragazza, perciò si voleva trasferire.

Romano grugní dal bavero del giaccone. Giunsero di fronte a un portone dove c'era, fra le altre, una targa con scritto: «Ronconi Export - XVIII piano».

Aragona la fissò perplesso.

– Io non capisco perché non lo scrivono normale, il nome del piano. Vogliono dire diciassette, perché non scrivono diciassette invece di mettere 'ste ics, vu e i?

Romano mormorò:

– Forse perché non vogliono dire diciassette e vogliono dire diciotto.

– Ecco, vedi? Lo fanno per confondere.

Fin dall'uscita dall'ascensore compresero che la notizia della tragica fine della ragazza era arrivata. La porta era aperta e un capannello di persone parlava fitto. Due donne piangevano, una addirittura singhiozzava. Romano fu subito riconosciuto, e una signora pallida si staccò dal gruppo per andargli incontro.

– Lei è venuto ieri, vero? Ci scusi, non sapevamo niente. Riceviamo spesso visite, i vostri colleghi della guardia

di finanza, la sorveglianza sulle operazioni finanziarie, sa. Eravamo convinti si trattasse di questo.
Aragona la squadrò, rubricandola come poco attraente.
– Lei chi è, scusi?
La donna spostò gli occhi su di lui, restando ferita dai colori del giubbotto e del cappellino.
– Sono Giulia Morales, amministratrice delegata dell'azienda. I vostri nomi, prego?
Romano declinò le proprie generalità e quelle del collega, piú che altro per riguadagnare un minimo di credibilità.
– Avremmo bisogno di parlare con chi lavorava a stretto contatto con la dottoressa Valletta. Posso sapere come avete saputo della sua morte, visto che non è stata ancora resa pubblica?
– Dopo che lei è andato via, abbiamo provato a metterci in contatto con Francesca. Come le dicevo, pensavamo si trattasse di un'ispezione. Non ci siamo riusciti fino a stamattina, poi ci ha chiamato un parente avvertendoci della cosa, proprio qualche minuto fa. Siamo sconvolti. Prego, accomodatevi nel salottino. Faccio venire i due colleghi di Francesca.
Romano pensò che nella voce della donna, al di là del comprensibile sconvolgimento per la notizia, c'erano evidenti tracce di sollievo per lo scampato pericolo di un'ispezione finanziaria. Dettagli, rifletté. Che si vedono solo da vicino.
Nel salottino c'era un tavolo da riunione con sei sedie e un divanetto. Aragona si stravaccò su quest'ultimo e si tolse il cappellino.
– Ah, finalmente un posto caldo. Mi si stava congelando il cervello.
Romano stava per rispondere che il congelamento delle particelle microscopiche era un procedimento complesso, ma preferí evitare discussioni. In effetti nella stanza faceva

molto caldo, grazie a un condizionatore piuttosto rumoroso posto sotto la finestra. Diciotto piani piú giú, la strada continuava a essere deserta.

Entrò la ragazza che aveva sentito il giorno prima. Era carina, di piccola statura, con gli occhi rossi di pianto e la voce tremante.

– Salve, io... Mi scusi, ma ho appena appreso e... Ma come è accaduto? Chi può...

Romano disse:

– Non lo sappiamo ancora. La signorina Crespi, vero?

– Arianna, sí. Sono a vostra disposizione per tutto quello che...

Aragona chiese:

– Eravate amiche? Cioè, vi raccontavate i fatti vostri, lei e Francesca?

La domanda colse di sorpresa la ragazza.

– Noi... Sí, abbastanza, direi. Non che ci vedessimo fuori dal lavoro, questo no, ma qui qualche volta chiacchieravamo. Francesca... Era una persona cordiale, Francesca. Molto aperta, pronta ad aiutare. Io le volevo bene. Tutti le volevano bene.

L'agente sbuffò.

– Sí, sí, poi facciamo un'orazione al funerale. Adesso però ci servono delle informazioni in piú. Lei aveva notizia di qualche preoccupazione, qualche timore di Francesca?

Imbarazzata dalle domande dirette, la giovane guardò verso Romano che non volle sconfessare Aragona, annotando tuttavia mentalmente di dargli un calcio nel sedere appena possibile.

– Ho già detto ieri al suo collega, qui, che Francesca mancava da diversi giorni per i preparativi del matrimonio, e quindi non avevamo avuto occasione di...

Aragona insistette, brusco.

– Sí, vabbe', signori', ho capito. Ma se eravate abbastanza amiche, l'avrebbe saputo se aveva qualcosa per la testa, no? Che so, era silenziosa, stava per conto suo, scoppiava a piangere...

La giovane parve incerta e rispose con un po' di ritardo. I sensi di Romano furono all'erta. Dettagli, si disse. Questa mancata risposta è un dettaglio.

– N-no, almeno non... No, direi di no.

Decise di intervenire.

– Signorina Crespi, per favore, cerchi di ricordare. Può essere di enorme importanza scoprire se Francesca aveva delle preoccupazioni. Lo faccia per lei, se davvero le era amica.

La ragazza si avvicinò alla finestra, muta. Aragona lanciò uno sguardo d'intesa a Romano, come a dire: devo fare tutto io. Non aveva mutato posizione, semisdraiato mollemente sul divanetto. Poi la giovane parlò.

– Tempo fa, per qualche giorno Francesca non fu lei. Stava zitta, non diceva niente. Riceveva telefonate sul cellulare e si allontanava in corridoio per rispondere, non l'aveva mai fatto. Mi chiedevo il perché di questo cambiamento. Poi però, dopo poco, tornò a essere la solita.

Romano la pressò.

– E lei non le domandò niente?

– Certo che sí. Le domandai se aveva bisogno di aiuto, se potevo fare qualcosa. Ma lei disse di no, che anzi aveva una bella notizia da darmi: si sposava.

Aragona chiese:

– E con precisione quando successe, 'sto fatto?

La Crespi si voltò verso di lui.

– Era dopo le feste, direi un mese fa. Massimo un mese e mezzo. Gli inizi di gennaio.

Romano si inserí.

– Non ne aveva mai parlato prima? Non era programmato da tempo, il matrimonio?

– No. Tanto che io le chiesi, ricordo che stavamo prendendo il caffè al distributore in corridoio: ma davvero? In febbraio? Un matrimonio in febbraio? Perché era strano, non vi pare?

Aragona commentò:

– È strano che uno si sposa, non il mese.

La ragazza continuò:

– E lei disse, perché no? Vuol dire che andremo al mare mentre voi state qui al freddo. E si mise a ridere. Io fui contenta, perché la vidi sollevata. Da allora tornò a essere la solita Francesca.

La Crespi uscí. In attesa dell'arrivo dell'altro collega, Aragona disse:

– Bah... La Valletta mica era una ragazzina. Teneva pur sempre ventotto anni. E una si decide dalla sera alla mattina? Forse parlava al telefono col fidanzato. Forse lo voleva convincere e lui resisteva. Io avrei resistito.

L'uomo che entrò era un sessantenne piacente, alto e sovrappeso. Si presentò come Rosario Acampora. Dottor Rosario Acampora, soggiunse. Ad Aragona e Romano, per una volta d'accordo, risultò subito odioso. Gli posero la stessa domanda fatta alla Crespi.

– Io sono qui per lavorare, che credete? Dirigo uno degli uffici di maggior importanza della struttura, non posso certo star dietro alle paturnie femminili. È già complicato avere due donne come collaboratrici.

Aragona lo squadrò.

– Be', dev'essere piú complicato per loro. Comunque, lo scorso gennaio ha notato un cambio di comportamento della Valletta?

– Guardi che ogni mese, per cinque giorni, le donne cambiano comportamento. Le devo spiegare perché?

Romano disse, duro:

– La prego di evitare questo tipo di commenti, Acampora. Non dimentichi che si tratta di una ragazza morta ammazzata. E risponda alla domanda del collega.

L'uomo sbatté le ciglia e perse di botto il tono infastidito.

– No, agente, non ricordo niente del genere. Ricordo invece che a metà gennaio la Valletta ci ha comunicato che si sarebbe sposata e che probabilmente poi si sarebbe trasferita. Non le pare abbastanza grave, questo?

Aragona fece la faccia perplessa.

– E perché sarebbe grave, scusi?

– Perché l'azienda aveva investito su di lei, ecco perché. L'avevamo formata perché potesse dirigere una filiale all'estero, in Cina, dove abbiamo la maggior parte del lavoro. Le avevamo fatto fare corsi di aggiornamento, l'avevamo preparata. E alla fine lei arriva fresca fresca e dice grazie di tutto, siccome mi voglio sposare arrivederci a mai piú.

Romano colse l'irritazione nella voce di Acampora. Dettagli, pensò. Utili dettagli.

Il tizio commentò, disgustato:

– Donne. Questo succede a investire sulle donne.

Aragona sospirò.

– Su questo devo darle ragione.

Romano annotò che i calci nel sedere passavano a due.

XIX.

L'agente assistente Alessandra Di Nardo arrivò alla sede della polizia scientifica mentre il pallido sole di febbraio stava velocemente calando, conferendo alla strada una luce trasversale e fredda che sapeva tanto di Nord.

Il girovagare del padre, ufficiale dell'esercito, e la salda convinzione ancillare della madre che si dovesse seguire il capofamiglia dovunque andasse, l'aveva portata a vivere fino all'adolescenza una condizione nomade che aveva previsto due permanenze in piccole città del Settentrione. Non ricordava con gioia quei periodi. Pur essendo di carattere non estroverso, e non godendo di alcuna libertà per l'atteggiamento rigido dei genitori, non si era trovata bene in quei posti.

Certo, c'era ordine. Pulizia e civiltà, toni di voce pacati e accenti alieni, molta educazione civica e rispetto della privacy. Ma lei si sentiva a proprio agio solo in quella caotica, agitata e confusionaria città. Vi si percepiva in piena sintonia, come se la sua vita fosse uno strumento accordato con quella cacofonia assurda. E poi non sopportava il freddo.

Fu perciò con sollievo che si infilò nel portone, riscaldato e illuminato a giorno. Era una vecchia caserma, ma la ristrutturazione l'aveva resa moderna e funzionale. D'altra parte lei, pensò Alex, non avrebbe accettato di lavorare nel casino.

Si fermò dal piantone, depositando la rivoltella d'ordinanza e firmando il modulo d'accesso. Funzionario ricevente:

dottoressa Rosaria Martone. Motivo della visita: servizio. In effetti, pensò.

Salí la rampa di scale e percorse il corridoio che portava all'ufficio di Rosaria. Si accorse di due tizi in camice bianco che si diedero di gomito al suo passaggio, e una parte sepolta di lei bisbigliò inquieta che forse si recava da quelle parti troppo spesso, che forse questo poteva indurre maldicenze e pettegolezzi, che la tranquillità con cui Rosaria manifestava sé stessa, unita alla frequenza delle visite, poteva lasciar dedurre la loro relazione. Pensieri che, fino a pochi anni prima, o forse mesi, l'avrebbero gettata nel buio dell'angoscia. Stavolta, invece, rivolse un sorriso serafico ai due, con tanto di lieve cenno del capo. E quelli, arrossendo, finsero di parlare d'altro e risposero distrattamente. La nuova Alex, rifletté la ragazza. La nuova me. Che mi piace un sacco.

Giunse alla scrivania davanti alla porta, dove c'era Antonio, l'agente che svolgeva la funzione di segretario, un ragazzo discreto e gentile. Impegnato al telefono, le fece segno di attendere. Poi, conclusa la conversazione:

– Ciao, Alex. Qual cattivo vento?

– Niente di piacevole, Anto'. La gente ammazza la gente, sai.

– E per fortuna, altrimenti dovremmo cercarci un lavoro. Non è meglio stare qui, invece, a chiacchierare tra amici? Aspetta, vedo se è libera.

Digitò tre numeri sulla tastiera, sussurrò qualche parola e fece segno ad Alex di entrare.

Rosaria le stava venendo incontro. Alex riconobbe la sensazione della prima volta in cui si erano viste, quando aveva avvertito una specie di languore, un intorpidimento dalle parti dello stomaco, forse un po' piú su. Ne avevano parlato spesso: l'amore è una percezione fisica, sensoriale. Poi, su questo nucleo animale, i sentimenti cominciano a costruire quella reggia meravigliosa che è l'unione dei cuori e delle anime: ma la scintilla è fisica. O c'è, si erano dette ridendo, o non c'è.

La Martone percorse gli ultimi metri quasi correndo e la baciò a lungo. Alex restituí il bacio, riconoscendo il loro speciale modo di baciarsi, quel contatto di bocche che significava tutto e il contrario di tutto. E si disse ancora una volta che se avesse dovuto morire, nell'ultimo attimo di coscienza si sarebbe gettata nel ricordo di quella sensazione, per finire felice.

Rosaria la prese per mano e la portò verso l'angolo dell'ufficio in cui era attrezzato un salottino.

– Be'? Dimmi che sei qui per sapere che cosa voglio per cena, perché devi andare a fare la spesa.

– Io? Guarda che tocca a te cucinare stasera, non ci provare. E nemmeno ti consentirò di ordinare qualcosa fingendo di provare la nuova app che hai sul telefono. Devi proprio cucinare tu!

La Martone piagnucolò.

– Dài, ma non hai nessuna pietà per una che passa la giornata tra provette e alambicchi? Lo sai che mettermi a cucinare mi fa sembrare che stia continuando a lavorare!

– Me ne frego, tesoro. I patti sono patti. Una sera io, una sera tu.

L'altra sorrise, lasciva.

– E se ti proponessi uno scambio vantaggioso?

– Niente da fare. Non scambio la cena col dessert.

Rosaria mise il broncio.

– Ti odio, Di Nardo. Sono un primo dirigente e tu un'agente assistente: dovresti obbedire agli ordini.

– E tu fammi rapporto, voglio vedere che scrivi. E poi, non lo sai che l'odio è un'ottima base per una relazione duratura? Non hai avuto dei genitori?

– E va bene, cucino io. E cucinerò talmente male che sarai costretta a supplicarmi di cucinare tu per sempre.

– A quel punto mi spingerai tra le braccia di una cuoca, grassa e maleodorante. Non ti lamentare, poi.

Rosaria diventò seria.

– Mai tra le braccia di un'altra. Cuoca o no. Mai.

– Mai, amore. Mai. Ma adesso mi fai dire perché sono qui, prima che a Pizzofalcone mi diano per dispersa?

Rosaria sbuffò.

– Fine dell'intervallo. Ma mi spieghi perché tutto 'sto casino attorno a questa ragazza? È una cosa atroce, per carità, ma di omicidi in città, e in generale nell'area di nostra competenza, ce ne sono tanti. Perché stavolta mi chiamano tutti sollecitando i rapporti, peraltro ottenendo l'effetto che stiamo ancora piú attenti e quindi ritardiamo?

– Perché, come avrai compreso dall'abito, la ragazza si sarebbe dovuta sposare oggi. E il promesso sposo è nientemeno che il figlio di Emiliano Sorbo.

La Martone corrugò la fronte.

– Ah, adesso capisco. Quindi è un omicidio di mafia? Una vendetta trasversale, o era pure lei organica al clan?

Fu il turno di Alex di sbuffare.

– Ecco, vedi? Anche tu coi pregiudizi. Ha proprio ragione Lojacono, in questa città anche se piove è colpa della criminalità organizzata. Che palle. Invece no, noi riteniamo che non si tratti di questo, che sia un omicidio passionale. E ci stiamo lavorando, però ci hanno dato pochissimo tempo, poi le indagini saranno avocate dalla Dda.

La Martone ascoltava attenta.

– Questo è il motivo per cui l'ufficio di Buffardi mi ha chiesto copia dei rapporti, ma non di alterare la normale trafila che ha la Piras come referente. Ok, chiaro. Dimmi allora, che ti serve?

– Siccome si gioca sul filo dei minuti, il capo, che pensa io abbia un'amica che lavora qui, mi ha chiesto se riesco a sapere qualcosa di interessante prima del rapporto ufficiale. Io non ho mai detto di te, di noi, ma mi piace avere l'occasione di venire qui piú spesso, quindi gliel'ho lasciato credere. Ho fatto male?
– Niente che sia finalizzato a vederti di piú è sbagliato. E spero di poterti effettivamente dire qualcosa di interessante, se mi prometti di non rivelare la fonte, altrimenti mi metti nei guai sia con la Piras che con Buffardi. Promesso?
Alex baciò due dita di diritto e di rovescio.
– Parola di coccinella.
Rosaria andò alla scrivania e rimestò fra le carte. Prese una cartellina e tornò a sedersi.
– Dunque, vediamo. Prima di tutto, i sommozzatori non hanno trovato niente. Cioè, niente che riguardi il caso, perché quel punto è meglio di un bazar a Casablanca quanto a merce sul fondo. Meglio di una discarica. Qualche telefonino c'era, ma roba vecchissima e quindi direi che da lí non verrà fuori niente. Se la ragazza aveva con sé qualcosa, l'assassino se l'è portata via.
– Almeno le chiavi della macchina doveva averle, no? Non sono state ritrovate?
Rosaria girò un paio di pagine e scorse un elenco.
– No. Niente chiavi. Soltanto indumenti. Nella tasca dei jeans c'era un po' di contante, una cinquantina di euro, ma nient'altro in tutta l'area.
Alex rifletté:
– I vestiti. Lojacono e Martini ci hanno detto che erano ripiegati ordinatamente. È cosí?
– Sí, il rapporto è chiaro. Un maglione, un reggiseno, un paio di collant, un paio di jeans. Niente slip, almeno sul posto.

– Strano, no? In febbraio. Una va in un posto che è il piú umido del mondo e si denuda davanti a chi l'ammazzerà.

– Questa è la parte vostra del lavoro. Io però credo volesse fare sesso, perché altrimenti presentarsi senza slip? L'avrà ammazzata l'amante, o il fidanzato che l'ha colta sul fatto, dopo una scenata di gelosia. In fondo è un Sorbo, no? Buon sangue non mente.

Alex fece una smorfia.

– Pregiudizi. Sei piena di pregiudizi. Magari sei una di quelle che dicono che l'omosessualità è una malattia, di' la verità.

La Martone rise alla battuta e continuò.

– Però qualcosa ti posso dire, sempre in via riservata, sul vestito. L'abito da sposa che galleggiava, hai presente? Perché quella è un'ipotesi plausibile per la nudità, se ci pensi: col freddo che fa, una si spoglia se vuole mettersi qualcos'altro. Altrimenti va in un albergo a ore.

Alex la fissò ammirata.

– Ecco, questa è un'idea interessante. Secondo me prima o poi potresti diventare una poliziotta. Anzitutto, siamo certi che il vestito sia il suo? Sono sicura che Martini e Lojacono, che sono a casa della Valletta, riscontreranno la cosa, ma se abbiamo un elemento in piú…

– La misura corrisponde alla perfezione, questo sí. Campioni adatti a un match del Dna non ne abbiamo, purtroppo. Ma cosí, a sensazione, direi proprio che era il suo. Il corpo però era abbastanza distante dalla riva, almeno un paio di metri: difficile che l'abito sia caduto accidentalmente. Sono piú propensa a credere…

Alex terminò la frase.

– … che sia stato gettato via, sí. Piú ne vengo a sapere, piú concordo con l'impressione di Lojacono che non si tratti di un delitto di mafia. Ma dimmi dell'abito.

La Martone assunse un'aria malinconica.
– È un bellissimo abito. Manifattura raffinata, materiali di prim'ordine. Non ci sono tagli sul davanti, quindi la ragazza non lo portava al momento del ferimento perché il corpetto è integro. Sul retro c'è un bottone antico. L'abbiamo analizzato, risale agli anni Trenta. Conosci la tradizione delle spose, no?
– Quale tradizione delle spose?
Rosaria ridacchiò.
– Già, tu non hai sorelle maggiori al cui matrimonio sei stata costretta a fare da damigella. Una sposa deve indossare qualcosa di nuovo, qualcosa di vecchio, qualcosa di prestato e qualcosa di blu. Davvero non lo sapevi?
La ragazza scosse il capo e la Martone proseguí.
– Il bottone è sicuramente il qualcosa di vecchio. Abbiamo anche il blu, un nastro all'interno della gonna. Il nuovo può essere lo stesso abito, o lo slip che manca, o un dettaglio. Dobbiamo capire il prestito, per quello che conta. Magari uno dei gioielli che aveva addosso, io punterei su un anello d'argento con l'ambra che portava al dito.
– Perché?
– Per due motivi fondamentali. Il primo è che è grande, almeno di due misure. Nella caduta è scorso fino alla falangetta del medio. Il secondo è che aveva tutto il resto in oro rosa, orecchini, collana, bracciali e altri anelli. Non sembra una che mischia gli stili.
Di Nardo aveva preso nota di tutto sul telefonino. Rilesse e disse:
– Chiunque sia stato, che brutto. Il giorno prima del matrimonio, ci pensi?
– Sí, ci pensavo prima. Dicono sia il giorno piú felice della vita, per una donna. Magari anche per un uomo, almeno per alcuni di loro. Chi lo sa.

Alex rise.
– Be', noi non lo sapremo mai. Giusto?
Rosaria si avvicinò per baciarla.
– E chi lo sa, Di Nardo. Chi lo sa.

XX.

Nel tardo pomeriggio Aragona decise di passare da Pisanelli. La motivazione era procurarsi una sciarpa pesante dalla valigia che il giorno prima aveva portato, piuttosto ottimisticamente, a casa dell'amico.

L'agente scelto soffriva il freddo. All'uscita dall'ufficio di Francesca Valletta, ritrovandosi in quella landa desolata che avrebbe dovuto essere l'avanzato centro direzionale della città, il vento ululante aveva trovato un facile varco tra l'orlo del cappellino verde pisello e il bavero del giubbotto viola melanzana, congelandogli il collo.

Ora, va detto che Marco Aragona era titolare di meravigliosi pregi ma aveva un piccolo difetto: una soglia del dolore piuttosto bassa che lo induceva a una galoppante ipocondria. Ragion per cui, presagendo le peggiori malattie, decise di munirsi di un ulteriore indumento protettivo. A tal fine avvertí il truce Hulk che lo avrebbe raggiunto in commissariato perché doveva assentarsi una mezz'ora, procurando nel collega la sensazione di aver svoltato la giornata.

Caso volle che ancora una volta da Pisanelli ci fosse Nadia, l'infermiera. Aveva avuto un cambio di turno e non sarebbe potuta passare in serata come era abituata a fare. La ragazza era appena arrivata quando Aragona bussò alla porta, e contrariamente all'incontro precedente non emergeva da otto terribili ore d'ospedale, in divisa, stropicciata e stanca. Stavolta sarebbe andata al lavoro da lí, quindi era un'altra donna quella che il poliziotto si trovò davanti sulla soglia.

I lunghi capelli neri cadevano morbidi su una camicetta azzurra, aperta sul collo. Il nasino all'insú dava un'aria ancora piú giovanile al viso, in contrasto con le labbra piene e gli occhi scuri marcati da un leggero trucco. L'assenza del camice consentiva l'esplosiva visione di un corpo sottile ma generoso, con gambe fasciate da jeans affusolati. Aragona fu tentato di chiederle di girarsi per avere contezza del fondoschiena, ma gli risalí alla memoria il pauroso ceffone dell'incontro precedente e decise di soprassedere.

– Ah, – disse la ragazza, – questo sta un'altra volta qua. E sempre nel momento meno opportuno, quando avevo l'ago già pronto. Il dono di rompere le palle, del resto, o ce l'hai o non ce l'hai.

Con questo simpatico saluto tornò verso la stanza di Giorgio, al quale disse, concisa ma incisiva:

– Ci sta un'altra volta il fesso vestito da Arlecchino.

Nonostante la criptica descrizione, Pisanelli intuí subito l'identità del visitatore.

– Ué, Arago'. Ma che è successo, come mai sei venuto prima? Non dovresti avere ancora almeno un paio d'ore di lavoro?

Il giovane entrò nella stanza, gettando verso la ragazza uno sguardo in cui cercò di concentrare superiorità, apprezzamento, freddezza, consapevolezza del proprio fascino e voglia di conoscersi meglio, nella sicurezza che sarebbe stato apprezzato. L'effetto cadde nel vuoto perché Nadia stava armeggiando con l'iniezione.

Marco rispose:

– Sí, sí, non fare il vicecommissario ora che non lo sei piú, devo solo prendere una sciarpa dalla valigia e me ne vado a mandare avanti l'ufficio, lo sai che senza di me quelli non riescono a fare niente. Fa un freddo cane, non capisco come si possa pensare di sposarsi a febbraio. E di farsi ammazzare nuda, peraltro. Se non l'accoltellavano, secondo me quella moriva di freddo comunque entro tre secondi e noi avremmo avuto tante rotture di scatole in meno.

Pisanelli, affamato di lavoro com'era, si drizzò a sedere.

– Che? Avete un omicidio? E come, non ho sentito niente in televisione! Chi è morto?

Nadia lanciò ad Aragona un'occhiataccia.

– Giorgio, non ti devi agitare. Magari non è vero, sarà un'invenzione di questo deficiente. Stenditi, per favore.

Aragona la fissò offeso, togliendosi gli occhiali azzurrati come D'Artagnan si toglieva il cappello davanti alla regina.

– Senti, bella, tu fai il tuo lavoro di cameriera e io faccio il poliziotto, va bene? Se dico che ci sta un omicidio, vuol dire che ci sta un omicidio. Punto.

Pisanelli sembrava un bracco davanti a un osso.

– Dài, dài, racconta! Chi è morto? E perché non ne parla nessuno? Per tenerlo riservato sarà una cosa grossa, no? Allora? Parla, non mi fare stare sulle spine!

L'infermiera fece un cenno risentito ad Aragona.

– Adesso hai fatto il guaio, questo non si calma. Dài, racconta veloce, ché me ne devo andare in ospedale e lui non ha ancora fatto l'iniezione.

– E già, come se io potessi parlare davanti a estranei di un omicidio che il magistrato ha deciso di non rendere noto, perché è implicato il figlio di un capoclan. Mi dispiace, ci fosse solo Giorgio glielo racconterei, ma davanti a una cameriera io non...

Nadia ringhiò.

– Senti, fesso, io non sono una cameriera, e comunque avrei rispetto di qualsiasi mestiere, specialmente se fossi un cretino agghindato da scemo che non solo non lavora affatto, ma si veste pure come uno che ha raccattato i suoi stracci da un cassonetto.

Il poliziotto sbuffò.

– Guarda, sono abituato a voi ignoranti che non seguite la moda e non sapete apprezzare l'eleganza, quindi questi commenti mi scivolano addosso. Tieni conto che il solo cappellino, un capo firmato di uno stilista inglese che mo' non mi ricordo il nome ma te lo faccio sapere, costa probabilmente quanto tutto quello che tieni addosso, che non dico che non ti sta bene perché sono un ragazzo sincero, ma che si vede che è roba di mercatino, quindi, per favore, non puoi proprio discutere e…

Pisanelli proruppe:

– Arago', basta! E pure tu, Nadia, non gli dare corda, già normalmente per capire quello che dice ci vuole l'interprete. Dimmi subito, quale figlio di capoclan?

Aragona allora riferí, con precisione e dovizia di dettagli, dell'omicidio di Francesca Valletta. Lo fece con l'evidente intento di impressionare Nadia con particolari cruenti, senza riuscirci dato quello che la giovane vedeva durante un turno medio in ospedale.

Pisanelli non perdeva una parola. Quando Aragona disse che la vittima avrebbe dovuto sposarsi proprio quel giorno con Giovanni Sorbo, sospirò di meraviglia.

– Giovanni? Il terzo figlio di Emiliano, quello che studiava all'estero? Lui?

– Sí, proprio lui. Buffardi pensa che sia un fatto di mafia, un regolamento di conti, una vendetta, qualcosa del genere. Noi però non lo crediamo, e allora stiamo procedendo con gli interrogatori secondo le solite modalità, ma abbiamo soltanto tre giorni e il primo è già quasi finito, quindi sono venuto a pigliare la sciarpa ché tira un vento gelido e devo rientrare subito.

Suo malgrado, anche Nadia era rimasta colpita.

– Certo, povera ragazza. Il giorno prima del matrimonio. Che peccato.

Aragona fece una smorfia.

– Che poi, ripeto: sposarsi in febbraio. Ma chi te lo fa fare? Fa freddo, piove, non puoi fare un ricevimento all'aperto, ma che assurdità.

La giovane si strinse nelle spalle.

– E perché? Ha una sua bellezza. Intanto non si sposano tutti, a maggio e giugno non si trovano posti da nessuna parte, fa caldo, la gente odia mettersi vestiti lunghi e cravatte. Poi, il viaggio di nozze: vuoi mettere, per chi se lo può concedere, andare al mare in pieno inverno? Che invidia!

Pisanelli non partecipava alla conversazione, perso dietro altri pensieri. Giovanni Sorbo. Il figlio di Emiliano. Ricordava quando era nato, quel bambino: e quanto fosse diverso dal resto della famiglia.

Si rivolse all'infermiera.

– Nadia, io posso uscire?

La ragazza lo fissò scandalizzata.

– Neanche per idea! Cioè, tecnicamente sei guarito, la ferita è chiusa e non hai problemi postoperatori, ma sei debolissimo e sotto antibiotici. Fuori fa freddo, e…

Aragona ridacchiò.

– Sembri mia madre, sembri. Avrà l'età per decidere lui, no? Mica gli serve la badante. Non ancora, almeno.

Nadia gli puntò un dito in faccia.

– Senti, stronzo, io ti ritengo responsabile, sia chiaro: dire queste cose a uno che sta ancora a letto dopo un intervento. Vieni qua, bussi alla porta…

Aragona la interruppe, concentrato in un pensiero che gli era venuto in mente in quell'istante.

– A proposito, Pisane', mi serve un mazzo di chiavi, devo andare e venire, lo sai com'è quando uno fa questo lavoro in modo serio, ti possono chiamare in qualsiasi momento e...
Giorgio si stava posizionando sul ventre.
– Dài, Nadia, fai quest'iniezione perché ho da fare. Presto.
Aragona balzò in piedi, inorridito.
– Madonna mia, ma che schifo! Sono in grado di sopportare le peggiori scene del crimine, ma non posso reggere alla vista del culo di Pisanelli all'aria! Io vado, è stato bello stare con voi, ma tutto ha un limite. Arrivederci.
E scappò, alla ricerca di una sciarpa che si intonasse con giubbotto e cappello.

XXI.

Elsa Martini aveva sempre provato orrore per le facce della gente che si riuniva compunta a casa di una vittima.

Non era come per una morte improvvisa ma naturale, un infarto, un ictus; e nemmeno com'era in caso di incidente, di disgrazia.

All'inizio della carriera, per parecchio tempo aveva prestato servizio sulle volanti, nelle sue nebbiose e fredde terre. I ragazzi bevevano, si mettevano alla guida e finivano contro un albero, un guardrail, in un burrone. Di lí a poco arrivavano i genitori, i fratelli, gli amici. C'era nei loro occhi il dolore, la paura, perfino il sollievo per il proprio scampato pericolo. Era atroce leggere il sedimentarsi, minuto dopo minuto, della consapevolezza della perdita.

L'omicidio era tutta un'altra cosa. Magari un occhio inesperto avrebbe osservato gli stessi comportamenti, l'identico, compunto imbarazzo. Avrebbe udito gli stessi sussurri, percepito lo stesso voler essere altrove, visto le stesse lacrime. Ma c'era un sentimento diverso nell'aria, ed Elsa se ne accorgeva con chiarezza.

Nella folla che si radunava attorno ai parenti di chi era stato ammazzato c'era una curiosità voyeuristica. C'era la voglia di vedere e sapere qualcosa che al resto del mondo non era consentito vedere e sapere. C'era la coscienza di trovarsi in un punto d'osservazione privilegiato, di assistere a una rappresentazione unica, senza eguali.

Era questo che dava a Elsa una stretta di disgusto allo stomaco, che le faceva venir voglia di scappare da quegli occhi curiosi e affamati di particolari. Perché tutti quelli che erano lí scalpitavano per ritrovarsi a casa, in ufficio o al bar e raccontare com'era la faccia di chi era stato appena privato di un affetto da una mano ignota.

Casa Valletta non faceva eccezione. La decisione congiunta di Piras e Buffardi di tenere lontana la stampa da quell'evento non poteva certo impedire alla famiglia di cercare il sostegno di chi voleva. Martini e Lojacono si ritrovarono in un muto e surreale ricevimento, in cui gruppetti di uomini e donne senza nome si aggiravano tra regali di nozze che non sarebbero mai state celebrate e bomboniere che non sarebbero mai state consegnate, nel pieno di un cortocircuito che vedeva la morte e la felicità disputarsi un territorio devastato dalla sofferenza.

I due poliziotti restarono sulla soglia, cercando un volto noto che potesse riceverli. Andò loro incontro Achille Barrella, il cugino di Francesca. Aveva l'aria stazzonata di chi non ha chiuso occhio e non si cambia d'abito da molte ore, il volto alterato da una profonda sofferenza.

Li salutò e li condusse in un'altra stanza, senza presentarli a nessuno. Attraversarono la piccola folla, sentendo addosso la curiosità e le ipotesi di tutti sulla loro identità. Barrella accostò la porta di un ambiente le cui pareti erano rivestite da librerie cariche di volumi. Li fece sedere e prese posto dietro una scrivania.

– Questo è lo studio di mio zio, ma lo usavamo io e Francesca per studiare. Lui ci teneva solo i libri, è un gran lettore, sapete. Anche mia zia legge, ma non quanto lui.

Lojacono chiese:

– Come stanno?

Barrella sospirò.

– Mia zia si è svegliata. Non piú di un'ora fa. Si è resa conto, credo, perché non ha piú parlato del matrimonio, dell'organizzazione, eccetera. Non lo so con certezza perché guarda nel vuoto, dice solo monosillabi.

Elsa chiese:
– E suo zio?
– Lui è distrutto. Distrutto. Lo siamo tutti, in verità. Vede, è difficile da spiegare com'era Francesca. Lei era… se l'aveste conosciuta, mi capireste. Lei era… imprescindibile, ecco. Era il centro della vita di tutti, in famiglia e fuori. Sarà impossibile abituarsi a stare senza di lei.

L'ispettore annuí.
– Sí, certo, le personalità forti…
– No, no. Non era solo questione di personalità forte. Era la luce. Francesca illuminava, ecco. Quando entrava in una stanza, mutava proprio l'atmosfera. Io, ve l'ho detto, sono cresciuto con lei; stavamo sempre insieme da ragazzi, ed era come portarsi dietro l'anima di ogni festa, di ogni incontro. Come farò… come farò, adesso.

Si tolse gli occhiali e si passò una mano sulla faccia. La mano tremava. Lojacono ebbe pena di lui. Elsa domandò:
– Sua moglie?

Achille si rimise gli occhiali e parve colto alla sprovvista dalla domanda.

– Cecilia? Sí, aveva un volo, lei è una hostess, ve l'ha detto, no? Voleva restare qui, non ha smesso di piangere un solo secondo. Gliel'ho detto io di andare, magari si distrae. Rientra domattina. Io non voglio muovermi, devo stare con i miei zii. Noi… Siamo rimasti solo noi, no? In questi casi la famiglia deve stare insieme. Non crede, ispettore?

– È proprio cosí. Possiamo parlare con i genitori di Francesca?

Barrella si alzò.

– Sí, vado a vedere se mia zia se la sente. Nel caso vi vengo a chiamare. Questa gente... Mio zio e io abbiamo fatto un paio di telefonate per avvertire che il matrimonio non ci sarebbe stato, e... Molti hanno capito e se ne sono rimasti a casa, ma qualcuno... La gente non si capacita di quando uno ha bisogno di stare da solo, non vi pare? Con permesso.

Quando fu uscito, Elsa disse a Lojacono:
– Era perfetta, 'sta ragazza. Nessuno ce l'aveva con lei, tutti l'amavano, era una luce, era il centro della vita di tutti... Bah.
– Non ti pare possibile, eh? Siamo diffidenti per natura, noi poliziotti. Magari qualcuno la odiava perché era troppo allegra.

La Martini serrò la mascella, schiaffeggiata dall'ironia.
– Be', qualcuno l'ha ammazzata, no? E se non è stata la mafia, tutto questo amore univoco doveva avere una crepa. Non ti pare, Mahatma?

Prima che Lojacono potesse rispondere, Annamaria Valletta entrò al braccio del nipote, seguita dal marito. Prima che la porta si richiudesse alle loro spalle, Elsa captò le espressioni curiose di chi si trovava nell'altra stanza.

Luigi Valletta li salutò.
– Scusate se non siamo venuti subito, mia moglie... ha preferito ricevervi qui piuttosto che in camera.

Lojacono salutò a propria volta.
– Siamo dispiaciuti per quest'altra visita a cosí breve distanza, ma volevamo domandarvi qualcosa di piú in merito a vostra figlia e soprattutto al matrimonio. L'organizzazione della giornata di ieri, cosa Francesca avrebbe dovuto fare e chi doveva incontrare. Qualsiasi elemento ci possa essere utile, per ricostruire quelle ore.

L'uomo fece per rispondere, ma fu anticipato dalla moglie.

Il tono di voce della donna diede i brividi a Lojacono: era vuoto di qualsiasi emozione, come un suono sintetico riprodotto da una macchina.
– Si era riservata la mattina libera. Le avevo chiesto come fosse possibile, con tante cose ancora da fare. Per esempio, c'era da controllare come il fioraio avesse sistemato gli addobbi in chiesa. E si doveva parlare di nuovo con quelli del ristorante, duecento persone da tenere al coperto, data la stagione. Ma lei non ha voluto sentire ragioni. Ha detto: mammina, veditela tu, ché sei piú brava di me.

Il padre aggiunse, dolce:
– Perché tu sei piú brava, Anna. Nessuno è bravo come te.

Le si rivolse come a una bambina da blandire. A Elsa diede i brividi.

– E non ha detto a nessuno cosa avrebbe dovuto fare, quella mattina?

Rispose ancora la donna, con lo stesso tono piatto.
– A me ha detto che avrebbe preso un aperitivo con gli amici.

Achille scrollò il capo.
– No, non è vero. Gli amici sono tutti anche amici nostri, lo avrei saputo. A me aveva detto che era impegnata nei preparativi, che doveva stare con voi.

Elsa disse:
– Forse doveva ritirare l'abito?

Il padre negò con decisione.
– No, questo lo escludo io. L'abito era qui a casa da almeno tre giorni, provato e riprovato.

Lojacono si rivolse ad Achille.
– Forse era con sua moglie? Una passeggiata tra amiche, qualche compera...

– Mia moglie era in volo, ispettore. È rientrata nel pomeriggio ed è venuta direttamente qui, dove l'avete incontrata. Appena ha riattivato il telefono mi è arrivato il messaggio che era di nuovo raggiungibile e l'ho avvertita io. Non era con lei.

Ci fu un attimo di silenzio. Poi la Martini domandò, un po' a tutti:

– E allora per quale ragione aveva l'abito da sposa con sé?

Nessuno rispose.

Lojacono chiese:

– Io avrei un'altra curiosità: quanto tempo fa Francesca ha deciso di sposarsi? Un matrimonio in febbraio è qualcosa di insolito, no? Lo ha deciso lei, il fidanzato, c'era qualche ragione lavorativa...

Il padre rispose, triste:

– Ah, ispettore, non sa quanto ne abbiamo discusso, pareva anche a noi cosí strano. Noi, vede, abbiamo molti amici che vivono all'estero. E anche Francesca e Giovanni hanno studiato fuori, tante persone avevano difficoltà a lasciare il lavoro in pieno inverno.

Achille annuí.

– Tutti abbiamo provato a convincerla. Anche perché la decisione è stata improvvisa, un mese fa, forse un mese e mezzo. Non se ne parlava proprio, sembrava anzi che volessero aspettare che fosse Giovanni a maturare i tempi per tornare in città. Nessuno di noi voleva che Francesca andasse a Milano.

Il padre aggiunse:

– Ma non c'è stato verso. Quando si metteva qualcosa in testa, Franci, non sentiva ragioni. Diceva che le sarebbe piaciuto un sacco andare in vacanza mentre tutti lavoravano, cosí poi sarebbe venuta l'estate e lei avrebbe raddoppiato le ferie. E diceva che...

La madre disse:

– Diceva un sacco di idiozie. Mia figlia era una stupida.

La frase cadde come una bomba, anche se era stata pronunciata a voce cosí bassa da essere appena udibile.

Luigi Valletta disse:

– Anna, ma... ma che dici? Non scherzare, ti prego.

La donna girò la testa verso di lui. A scatti, come se un'entità si fosse impossessata del suo corpo.

– Era una stupida, vanesia, superficiale ragazzina che della vita non aveva capito niente. Per questo è morta. Morta ammazzata, per di piú.

Ci misero un attimo a riprendersi. Fu Elsa a rompere il silenzio.

– Perché dice cosí, signora? A che cosa si riferisce?

– Lo sa chi avrebbe sposato, mia figlia? Lo sa, signora?

Elsa assentí. La donna riprese:

– E non le pare ovvio che il motivo per cui è morta sia quello? Non capisce che questo è un normale omicidio della criminalità organizzata? Di là non c'è un solo parente di quello che sarebbe stato mio genero. E sa quanti di loro sarebbero venuti al matrimonio? Tre. Tre persone. Il padre e i due fratelli. E sa perché? Perché il figlio, Giovanni, se ne vergogna. Sono impresentabili. Im-pre-sen-ta-bi-li. Gente che non può essere presentata, significa. A nessuno.

Di nuovo il marito tentò di intervenire.

– Anna, ma che c'entra questo, adesso? Ne avevamo discusso, no?

La donna si mosse. Si avvicinò al marito e si fermò a un passo da lui, con un'espressione curiosa, come lo vedesse per la prima volta. Poi disse:

– Tu. Tu, piccolo vigliacco inutile. Tu, minuscolo escremento umano senza midollo e senza forza. Tu non eri capace di dirle un solo no, non lo sei mai stato. Quella piccola idiota aveva un capriccio, e tu correvi a esaudirlo. Non sapeva cosa volesse dire resistere a un desiderio. Ora lei è morta, e sai di chi è la colpa? Dimmi, lo sai? È tua. Soltanto tua –. Aveva parlato sputacchiandogli in faccia, senza che l'uomo, inorridito, osasse allontanarsi. Continuò: – E questa è stata l'ultima assurdità, la follia definitiva: sposare il figlio di un boss. La donna di un criminale, perché non mi venire a ripetere stronzate, che è onesto, che ha studiato, che è un lavoratore. È il figlio di un criminale, ed è un criminale anche lui.

Luigi protestò, con voce stridula.

– Ma io che c'entro? Io ho provato a dirglielo, lo sai, ma lei... lei era come te, una volta decisa a...

La donna urlò. Un urlo disarticolato che durò pochi secondi ma lasciò un rimbombo spaventoso.

– Non dire che è come me! Io non avrei nemmeno preso in considerazione di imparentarmi con quei malviventi! Se fosse stato vivo mio padre non l'avrebbe consentito. Ma lui era un uomo, non come te, imbelle figlio di puttana!

Rivoltò gli occhi all'insú e cadde svenuta. Il nipote fece appena in tempo a prenderla tra le braccia.

Le mani sul viso, Luigi Valletta crollò in ginocchio.

XXII.

Palma aveva mandato un messaggio sulla chat «Bastardi di Pizzofalcone» (idea di Aragona alla quale avevano aderito per mera funzionalità), indicendo una riunione serale orientativamente alle ventidue. Per allora si attendeva il rapporto dell'istituto di Medicina legale, dal quale nessuno si aspettava novità clamorose.

Lojacono e la Martini si fermarono in un bar per un caffè, prima di separarsi per poi rivedersi in commissariato. Si scambiarono poche battute, ben sapendo di trovarsi in alto mare. Lojacono in particolare era taciturno. Disse solo:

– La madre, mi dà i brividi. È come una finestra aperta su un abisso. Credo che quelle parole dette al marito siano una strada senza ritorno.

– Io nemmeno riesco a capire, che dolore sia. È come se la mente rifiutasse il concetto.

Si salutarono con un cenno. La donna guardò l'orologio e trasse un sospiro. Si avviò a passo svelto verso l'appartamento che aveva preso non distante dal commissariato, dopo una breve ricerca presso le agenzie immobiliari del centro. Lungo la strada, tenendosi lungo i palazzi per ripararsi dal vento, sentí la mancanza dei portici della sua città. Dovette però ammettere che un caffè cosí dalle sue parti non lo sapevano fare.

Prima di aprire la porta con la chiave diede una scampanellata, secondo l'abitudine. La investí il profumo caldo di

un brodo o di una minestra, la musica che veniva dalla radio. Sorrise, intenerita.
– Vicky? Dove sei?
Una voce di bambina la raggiunse.
– Ciao, ma'! Vieni, è quasi pronto!
Elsa si tolse il soprabito ed entrò in cucina.
– Posso sapere per quale motivo mi disobbedisci sempre?
Vicky, che stava vicino ai fornelli, le rispose senza voltarsi.
– Io? Ma se sono la bambina piú brava del mondo. Non lo dici sempre? Vai a lavarti le mani, per favore. Tra due minuti si mangia.
La Martini guardò la schiena di sua figlia. I capelli rossi legati in una lunga coda, il nastro che le chiudeva il grembiule che aveva indossato per cucinare, i pantaloni in tessuto scozzese, il maglioncino verde. Sentí il cuore stringersi in una morsa di tenerezza venata dal terrore di perderla.
– Non voglio che accendi il fuoco quando io non ci sono, te l'ho detto mille volte.
La bambina fermò il movimento ritmico col quale girava un mestolo in una pentola e si voltò verso di lei. Le guance accaldate, gli occhi neri e profondi, la bocca semiaperta in un sorriso furbo. Quanto sei bella, Vittoria Martini, pensò Elsa. Cosí simile a me, cosí uguale a lui.
– E cosa ti darei da mangiare, scusa? Pane e mozzarella ogni sera?
– Ma io sono tua madre, dannazione! Dovrei pensarci io a farti da mangiare, hai undici anni!
La bambina ridacchiò.
– Non è questione di chi è la madre e chi la figlia, ricordi? Me lo hai detto tu: Vicky, devi essere responsabile perché adesso che la nonna è lontana, che viviamo in un'altra città, dobbiamo cavarcela da sole. Quindi devi diventare adulta, come me.

– Ma io intendevo...
– Io però ho fatto quella che, come dicono a scuola, è un'interpretazione estensiva. Nel senso che se diventavo adulta come te, in questa casa avremmo vissuto nel disordine mangiando avanzi e dormendo di giorno invece che di notte. Perciò faccio l'adulta e basta, non come te. Vai a lavarti le mani, per favore.

Mentre andava in bagno cercando di trattenere il riso, Elsa si chiese quando fosse accaduto che sua figlia era divenuta sua madre. Le sembrava ieri che perdeva la testa per farla dormire, e adesso era la bambina a ordinarle di andare a lavarsi le mani prima di cena.

Il pasto era ottimo. Vicky gongolava per i complimenti, fingendo al solito di non darvi peso.

– Ho chiamato la nonna all'uscita di scuola, mi ha spiegato cosa comprare dal fruttivendolo e dal macellaio, devi passare a pagare il conto, sono stati gentilissimi e hanno portato tutto qui. Poi ho seguito un tutorial su YouTube, niente di piú facile, ed ecco qua. Certo, ho dovuto raddoppiare le quantità perché questi video sono per una persona sola ed è venuta troppa roba, e adesso, a meno che non spazzoli tutto tu che sei un lupo, dovremo congelare per un'altra volta.

Elsa inghiottiva cucchiaiate con una voracità insospettabile in una donna di quella magrezza.

– Tesoro, è buonissimo. Buonissimo. Sei proprio brava, lo devo ammettere. E a scuola com'è andata?

Un'ombra velò il viso della figlia. Elsa si fece vigile, fermando a metà il cucchiaio.

– Be'? Mi dici?
– Niente, niente. Doveva succedere, prima o poi.
– Cosa, doveva succedere? Hai preso un brutto voto? Ho controllato il sito, non mi pare che oggi...

– No, no. Da quel punto di vista nessun problema, lo sai. Io non mi faccio cogliere impreparata. Mai.

– E allora?

– E allora una professoressa, quella di Matematica, mi ha chiesto come mai il mio cognome è uguale al tuo. Tutto qui.

Elsa pose il cucchiaio nel piatto ormai quasi vuoto.

– Vicky, ascolta...

La bambina alzò la mano per fermarla.

– Mamma, non c'è bisogno che tu dica niente. Nella mia classe, su ventidue ragazzi, dodici sono figli di separati o divorziati. E vengono rimbalzati tra padre e madre, senza nessuna sofferenza, anzi. Io sono solo una varietà, tutto qui.

– Verrò a scuola a parlare con questa stronza, e...

– Dài, mamma, non dire parolacce! E poi la prof di Mate è una donna simpatica, non l'ha detto con malizia. Pensava che venissi da quei paesi in cui tutti hanno lo stesso cognome senza però essere parenti. Io sono stata evasiva, ho detto che mia madre era troppo in gamba per non dare il proprio cognome alla figlia. Tutti hanno riso ed è finita lí.

Elsa restò in silenzio. Vicky fece il giro del tavolo per abbracciarla.

– Su, mamma. Stiamo benissimo, no? Ognuna fa la sua parte, lo dici sempre. Tu lavori, paghi i conti e metti in disordine. Io studio, vado a scuola e metto in ordine. Tu, invece? Come va coi colleghi simpatici?

Alcune volte, soprattutto nel primo mese dopo il trasferimento, Vittoria all'uscita da lezione era andata in commissariato ad aspettare che la madre finisse il turno. Pizzofalcone era a metà strada fra la scuola e casa. In quelle occasioni, mentre Elsa era fuori, si era messa a chiacchierare con i poliziotti che la ritenevano una specie di mascotte. Nessuna delle due lo ammetteva, ma Vicky era molto piú inserita di Elsa nel personale della struttura.

– Abbiamo una brutta storia, amore. Proprio brutta, una ragazza che... Insomma, si doveva sposare e ha avuto un incidente.
– Quindi l'hanno ammazzata. Poverina. Quanti anni aveva?
La poliziotta protestò.
– Io ho detto un incidente, non che l'hanno ammazzata!
La piccola ridacchiò.
– Mamma, tu non fai la poliziotta della stradale o il vigile. Gli incidenti non sono una cosa tua. Se te ne occupi tu, vuol dire che l'hanno ammazzata. Quanti anni aveva?
Elsa sospirò, sconfitta. L'intelligenza della figlia cominciava a essere un ostacolo all'educazione che pensava di doverle dare, basata sull'edulcorazione della realtà.
– Ventotto.
– Poverina, la sua mamma. Dev'essere davvero un dolore enorme. Come sta?
Sembrava che Vicky le leggesse nel pensiero. La figlia strizzò gli occhi e piegò la testa di lato, nel suo modo caratteristico, fissandola in attesa della risposta. Una fitta le attraversò il cuore.
– Non bene, amore. E sí, è un dolore enorme. Il piú grande di tutti. Per questo stasera devo andare in commissariato. Tu hai finito i compiti, vero? Potresti farmi il regalo di metterti a letto?
– Sí, ma non prima di aver sistemato qui in cucina. Poi mi laverò i denti, indosserò il pigiama e di corsa sotto le coperte. Stai tranquilla.
Elsa le accarezzò i capelli. Sentí crescere un amore enorme in petto, che traboccò e le inondò la gola e la mente, prima di uscire dagli occhi in forma di due lacrime inarrestabili.
La bambina si mise a ridere.

– Ehi, ehi! Non si piange mica, per una figlia che indossa da sola il pigiama! Non ti preoccupare, mamma, io non te lo darò quel dolore. Noi staremo insieme per sempre. E non ci lasceremo mai. Vai, salutami i tuoi colleghi, soprattutto Aragona e Ammaturo che sono i piú simpatici. Trova chi ha fatto questa cosa, e anche se non potrai mai restituire quella ragazza alla sua mamma, almeno potrà riposare in pace. Come dici sempre tu.

Elsa annuí. Il nodo che aveva in gola le impediva di parlare.

Mentre camminava veloce verso il commissariato, pensò che Vicky aveva ragione, non si sarebbero lasciate mai. Ma il pensiero che l'ossessionava da qualche tempo le balzò prepotente in mezzo alla testa, scalzando gli altri.

E si chiese: ne ho il diritto? Ho il diritto di non dirlo a lui?

Il vento freddo non le rispose.

XXIII.

Pur non dicendoselo, Elsa e Lojacono lasciandosi avevano pensato piú o meno la stessa cosa: era ora di fare un passaggio a casa per vedere come le figlie avrebbero trascorso la serata, data la loro assenza per motivi di lavoro.
L'analogia però finiva qui, perché se la Martini doveva sempre piú prendere atto che la bambina a undici anni era tutt'altro che una bambina, l'ispettore viveva una condizione opposta: pur essendo pericolosamente vicina a diventare maggiorenne, per lui Marinella era e sarebbe rimasta per sempre troppo giovane per diventare adulta.
Il livello di attenzione era cresciuto con l'incrementarsi delle responsabilità. La ragazza era andata a vivere con lui e sembrava trovarsi benissimo, a proprio agio in una città che al Cinese continuava dopo anni a fare un po' paura, restando per lui incomprensibile da molti punti di vista; per lei, invece, pareva essere una festa continua, una specie di parco giochi accogliente, allegro e confusionario, in cui tutti le volevano bene.
La cosa era fonte di un dissidio costante fra i due. Lojacono era annoiato dalla sua stessa voce, negli avvisi e nei moniti che infliggeva alla figlia sui pericoli che incombevano su di lei; e la ragazza si rammaricava dell'insofferenza che dimostrava al padre, divenuto un ostacolo ottuso fra lei e la vita.
La verità, come sempre, stava nel mezzo. Come ogni genitore che riuniva in sé la duplice funzione di censore e di

punto d'appoggio, Lojacono sentiva prevalere le paure e quindi imponeva piú limiti che concessioni; Marinella vedeva al di là di un vetro la socialità che il suo carattere e la fioritura del suo corpo le avrebbero consentito, e reagiva male a ogni barriera.

A parte questo, vivevano un meraviglioso rapporto d'affetto in cui ognuno voleva che l'altro stesse bene. Anzi, benissimo. Serviva soltanto che lui capisse che lei era ormai adulta.

Da qualche mese, e di nascosto, Marinella sentiva e incontrava Laura Piras. Era cominciata a novembre, quando la ragazza cercava aiuto per distrarre il padre e andare a una festa dove avrebbe avuto un incontro ravvicinato con Massimiliano, il ragazzo che abitava nel suo palazzo e che lei era convinta di amare con tutto il cuore.

Laura le aveva dato una mano. Non come un'amica e non come una sorella, ma come una madre. Era entrata in confidenza con Marinella, abbattendone la diffidenza che derivava dalla gelosia per il padre.

Da allora, e nell'assoluta inconsapevolezza di Lojacono, le due erano rimaste in contatto. Di rado parlavano dell'uomo, se non in rapporto al racconto della vita di ognuna. Discutevano tra donne, di cose di donne. Per Marinella era l'occasione di confronto che la madre, superficiale e conflittuale, non le aveva mai dato; per la Piras era un modo di stringere la vicinanza all'uomo che amava, e anche di riempire un vuoto che non avrebbe saputo definire e mai avrebbe ammesso di sentire.

Prima che Lojacono arrivasse a casa, Marinella aveva telefonato a Laura raccontandole di aver proposto a Chanel, l'amica che abitava di fronte, di organizzare un appuntamento con Massimiliano. Laura le aveva detto che le sembrava un'ottima idea, e di farle sapere per tempo data e ora perché avrebbe fatto in modo di trattenere il padre. Anzi, aveva detto a Marinella che quella sera, di lí a un paio d'ore, Lojacono avrebbe avuto una riunione in ufficio alla quale avrebbe partecipato lei stessa, quindi la ragazza avrebbe fruito di un po' di imprevista libertà. Se le serviva, aveva detto Laura, avrebbe potuto prolungare la riunione fino a tardi. Un bel regalo, in fondo.

Il Cinese aprí la porta. Come la collega, sentí effluvi di cucina e li seguí.

– Ciao, tesoro. Come mai questo profumo delizioso cosí presto?

Marinella era radiosa. Aveva gli stessi occhi a mandorla del padre, i suoi zigomi alti e i capelli corvini; il sorriso era però quello della madre, con le labbra piene e la bocca grande. Dio, quanto sta diventando bella, pensò Lojacono; e avvertí la solita punta di inquietudine.

– Insomma, papà, fai pace con la testa: ti lamenti sempre che non dò attenzione alla casa, che sono casinista e disordinata, che femmina sei, eccetera; poi, per una volta che faccio perfino la cuoca e ti preparo qualcosa di buono, ti chiedi il perché.

Un poliziotto è un poliziotto, cosí disse, guardando l'orologio:

– D'accordo, per carità, va bene. Ma sono appena le otto, in genere qui non si mangia prima delle dieci. Mi chiedevo come mai, tutto qui.

La ragazza era pronta:

– Sí, papà, perché domani abbiamo il compito di scienze e con Chanel avevamo pensato di farci una mezza nottata di recupero. Lo sai, la materia è complicata sia per me sia per lei. Ricordi quel prof odioso che incontrasti ai colloqui, sí?

Lojacono fece una smorfia.

– Lo sai, non mi piace saperti fuori casa di notte.

– Ma sto da Chanel qui di fronte, è come se stessi a casa. Per questo stavo cucinando, volevo che in mancanza mia almeno ti consolassi con un po' di roba buona. Tu piuttosto, perché già di ritorno?

Sedendosi e allungando una mano verso il ruoto fumante di parmigiana, Lojacono mugugnò.

– Abbiamo una rogna in ufficio, devo tornarci e non so che ora si fa. Per cui ho pensato di passare per vedere come andava. Non mi aspettavo tutto questo ben di dio.

Marinella gli batté il cucchiaio di legno sulle dita.

– Stai buono e aspetta. È bollente. Adesso ti servo. Ti volevo dire che oggi ho sentito la mamma. Non ti saluta.

– Cercheremo di sopravvivere. Che voleva da te, stavolta?

Marinella piegò la testa, curiosa.

– Che ne sai che ha chiamato lei? Avrei potuto chiamarla io.

– Conosco entrambe. Impossibile. Che voleva da te?

La ragazza sospirò.

– Lo sai, le servono soldi. La mamma ha sempre bisogno di qualcosa. Stavolta pare si tratti di un conguaglio della bolletta elettrica della casa di Agrigento. Dice che siccome è intestata a me, devi pagare tu.

Lojacono contò fino a dieci, un esercizio frequente quando cercava di evitare di dire alla figlia quello che pensava di sua madre.

– Va bene. Anche se gli accordi presi all'epoca prevedevano che, abitandoci, le utenze toccassero a lei.

– Sí, ma ha deciso di restare a Palermo, quindi non ce la fa a reggere tutte e due le case. Lo sai com'è. La mamma è la mamma.

Il Cinese rispose con un grugnito, masticando assorto.

– Dille che tra una decina di giorni, quando arriva lo stipendio, vediamo di farle un bonifico. E che deve ringrazia-

re che me lo hai detto la sera che hai fatto una grandissima parmigiana, altrimenti poteva piangere a vita e non glieli avrei mai dati, questi soldi.
– Terrò presente. Non sapevo di avere quest'arma. La userò anche per me, allora.
Come colto da un'intuizione, Lojacono restò con la forchetta a mezz'aria e alzò gli occhi verso la figlia.
– Amore, ma tu che pensi del matrimonio?
La ragazza lo fissò a bocca aperta.
– Del matrimonio? Io? E perché me lo chiedi?
– Cosí, sono curioso. Tu che hai i genitori separati, che appartieni alla tua generazione, che vivi nel tuo mondo. Perché una ragazza dovrebbe sposarsi?
Marinella rifletté. La domanda la coglieva alla sprovvista, doveva fare mente locale. Alla fine disse:
– Certo, se uno dovesse basarsi su quello che succede agli altri, dovrebbe concludere che il matrimonio è una vera sciocchezza. E se ti devo dire la verità, ne abbiamo parlato a scuola con la prof di Italiano che cercava, poverina, di interessarci a *I promessi sposi* attualizzando la questione. La discussione che ne è derivata è stata interessante.
– Cioè?
– Dunque, c'era chi diceva che se si facesse una legge che prevede contratti a tempo, eventualmente rinnovabili, sarebbe una cosa civile. Tu e io, insomma, decidiamo di stare insieme per un periodo, metti cinque anni, e per quel tempo abbiamo l'obbligo del rispetto dei termini. Se poi vogliamo stare ancora insieme, rinnoviamo. Altrimenti, ciao.
Lojacono non credeva alle proprie orecchie.
– E i figli?
– Ah, per quelli l'obbligo è fino a quando non hanno un loro reddito. I figli sono un'altra cosa. Quando fai un figlio mica te ne puoi scordare quando scade il contratto.

Il Cinese annuí, assorto.
- E gli altri, che dicevano?
- Be', sai, la prof è cattolica. Per lei il matrimonio è un sacramento indissolubile, anche se noi sappiamo da una mia compagna che è amica di famiglia che il marito la riempie di corna, e che pure lei ha un'affettuosa amicizia, diciamo, con un collega che non insegna nel mio corso. Allora, io mi chiedo: che senso ha restare insieme per la forma? Tanto vale mettersi d'accordo per i soldi e le proprietà, darsi un bel bacio sulle guance e andare ognuno per la propria strada, no? Senza farsi la guerra per tutta la vita, soltanto perché ci si è voluti bene un tempo.

Lojacono ascoltava, con un contrasto di sentimenti che non avrebbe immaginato.
- E quindi per quale motivo una ragazza dovrebbe volersi sposare, secondo te? Una che la pensa come te, insomma?

Marinella rifletté ancora, poi disse:
- Per i figli, papà. Solo per i figli.

XXIV.

Quando Laura Piras arrivò a Pizzofalcone, in sala agenti c'erano tutti. La Pm diede un'occhiata all'orologio e disse, soddisfatta:
– Con cinque minuti d'anticipo. Alla faccia di chi dice che qui siete una manica di sfaticati. Complimenti.
Palma disse:
– Ancora questo dicono, dottore'? Ancora non hanno capito di che panni vestono i miei ragazzi?
– Certe convinzioni sono dure a morire, Palma. E stavolta ci giochiamo molto. I giornali domani riporteranno la notizia dell'omicidio, l'addetto stampa della questura è stato avvisato dalla telefonata di un'amica giornalista. A seguire, i telegiornali e tutti gli altri. Quindi non possiamo piú contare sulla riservatezza.
La Martini sibilò:
– Maledetti ficcanaso. Io i giornalisti li odio. Alzeranno un polverone.
La Piras non negò.
– Sí, temo proprio di sí. Tutto si fa quindi piú urgente, perché l'antimafia stringerà i tempi. Vediamo a che punto siamo.
Palma diede la parola a Romano, che raccontò della visita in ufficio al centro direzionale; a Martini, che parlò dell'incontro a casa Valletta; e ad Alex, che riferí, senza fare il nome del proprio contatto, della passeggiata alla scientifica.

Alla fine parlò Ottavia.

– Uno degli elementi piú notevoli è che, come diceva Alex, non si sono trovati documenti, chiavi e telefono della Valletta; nemmeno i sommozzatori hanno reperito nulla. Ora, abbiamo richiesto i tabulati ma ci vorrà un po', non facciamo in tempo visto il termine che ci è stato dato. Ho scoperto che l'utenza di Francesca è stata agganciata alle 10:28 dalla cella a cui fa capo la spiaggetta, il che determina molto.

Palma chiarí.

– Sí, determina molto. Primo: Francesca è andata lí di sua volontà, altrimenti il telefonino glielo avrebbero tolto prima. Secondo: era arrivata da pochi minuti quando è stata uccisa, dunque l'incontro con l'assassino è stato rapido. Terzo: l'assassino o gli assassini hanno portato via la borsa di Francesca e se ne sono liberati chissà come e dove. È l'unica spiegazione al fatto che manchi tutto, incluse le chiavi della macchina.

Laura intervenne.

– Un appuntamento. Doveva avere un appuntamento. E doveva essere qualcosa di nascosto, perché…

La Martini concluse per lei.

– Perché se no qualcuno tra la madre, il padre e i cugini l'avrebbe saputo.

Lojacono commentò:

– E l'avrebbe saputo perché Francesca era estroversa e comunicativa, e aveva un fortissimo legame coi suoi. Perché tacerlo, se si trattava di un incontro innocente? E soprattutto…

Alex disse, piano:

– Perché portarsi dietro l'abito da sposa? Che era a casa, pronto da giorni. Con questa umidità, perché correre il rischio di fargli fare un viaggio e di rovinarlo il giorno prima del matrimonio?

Aragona fece spallucce.

– Magari non le interessava piú di tanto. Magari voleva farlo vedere a qualcuno.

Ottavia non ne era convinta.

– Non credo, Marco. Era un abito elaborato e molto costoso, come hanno detto Martini e Lojacono e come risulta da quello che ha saputo Alex. Francesca poi era una attenta alle tradizioni, sembrava tenerci, no? Qualcosa di nuovo, qualcosa di vecchio...

Alex proseguí:

– ... qualcosa di blu, il nastro all'interno della gonna, e qualcosa di prestato, forse l'anello troppo grande con l'ambra. Sí, ci teneva alle tradizioni. Quindi portare l'abito fuori casa è strano.

Aragona disse:

– Questo dovrebbe significare che il fidanzato non c'entra, no? Perché lo so pure io che il vestito da sposa non dev'essere visto dallo sposo fino al momento delle nozze. O sbaglio?

Ci fu un attimo di silenzio, perché a questo aspetto nessuno aveva pensato. Laura disse:

– Anche questo è vero. Non la chiamerei una prova a discarico, ma fa riflettere. Non capisco, però, l'urgenza. Da quello che mi dite, la ragazza ha deciso per il matrimonio un mese e mezzo fa. Cosí all'improvviso che ha cambiato i programmi di medio periodo, il trasferimento del fidanzato, le nozze nella bella stagione, il proprio orizzonte professionale. Anche i genitori e il cugino sono rimasti sorpresi, è cosí?

Palma disse:

– Cosí sembrerebbe, in effetti. I segnali sono univoci.

La Piras chiese, un po' a tutti:

– E perché questo cambio di programma? Che è successo per volersi sposare in febbraio?

Non ci fu risposta. Dopo qualche secondo, Romano disse:
– Dove lavorava Francesca nessuno si spiega il motivo, ma tutti dicono che ne era felice. Non mostrava di essere costretta, o di dover fare per forza questa cosa. Era contenta, ed era pure un libro aperto, una che non nascondeva sensazioni o sentimenti.

La Martini confermò.
– Sí, anche a casa la vedevano cosí. Anzi, la madre vomita veleno sul padre per aver concesso alla figlia, senza porre ostacoli, di fare una cosa che non volevano facesse, data la famiglia del fidanzato.

La Piras disse:
– E questo ci porta al vero argomento sul tavolo stasera. Noi ci basiamo su una tesi: che non si tratti di un delitto di mafia, ma di un omicidio passionale. Cosí ci sembra dalle circostanze, dal *modus operandi* e dalle risultanze concrete. Siamo d'accordo?

Tutti assentirono. Laura riprese:
– Questo però non deve accecarci, né farci insistere su strade che potrebbero rivelarsi tortuose e senza uscita. Non è una competizione in cui si vince o si perde, tanto piú adesso che ci ritroveremo la stampa addosso. E sappiamo che all'indagine che state conducendo benissimo manca ancora un aspetto.

Fu Aragona a completare il ragionamento.
– Sorbo e i Sorbetti. Non dal punto di vista del clan, ma da quello dell'omicidio passionale.

Si voltarono a fissarlo, sorpresi. Palma commentò:
– Mamma mia, Arago', allora c'è vita nel deserto di quella testa!

La Piras assentí.
– Esatto. Qui c'è un fidanzato, uno che stava per sposare Francesca. Uno che, anche se si proclama estraneo alle

attività di famiglia, è cresciuto in mezzo a gente abituata a regolare con le armi ogni sgarro. Sappiamo che lui in quel momento era altrove, ma nessuno può escludere che da lui o per lui sia arrivato un incarico a un killer.

La Martini disse:
– Quindi ipotizziamo un delitto della mafia ma non per mafia. È cosí?

Palma si strinse nelle spalle.
– Tutto può essere. Comunque ci restano trentasei ore, piú o meno; a questo punto andrei anche in questa direzione, per completezza.

Ottavia continuava a riflettere.
– Però mi piacerebbe dare un senso alla decisione improvvisa. Se non pensava di sposarsi, ed era una difficile da convincere perché imponeva la propria volontà, come mai ha deciso di farlo dalla sera alla mattina? E dove andava col vestito?

La Piras soggiunse:
– Se solo non avessimo cosí poco tempo...

Alex sembrò parlare tra sé.
– Io però, se avessi un segreto, qualcosa di soltanto mio, non ne parlerei certo con un cugino, né con mio padre e mia madre.

Romano la guardò, accigliato.
– E a chi ne parleresti?
– Alla mia migliore amica. Ce l'aveva, una migliore amica?

La Martini confermò.
– Sí, la moglie del cugino. Erano amiche ben prima del matrimonio, ieri pomeriggio non c'era perché fa la hostess ed era in volo, ma domani rientra. Possiamo andare a sentirla.

Palma disse:
– Certo, e questa è un'altra via abbastanza importante. Avrà anche avuto modo di assorbire il trauma, di ragionarci.

Sentiamola senz'altro, ma cerchiamo di capire soprattutto se c'entrano i Sorbo.

Lojacono aveva ascoltato, attento. Poi disse:

– Sí, anche se non sarà facile perché il mancato sposo ci ha detto tutto quello che sapeva, credo, e i suoi non si faranno raggiungere facilmente.

Fu allora che Aragona, giocherellando con l'orrenda sciarpa arcobaleno che gli avvolgeva il collo, commentò:

– Speriamo, Loja'. Speriamo.

Nessuno gli diede retta.

XXV.

Il vento ululava, portando l'aria umida del Nord.
Nel buio dello spazio antistante il portone chiuso faceva molto freddo, ma la figura sottile ferma nell'ombra sembrava non accorgersene. Pareva anzi a proprio agio, le mani affondate nelle tasche del soprabito scuro, il berretto nero calato fin sotto le orecchie. L'unica cosa che si muoveva, ma nessuno sarebbe stato in grado di distinguerla nell'oscurità, era una ciocca di capelli rossi sul collo.
Da un palazzo altissimo a una trentina di metri Elsa vide uscire in fretta un uomo, che si fermò per sollevarsi il bavero del cappotto; poi si accese una sigaretta, come fu comprensibile dal brillare della fiammella e dal punto rosso in cima alla figura.
Non era detto che fosse lui, anche se la probabilità era alta. Da quel palazzo erano in molti a uscire tardi. Elsa però sapeva che sarebbe passato a pochi metri da lei, camminando svelto verso il parcheggio; avrebbe avuto allora occasione di vederne i tratti, come negli ultimi mesi era accaduto spesso. Aspettò, contando i passi. In effetti l'uomo transitò proprio da quel lato del largo viale deserto.
I primi tempi la Martini aveva creduto impossibile avvicinarsi tanto, ma i fatti l'avevano smentita. Era probabile che lui si sentisse cosí sicuro da non volere protezione. Tipico, a pensarci. Ne vide il profilo, attenta a non muovere un muscolo nell'ombra che la proteggeva. Quando fu passa-

to, si accorse con una fitta di aver trattenuto il fiato e buttò fuori l'aria dai polmoni con un soffio.

Era lui.

Il viso piú affilato, qualche ruga visibile anche da lontano. Invecchiato.

Non l'avrebbe perso: sapeva dove stava andando. Arrivò al parcheggio proprio quando il muso dell'auto di colore chiaro stava uscendo dalla fila. Stavolta aveva fatto prima di qualche secondo, quindi lei fu costretta ad abbassarsi per scomparire di fianco a un'altra auto parcheggiata. Il rumore sordo del motore crebbe e decrebbe, allontanandosi. Una bassa, potente automobile sportiva.

A due posti. Certo.

Andò a prendere in fretta la sua, un'anonima utilitaria uguale a mille altre che la rappresentava abbastanza, nel tentativo di risultare normale e simile agli altri senza riuscirci mai. Guidando piano per lasciare il parcheggio sotterraneo rifletté su sé stessa, e concluse che le responsabilità dell'uomo con l'auto sportiva nel fatto che fosse diventata quello che era, pregi e difetti, valori e disvalori, non erano secondarie. Proprio per niente.

Navigò per le strade che aveva imparato a conoscere bene. Non era come Lojacono, lei. Non aveva paura di quella città, per il semplice motivo che sapeva difendersi. Che non avrebbe avuto problemi a contrastare chiunque, malintenzionato o criminale, avesse osato sottovalutare quella che sembrava una bella, longilinea ragazza in giro da sola di notte.

Non voleva dire che non avesse altre paure. Che non nutrisse terribili assilli che venivano fuori nel pieno della notte, costringendola a ore sul balcone a fumare in attesa del sorgere di quel feroce sole alieno sotto il quale aveva deciso di trasferirsi.

Il pensiero nero. Cosí lo chiamava. Il pensiero in grado di cambiarle l'umore, che le caricava sulle spalle l'intollerabile peso di un'immensa responsabilità.

Veniva da quando la furia cieca le aveva spento il cervello, la rabbia le aveva annebbiato gli occhi, il dolore l'aveva spinta a premere il grilletto.

Non era pentita, certo che no. Mentre attraversava strade male illuminate e ingombre di rifiuti, mentre assisteva con la coda dell'occhio a scambi di bustine con soldi e a liti di ubriachi che si disputavano un androne sudicio per sopravvivere alla notte, mentre percorreva quelle strane periferie centrali della città, fu in grado di rassicurare sé stessa. Non era pentita. Aveva ragione, aveva fatto bene. Quell'uomo di merda, quel vigliacco criminale, quel violentatore pedofilo non meritava di vivere.

Nei mesi successivi però, quando il rischio della galera si era fatto concreto, aveva considerato Vittoria. C'era stata una volta, mentre era a casa, che dalla finestra l'aveva vista tornare da scuola con sua madre. I capelli rossi, l'andatura sicura, non da bambina: e la nonna, il passo incerto dei dolori e dell'età.

Si era chiesta cosa sarebbe successo alla bambina se lei non ci fosse stata piú. In galera, morta in uno scontro a fuoco, messa sotto a un semaforo: non importava. Comunque fosse accadutto, la domanda era: quale sarebbe stata la sorte di Vicky?

Per tutto il tempo in cui era durato il processo, negli interrogatori che aveva subito, era stato quel pensiero a darle forza e determinazione mentre l'indeboliva nella volontà di stare da sola. Svoltò nella strada che conosceva bene e affrontò la salita che l'avrebbe portata alla meta.

Non aveva mai avuto voglia di trovarsi un uomo. Vittoria le aveva cambiato il carattere. Aveva sviluppato una specie di vago fastidio, un'insofferenza verso l'incapacità maschile di dare il giusto peso alle cose. Il suo aspetto la portava ad avere legioni di aspiranti compagni di letto, ma le bastava uno sguardo o una parola per liberarsene. Era diventata metallica, in grado di liberare lo spazio attorno e non avere fastidi. Stava bene cosí.

La figlia era ben altra cosa. Era sempre piú frequente la sensazione di inadeguatezza, la presa d'atto che fosse una bambina con caratteristiche eccezionali difficilmente amministrabili. Non ne era felice, pur rendendosi conto che la maggior parte delle madri avrebbe dato anni di vita per potersi vantare di una come Vittoria. Lei invece si sentiva triste per quell'infanzia mai vissuta, bruciata da un'eccessiva intelligenza e dall'abitudine ad avere a che fare solo con adulti. Le dispiaceva per lei, e per la sua solitudine. Era stata per molto una sensazione, meno che una sofferenza. Poi era divenuta una preoccupazione.

Per questo aveva scelto il trasferimento in quella incomprensibile città, cosí lontana dal suo modo di pensare e di vivere. Aveva fatto credere a tutti, a cominciare da sua madre, che si trattasse di una destinazione punitiva: in realtà aveva usato strumenti di ricatto per guadagnarsi quell'assegnazione.

Il motivo vero stava scendendo proprio adesso dall'auto sportiva parcheggiata all'interno di un cancello ad apertura elettrica. La Martini aveva spento i fari e il motore, allineandosi alle macchine in doppia fila. Lo guardò andare verso il portone, fermarsi per cercare le chiavi, lanciare un ultimo sguardo intorno e infilarsi all'interno. Attese un paio di minuti, poi alzò gli occhi verso le finestre all'ultimo piano per vedere accendersi una luce, poi un'altra dietro una finestra piú piccola, poi un'altra ancora. Infine la luce azzurra di uno schermo televisivo.

Buona serata, disse a bassa voce. Ti ho accompagnato a casa un'altra volta, e non te ne sei accorto.

Si chiese con angoscia per quale ragione si sottoponesse a quel rito. Che vuoi ottenere? Dove vuoi arrivare? Che cosa ti aspetti che succeda?

Fantasticò sull'essere vista, riconosciuta. Un'immagine sbiadita e distorta, che veniva da un passato remoto.

Le avrebbe domandato: ma ci conosciamo? Il tuo viso mi dice qualcosa. Magari no, si disse. Magari assomiglio cosí poco alla me stessa di allora che nemmeno mi riconoscerebbe. Magari nemmeno una parola.

Allora dovrei essere io a dirgli sí, ci siamo già visti. Per una sola volta, in un'unica sera fredda e umida come questa, molti anni fa.

Dodici, per l'esattezza.

Non ci conosciamo, questo no, gli avrebbe detto. Non condividiamo niente, e d'altra parte sarebbe stato impossibile, perché tu sei l'esatto contrario di me, l'esatto contrario di chi una come me potrebbe immaginare di volere vicino.

Ma abbiamo condiviso qualcosa, in quella notte fredda di dodici anni fa. E ancora di piú condividiamo adesso, anche se tu nemmeno te lo immagini, perché non lo hai mai saputo, perché non te l'ho mai detto.

Tu e io, disse alla luce azzurrina, condividiamo la cosa piú importante del mondo.

Tu e io condividiamo una figlia.

XXVI.

Nella notte il vento rinforzò.
Veniva dal Nord di ghiaccio e foreste, di neve e cime di conifere in perenne movimento. Nato dove il mare è un'altra cosa, una distesa nera e profonda che non accoglie ma che separa; dove non scorre sangue, e la terra è dura e senza frutti.
Era nato, quel vento, dove non nascono poesie e canzoni, dove non si aprono finestre per respirare. Dove chi c'è, sa che deve rifugiarsi nel posto piú buio che riesce a trovare, e aspettare che quel soffio conduca altrove la sua feroce curiosità distruttiva.
Un vento che per la cattiveria che possiede è un ottimo veicolo per un fantasma, che vuole cavalcare per le vie deserte scuotendo imposte, penetrando negli interstizi di palazzi e case che a quel vento non possono prepararsi, perché gli è ignoto.
Un vento che, quella notte, fu cavalcato dal fantasma dolce e inconsapevole di una giovane donna.
Nuda e livida, bellissima e morta, l'immagine di una sposa col cuore spaccato volava nel vento. Era come nelle tante leggende di quella città: donne che cercavano il proprio amante, il proprio assassino, perfino la propria testa staccata da un boia ingiusto.
Lei no. Lei cercava il suo abito bianco che galleggiava lontano dalla sua mano disperata. E cercando il vestito che

non avrebbe mai indossato, portò in stanze immerse nella penombra e sulle ali di un cavallo fatto di gelido vento il proprio orrendo, caldo sussurro.

Ascoltando l'urlo del vento, Alex giocava coi capelli di Rosaria. Erano morbidi e setosi, folti e profumati. Le piaceva da morire inanellarne le ciocche attorno alle dita e poi lasciarli andare, vedere che si stendevano di nuovo recando la memoria della carezza in un ricciolo allungato.

Il piccolo appartamento che era diventato la sua prima casa da single era sopra l'ultimo piano di un vecchio palazzo, con l'entrata da un vicolo. Ci si arrampicava per una lunga scala, e dal pianerottolo finale, quando già si aveva pochissimo respiro e si ansimava sudati, restava un'ulteriore rampa che dava in tre stanzette abusivamente ricavate sul tetto e successivamente condonate.

Alla ragazza piaceva pensare che quel posto le assomigliasse. Nascosto, unico, con un inaspettato, meraviglioso panorama celato dietro fatiscenti apparenze. Perché no, si diceva. Questa casa sono io.

– Sai, vorrei comprarla, – disse.

Rosaria, semiaddormentata, sussultò.

– Che cosa vuoi comprare?

– Questa casa. Invece di pagare l'affitto faccio un mutuo. Qualcosa da parte ce l'ho, adesso dànno i soldi a tassi ridicoli. Finisco per tirare fuori la stessa cifra, ma almeno me la ritrovo, la casa.

Rosaria tacque. Poi disse:

– Potresti evitare di pagare sia il mutuo sia l'affitto e venire da me. Hai presente quant'è grande, casa mia? Ci stavamo in sei, quando erano vivi i miei.

– Non è la stessa cosa. Qui per la prima volta sono stata per conto mio e sono me stessa. Ho ridipinto le pareti, ho cambiato le porte, ho arredato le stanze, ho perfino messo le piante sul terrazzo. E ho ricevuto te, in questo letto. Non è una casa, è un monumento.

La Martone sorrise nell'ombra. Il vento continuava a picchiare contro le imposte.

– Tu e io siamo qualcosa di diverso da una semplice compagnia. Non ti pare? Siamo qualcosa di stabile, di profondo. Non credo di poter essere ridotta a un arredo di questa casa, no? Se poi decidi di prenderla, non possiamo farlo insieme? Dividiamo il mutuo, lo riduciamo perché facciamo a metà anche dell'anticipo e...

Alex la fermò.

– Ehi, calma. Calma. Fammi prima prendere coscienza di me stessa, vuoi? In fondo per la prima volta nella mia vita sono sola, mi sto ancora organizzando e...

Fu allora che un colpo di vento piú forte consentí a un fantasma di intrufolarsi nella stanza. Alex rabbrividí, e Rosaria, come colta da un'idea, disse:

– Potremmo sposarci, per esempio.

Alex la fissò, come fosse impazzita. E glielo disse.

– Che? Sei impazzita?

– No. Il sindaco ha appena celebrato un matrimonio tra due donne, non hai letto? Noi siamo due poliziotte, pensa che impatto avrebbe la cosa anche per la gente. Ci amiamo, no? Ti ricordi che ne abbiamo parlato stamattina, a proposito del delitto della spiaggetta? Il giorno piú bello della vita di una donna. Prendiamocelo. Insieme. È un nostro diritto.

Vorrei dirti di sí, pensò Alex. Vorrei abbracciarti ridendo e piangendo, e dirti di sí. Vorrei urlare sí, sí, sí. E vorrei non avere le facce di mio padre e di mia madre davanti agli occhi, con l'espressione senza vita di due morti uccisi da me.

– Vieni qui, – disse, invece. – Vieni qui. Fatti baciare, fatti stringere. Fatti spiegare che noi due siamo già sposate, e lo saremo per sempre. Dovunque sia il nostro letto, e senza bisogno di abiti bianchi che portano anche male, come abbiamo visto.

Rosaria le si avvicinò, ma era diventata triste. Pensò: però non mi vuoi. Non vuoi sposarmi.

Il fantasma della ragazza morta sorrise maligno, per un'altra condivisione di nozze negate. E passò oltre.

Aragona si affrettava verso casa di Pisanelli, trascinando la seconda valigia di indumenti. Gli si stava gelando la mano, per quel maledetto vento. Quelli, pensava, sono servizi che vanno fatti di giorno, alla luce del sole, non in queste notti da lupi.

Ma i motivi per farlo con il buio erano svariati. Peppino, il portiere notturno dell'hotel *Mediterraneo*, era avido come pochi ma almeno, una volta che gli si dava la mancia giusta, manteneva la consegna. Marco non voleva dare al personale dell'albergo e soprattutto a quel figlio di buona donna del direttore la soddisfazione di andarsene con una mano davanti e l'altra dietro; meglio prendere le proprie cose quando nessuno poteva vederlo.

Quindi doveva sorbirsi quel vento terribile, che penetrava nelle ossa passando attraverso i costosi indumenti che indossava, inclusa la sciarpa multicolore ma poco protettiva che, ne era certo, non l'avrebbe salvato da un orribile irrigidimento del collo. E il peso della valigia enorme che gli aveva prestato Pisanelli, piena delle vestigia che aveva dovuto togliere dalla suite che considerava casa sua. Una valigia peraltro priva di ruote. Ma chi poteva avere una valigia senza ruote? Solo un dinosauro come Pisanelli.

Mentre commiserava sé stesso lanciando mute bestemmie all'indirizzo del padre, responsabile della sua temporanea disgrazia, davanti agli occhi gli si presentò il fantasma di una ragazza.

Doveva essere per forza un fantasma, perché Irina era in Montenegro dalla sua famiglia e non sarebbe rientrata prima di una settimana, come gli aveva scritto un paio di giorni prima. Eppure sembrava proprio lei, in piedi nel vento all'angolo della strada, a un isolato dall'albergo. Sembrava proprio lei, tanto che gli sorrise perfino come Irina, e lo salutò con la stessa voce di Irina.

– Ciao, amore. Come stai? Sorpreso di vedermi?

Con uno scatto, Marco richiuse la bocca che si era riempita di vento gelido.

– Ma... ma che ci fai, qui? Quando sei... Ma non dovevi mancare un'altra settimana? Come... da quando sei qui?

La giovane continuava a sorridergli. Indossava un soprabito leggero, e i capelli biondi si muovevano morbidi nel vento come se galleggiassero.

– Sono venuta via prima da mio paese. Non volevo stare ancora lontana. Poi in hotel mi hanno detto che tu... che te n'eri andato da suite, senza dare indirizzo nuovo.

Aragona si accorse con disagio che al sorriso della bella bocca rossa di Irina non corrispondeva quello degli altrettanto belli occhi azzurri, che invece lo fissavano piú gelidi del vento che gli entrava dalla sciarpa. Rabbrividí, non sapendo bene per quale delle due sensazioni.

– Io... Ma che dici? Certo che ti avrei... Ho avuto una sfortunata discussione con mio padre, cioè, non l'ho avuta perché non mi ha parlato, ma per ragioni che non sono certo imputabili a me ha deciso di non... Ho dovuto momentaneamente, e sottolineo momentaneamente perché tornerò con gli inchini di quello stronzo del direttore, disdire la mia stanza, sí. Ma non per questo volevo...

Gli venne in mente quello che la ragazza poteva aver pensato, rientrando anzitempo al lavoro e non trovando piú traccia di lui.

– Come puoi pensare una cosa del genere, sei pazza? Io non me ne sarei mai andato senza dirtelo! Ti avrei scritto subito, non appena trovata un'altra sistemazione che...

La ragazza tirò fuori dalla tasca il telefonino e glielo mostrò, come fosse un oggetto alieno.

– Davvero? Tu però non scritto. Io scritto te, tu hai risposto sempre, tutto normale, come stai, qui freddo. Ma non hai detto niente di questa cosa.

Il sorriso su metà della faccia cominciò a inquietare Aragona, che bilanciò il peso della valigia da una mano intorpidita all'altra.

– Senti, non è facile scrivere a una donna che devo andare via da dove abito perché quello stronzo di mio padre non capisce che io sono un poliziotto, e un fantastico poliziotto. E che invece di essere orgoglioso di me, quello che fa? Smette di pagare la stanza e mi lascia come...

La ragazza non aveva mutato espressione, e adesso sembrava una belva feroce in procinto di attaccare. La voce si abbassò di temperatura, adeguandosi all'esterno.

– Davvero? Io penso invece che tu scappa. Io penso invece che tu non mantieni promesse, che dici sciocchezze con quella bocca bugiarda. Io parlato con miei, detto di matrimonio e...

Aragona sobbalzò, mollando la valigia che si abbatté al suolo con un tonfo.

– Oh, senti, bella, ma che matrimonio? Io non ho mai parlato di matrimonio! Chi ti ha dato il permesso di parlarne coi tuoi, si può sapere? Sono, quanti? Cinque mesi che ci vediamo? Ti pare di poter parlare di matrimonio, dopo cinque mesi?

La ragazza spense anche il mezzo sorriso, stringendo le labbra in una riga sottile tra naso e mento. Ringhiò:

– Ecco, solito italiano di merda che per portare a letto ragazza bella, essendo brutto, promette il falso. Mio padre aveva detto, e tutte mie amiche, ma io avevo creduto. Che stupida.

L'agente scelto era sconcertato. Con voce stridula rispose:

– Oh, ma scherzi o fai sul serio? Ti ricordo che in cinque mesi siamo rimasti soli al massimo tre volte, e poi che pensi, che uno come me ha bisogno di promettere un matrimonio ogni volta che si vuole portare una femmina a letto? Tu, piuttosto, se pensavi questo di me, per quale motivo hai accettato di uscire? O piuttosto, adesso che scopri che non posso permettermi una suite al *Mediterraneo*, non ti interesso piú?

Irina lo fissò con disprezzo. Poi si girò e tornò verso l'hotel. Marco raccattò la valigia e la dignità e si avviò verso casa di Pisanelli. Per qualche assurda ragione gli venne in mente Nadia, l'infermiera perfida, e guardò al futuro con ottimismo.

Il fantasma della ragazza delle nozze negate rise nel vento, e partí per un'altra tappa.

Lojacono alzò il bicchiere di vino e lo guardò in controluce. Il colore ambrato era rassicurante, la temperatura giusta e soprattutto all'esterno dell'appartamento di Laura, sul mare, le urla dell'acqua e del vento rendevano ancora piú piacevole il tepore che c'era, e la luce calda delle candele.

La telefonata di lei gli era arrivata dopo la fine della riunione, nell'ambito della quale, al solito, secondo la consolidata strategia, non si erano mai guardati negli occhi. Qualche tempo prima lui le aveva chiesto: «Non sarà un po' esagerata questa freddezza? Penseranno che mi odî, che ti sono antipatico o, peggio ancora, che tu sappia qualcosa del mio passato che loro stessi non sanno».

Lei aveva riso: «Be', tanto meglio allora. Avrò un motivo per ricattarti, se mi lasci: fingerò che tu sia un raccomandato e comincerò a trattarti con timore deferente. Quindi sappiti regolare».

Il fatto che Marinella fosse andata a studiare da Chanel gli alleggeriva la mente e lo assolveva dal vago rimorso che sentiva sempre, quando passava il tempo libero in altro modo che con la ragazza. Laura era la grande concessione che faceva a sé stesso, il regalo meraviglioso che questa nuova vita gli aveva riservato. E una bella speranza per il futuro, doveva aggiungere.

– Certo che qui da te, quando fuori c'è una tempesta di vento, è davvero speciale. Fa quasi paura.

Le fiamme delle candele danzavano negli occhi di Laura, la pelle bruna del braccio e la mano che gli accarezzava il torace sembravano animati da vita propria. I lineamenti, dopo l'amore, le si distendevano, e questo la ringiovaniva. Sembrava una bambina sazia di marmellata. È la donna piú bella del mondo, pensò Lojacono; e il pensiero gli diede una fitta allo stomaco.

– Pensa che l'appartamento lo scelsi proprio in una giornata come questa, anni fa. L'agente immobiliare era costernato, era convinto che sarei scappata a gambe levate: e io invece dissi che era proprio quello che cercavo. Mi guardò come fossi pazza.

– Ma tu sei pazza, infatti. Come aveva fatto a non capirlo subito? – Risero. Poi lui disse ancora: – Vedi, il fatto che veniamo da due isole secondo me ci porta al mare. Possiamo muoverci, spostarci, ma poi al mare torniamo. Una specie di condanna.

La Piras rifletté.
- Due isole, sí. Ma diverse.
Ci fu ancora silenzio. Lojacono pensò che le due isole potevano anche diventare una sola, se lo si voleva. Poi ricordò quello che si erano detti a pranzo, quando aveva accennato a un'unione piú forte e alla luce del sole, ricevendone un'alzata di spalle e una negazione, e decise di tacere.
Laura fu sul punto di dire che stava bene con lui come non era stata mai, e che avrebbe voluto che quella tempesta non finisse, rinchiudendoli in quel presente come fosse il futuro. Poi si rammentò di quando lui le aveva detto qualcosa di simile e lei era fuggita, e pensò di dover essere coerente: e decise di tacere.
Felice di quel silenzio, il fantasma della ragazza dalle nozze negate rise nel vento, e se ne andò da un'altra parte.

Romano si svegliò di soprassalto e allungò la mano nel buio. Non ricordava cosa aveva sognato, ma doveva essere qualcosa di brutto, perché il cuore gli martellava in gola e aveva la sensazione di essere segregato chissà dove.
La mente annaspò alla ricerca di realtà, andando e venendo dal territorio dell'incubo. Nozze, pensò in un lampo, affannato. Nozze.
Una donna nuda. Grigia di morte, fredda di vento, umida di pioggia. Che allungava la mano verso un abito che galleggiava nell'acqua gelida.
Una donna nuda di fianco a lui, calda, che galleggiava in un altro sogno.
La coscienza che lo aveva destato gli spiegò che era il caso su cui stava lavorando. Le fotografie del sopralluogo, l'obitorio. Il viso morto che si sovrapponeva a quello vivo, della ragazza che rideva sulla neve, caduta dagli sci, o su una spiaggia diversa da quella su cui aveva incontrato la fine. E

gli rammentò, quel territorio di coscienza che si andava allargando secondo dopo secondo, dov'era e perché, e di chi era il corpo nudo e caldo che la sua mano aveva incontrato temendo invece di toccare la pelle fredda e morta della mancata sposa.

Avvertí nel buio un movimento e un mugolio leggero. Pensò a come doveva essere perdere la propria donna il giorno prima di sposarsi. Pensò al suo matrimonio, a com'era emozionato, a come aveva il cuore in gola come adesso, che si era svegliato da un incubo nelle prime ore di una notte di vento urlante.

Pensò a Giorgia che entrava in chiesa, al braccio di suo padre. A quanto fosse bella e radiosa, con la luce del sole alle spalle che abbagliava, e tuttavia evidente e meravigliosa in ogni particolare. Pensò a quanto si sentisse schiacciato dalla responsabilità quando quell'uomo, al quale era consapevole di non essere mai piaciuto, gli consegnò la figlia dicendogli di averne cura.

Pensò all'abito che galleggiava nel suo sogno, a poca distanza da quella mano adunca e grigia, un artiglio di cadavere che mai sarebbe riuscito a raggiungerlo. E a quanto questo fosse una tragica metafora della felicità, là a un passo e mai davvero accessibile.

Dal buio caldo al suo fianco venne una voce roca, che lo ringraziò di aver mentito. Di aver detto che il turno continuava, che non poteva tornare a casa.

E lui abbracciò la donna che amava, che non era quella che aveva sposato; e le disse che aveva ancora un'ora per farle compagnia, sul lettino della sala medici dell'ospedale pediatrico.

Il fantasma rise nel vento, e la risata fu portata via. Poi volò altrove.

Palma fissava il soffitto senza vederlo, e si chiedeva quanta altra notte avesse davanti prima di potersi alzare.

Da qualche tempo affrontava il letto come una prova. Una montagna da scalare, alla fine di ogni giornata lavorativa. Una cosa di cui aver paura.

Ottavia fissava il soffitto, e pensava di non farcela. Altri due minuti e si sarebbe alzata di scatto, svegliando l'estraneo che le respirava pesantemente al fianco, e gliel'avrebbe detto.

Palma pensava che avrebbe voluto sognare, e andare in un posto dove a comandare fosse l'amore e non le convenzioni.

Ottavia immaginò come gliel'avrebbe detto: non ti amo piú, forse non ti ho mai amato. E non è giusto che io decida di morire in questo carcere che è il nostro matrimonio.

Palma immaginò che nel suo sogno avrebbe messo il miglior vestito che aveva e sarebbe uscito nel sole, perché nel sogno era giorno. Il sole. La luce, senza ombre né equivoci. Il sole.

Ottavia immaginava di avere la forza di parlare chiaro. Di dire che non c'erano colpe o torti, non c'era un motivo o una causa. Che le storie cominciano e finiscono, e la loro era finita.

Palma nella sua mente correva lungo la strada che lo separava da Ottavia, e tutti gli dicevano bravo, Gigi, hai fatto benissimo ad andare. Gli pareva di sentire il vento della primavera sul viso.

Ottavia immaginava di parlare senza dolore e senza rimorsi. Di avere la forza di lottare per una volta per sé stessa, non per Riccardo e per il mondo, non per i torti che il figlio subiva o per il futuro di lui, piuttosto per il proprio domani, per la donna che sentiva ancora di essere.

Palma sognò di andare sotto casa di Ottavia, senza temere che qualcuno lo vedesse e anzi augurandosi che tutti, proprio tutti comprendessero che lui andava a prendersi la sua donna, perché l'amava e lei amava lui, e il mondo va cosí, ed è giusto che vada cosí.

Ottavia nel sogno a occhi aperti fissava le pupille del marito e non vedeva sofferenza né rassegnazione, ma accordo, perfino sollievo. Va bene, gli diceva lui. Va bene, lo capisco. E non vorrei mai vicino a me una donna che non mi ama. È giusto.

Palma immaginò il portone che si apriva, e Ottavia che usciva nello stesso momento in cui lui arrivava. Il loro incontro nel sole, l'abbraccio e il bacio di fronte a tutti. E Ottavia era vestita da sposa, un meraviglioso abito bianco con un bottone vecchio e un nastrino blu all'interno.

Ottavia immaginò il marito che concludeva il suo discorso di affettuoso commiato dicendo: però, come comprenderai bene, se tu vuoi volare in una nuova vita tutto quello che c'è nella vecchia rimane qui. Tutto. A cominciare da mio figlio.

Palma nel sogno a occhi aperti cercò di prendere Ottavia vestita da sposa in braccio, ma non ci riuscí. Perché qualcuno la tratteneva, nell'ombra all'interno del portone. Guardò meglio, ed era un ragazzo adolescente vestito come un bambino piccolo che stava seduto a terra, le mani attaccate allo strascico, che diceva: mamma, mamma, mamma.

Ottavia prese a piangere nella notte. Palma si girò sul ventre, la faccia nel cuscino.

Il fantasma della donna dalle nozze negate volteggiò soddisfatto nell'aria gelida, come se danzasse. E volò ancora da un'altra parte.

Ti rendi conto, amore? Abbiamo di nuovo un ragazzo in casa. Sembra ieri che Lorenzo studiava ancora, ti ricordi?

Lui però era silenzioso, non lo vedevi e non lo sentivi: questo invece rompe le scatole come un dodicenne.

Però, amore, credimi, in fondo è simpatico. Ed è un gran bravo ragazzo: sotto questa scorza cafona, sotto questi vestiti improbabili, sotto quest'aria ribalda e superficiale, è proprio un bravo ragazzo.

Ti chiedo solo di avere pazienza. Prima di tutto dovremo parlare a bassa voce, come adesso che sto approfittando del soffio di questo vento gelido, e potrei pure urlare perché sento russare nella stanza di Lorenzo quasi ci fosse un concerto per trombone solo. Poi, per cortesia, dovresti essere gentile con lui e sopportare se sposta un po' di cose e mette disordine. Sai, il padre gli ha tagliato le risorse, e siccome questo pazzo viveva in un hotel, si è trovato in mezzo alla strada dalla sera alla mattina. Non potevo proprio evitare, no?

Domani esco, amore mio. Devo uscire per forza. Altrimenti questi fanno una serie di guai e vanno lontani dalla soluzione del caso. No, tranquilla, non vado proprio a lavorare: devo solo fare due chiacchiere con Palma, e poi con chi sai tu. Questione di una mattinata, al massimo di una giornata intera e poi torno qui da te.

Stiamo proprio bene noi due, no, Carmen? Siamo proprio felici. Io lo vorrei proprio raccontare com'è un matrimonio come il nostro, come sopravvive a tutte le asperità, alle difficoltà, alle incomprensioni e perfino alla morte.

Se potessi lo direi, a tutti questi ragazzi che hanno paura di promettersi il futuro, che se ci si ama davvero il futuro diventa presente e passato, è l'unico vero modo di essere felici. Se due hanno la fortuna che abbiamo avuto noi, amore mio, se si sono incontrati e hanno capito dalla prima occhiata, dalla prima carezza che non si poteva fare a meno di stare insieme, allora si rimane insieme. Per tutta la vita.

Ora dormo un po', amore mio. Queste medicine che mi sta dando Nadia non mi fanno sentire dolore, ma mi fanno dormire sempre.

Quindi ti saluto e ti dico: a tra poco. Perché come sempre io mi addormento e tu mi vieni in sogno. Ricordi? È il nostro patto. Chi di noi se ne fosse andato per primo, avrebbe dovuto tornare ogni notte.

Nadia. Un bel tipo, no? Come la vedi, con questo pazzo di Aragona? È concreta, giovane ma assai equilibrata. Magari li sistemiamo tutti e due.

Me lo dici tra poco, va bene, amore mio? In sogno. Cosí domani mi sveglio e so come la pensi, e che cosa devo fare.

Buonanotte, amore mio. Ancora una notte insieme. Tu e io, a casa nostra.

Il fantasma della ragazza delle nozze negate urlò la sua rabbia nel vento, disperato.

E si dissolse nella prima luce dell'alba.

XXVII.

L'indomani mattina il vento calò. Era una buona notizia. La cattiva era che aveva lasciato in eredità un freddo gelido che toglieva il respiro e rendeva le strade deserte da pedoni ma ingombre di automobili.

L'intera sala agenti sembrava aver dormito poco e di cattivo umore. In particolare Aragona, insolitamente taciturno, aveva il collo irrigidito da un dolore reumatico. Si muoveva come un granduca asburgico e pareva guardare i colleghi dall'alto in basso.

La necessità che le indagini sul delitto Valletta, per non essere perdute a vantaggio dell'antimafia, dovessero arrivare in breve a un punto di svolta aveva portato tutti in commissariato nelle prime ore del mattino. Ottavia aveva appurato che Cecilia Fusco Barrella, migliore amica della vittima, sarebbe rientrata da Genova col volo delle 8 per ripartire dopo un paio d'ore.

Palma, che aveva gli occhi sofferenti come per un feroce mal di testa, aveva assunto l'informazione senza guardare la collega – che, a propria volta, aveva distolto lo sguardo da lui – e aveva detto a Elsa e Alex di andare a intercettarla. Lojacono e Romano, invece, avrebbero raggiunto Giovanni Sorbo per interrogarlo piú a fondo. L'intento era cercare di apprendere dal fidanzato e dalla piú probabile confidente il motivo, o i motivi, per cui Francesca aveva deciso di sposarsi in maniera cosí repentina.

Alex si mise alla guida dell'auto di servizio, con Elsa al fianco. Era la prima volta che usciva con la vicecommissaria, che in genere si muoveva con Lojacono come partner. Elsa era stupenda, ma quel tipo di bellezza incuteva alla Di Nardo piú soggezione che attrazione. Le ricordava una ragazza incontrata un paio d'anni prima in un locale che non era fiera di aver frequentato, lontano dalla città: ci andavano coppie in cerca di stimoli e persone che, come lei, non avevano il coraggio di mostrare le proprie preferenze nell'ambiente in cui vivevano.

Quella giovane, longilinea e coi capelli dello stesso rosso scuro, cercava donne e lei si era avvicinata. Una volta sole, però, aveva manifestato una spiacevole tendenza alla violenza, e Alex aveva dovuto mettere fine all'incontro spianando la pistola. Elsa le sembrava simile. Al di sotto della superficie calma avvertiva una vibrazione, una forza trattenuta alla cui esplosione sarebbe stato consigliabile non assistere.

Fecero gran parte del tragitto in silenzio. Alex guidava sicura e veloce, senza usare la sirena; Elsa se ne stava sprofondata nel sedile, le mani in tasca, assorta in chissà quali pensieri. Poi parlò.

– Che idea ti sei fatta, Di Nardo, dell'omicidio?

– Credo che la chiave sia il matrimonio. L'hanno ammazzata perché stava per sposarsi. E l'ha ammazzata qualcuno di cui si fidava, o che ha usato qualcuno di cui si fidava per farla andare in quel posto.

– E secondo te questo esclude il delitto di mafia? Sei convinta che il clan non c'entri niente?

La ragazza si prese una pausa per riflettere sulla risposta.

– No, non lo esclude. Anzi, la coltellata in petto farebbe pensare proprio a un delitto di mafia. Una pistolettata o una raffica, in pieno giorno e a pochi metri dalla strada, avrebbero potuto precludere le vie di fuga. E immagino non siano andati via con una barca o un motoscafo, perché la signora della finestra li avrebbe visti.

– Sono d'accordo. Ecco perché, se non emerge nulla entro oggi, alla fine è giusto che se ne occupi l'antimafia. Noi non abbiamo strumenti per entrare nelle dinamiche di quella gente.

– Dobbiamo capire chi vedeva, all'insaputa degli altri. Sperando che salti fuori qualcosa in fretta, altrimenti, concordo con te, probabilmente non toccherà a noi.

– Ho letto il tuo dossier, Di Nardo. Mi sembri una riflessiva, seria, anche troppo: tutto, tranne che un'impulsiva. Mi chiedevo cos'abbia potuto provocare un errore tale, sparare un colpo in ufficio, quasi ammazzando un superiore. Sono andata a guardare i risultati delle prove di tiro: sei sempre la prima per distacco. Come scappa un colpo, a una tanto brava con le armi?

L'agente fece spallucce.

– Se un errore sembra cosí assurdo, forse non era un errore. No?

– Come pensavo... Ecco l'aeroporto. Vediamo se la nostra Francesca aveva raccontato niente alla sua amica. Magari anche lei aveva fatto un errore che non era un errore.

Lojacono, che conosceva la strada, si era messo alla guida. Romano lo fissava divertito.

– Non ti sei proprio abituato a guidare in questa città, eh, Loja'? Pare che hai una scopa nel culo, continui a guardare a destra e a sinistra come se temessi l'aggressione dei guerriglieri. Rilassati, altrimenti tamponiamo noi qualcuno.

Il Cinese fece una smorfia.

– Non ti lamentare, perché ti potrebbe toccare Aragona. Non ho mai visto nessuno guidare in quel modo, mi chiedo quale santo lo protegga, o meglio, quale santo protegga i passanti quando c'è lui. Io sono soltanto prudente, tutto qua.

La strada costeggiava il mare, e il freddo rendeva limpida l'aria del mattino. I promontori e le isole si aveva l'impressione di poterli toccare, e l'acqua era talmente blu che pareva dipinta.

Romano sospirò.

– Certo che qui è bellissimo. Però è strano che un mafioso viva in un posto cosí aperto e facilmente attaccabile.

– E infatti Giovanni Sorbo tutto sembra tranne che un mafioso, e fidati, io ne ho visti. Secondo me, e la Martini è d'accordo, Sorbo col clan non ha davvero niente a che fare. Lui lo dice, e io ci credo.

Hulk ridacchiò.

– Perché dalle parti tue i mafiosi hanno dignità, Loja'. Dormono in fienili, fanno i pastori. Qua no, mentono, si comportano da gradassi e poi in galera piagnucolano. Sono vigliacchi. 'Sto Sorbo magari vi ha riempiti di balle, a te e alla Martini, approfittando del fatto che non siete di qui.

– Forse per questo Palma ha mischiato le coppie, oggi. E ha fatto bene, anche perché cosí la cugina della vittima, con due donne davanti, si sente piú disposta alle confidenze.

Romano rifletté. Poi disse:

– Questa ragazza, Francesca Valletta. Non aveva una doppia vita: ufficio, casa, amici, amici, ufficio, casa. Tutto alla luce del sole, estroversa, amatissima. Poi se ne va la mattina prima del matrimonio in un posto isolato, portandosi dietro il vestito da sposa, e si fa ammazzare. Non quadra per niente.

Lojacono ammise:

– No, in effetti c'è una contraddizione fra come risulta la ragazza e quello che le è successo. E siccome quello che le è successo è incontrovertibile...

Romano completò.

– ... la ragazza doveva essere per forza diversa da come appariva. E noi, tanto per cambiare, dobbiamo pure fare gli psicologi postumi.

Percorsero in silenzio gli ultimi metri. Videro la solita macchina e le due moto schierate davanti al portone di Sorbo.

Romano disse, truce:

– Però, Lojacono, quando ci sono di mezzo questi, ogni valutazione cambia. Nulla ci sarà chiaro, a meno che non ci salti in faccia la soluzione, se non capiamo bene qual è stato il ruolo della famiglia dello sposo.

– Sí. Proprio cosí. E siamo qui per questo.

Scesero dall'auto. Uno dei motociclisti si mise al cellulare.

XXVIII.

Quella stessa mattina, alle 7:30, Pisanelli uscí di casa per la prima volta dopo l'intervento.

Aveva atteso che Aragona andasse al lavoro, lamentandosi nell'ordine: per il torcicollo, che lo faceva muovere come un maggiordomo inglese; per il freddo, che lo induceva a calcare la mano con improbabili accessori di abbigliamento; per la recente abitudine di Palma di conferire incarichi all'alba; per il pessimo tempismo di Francesca Valletta, che si era fatta ammazzare in una stagione orrenda; per l'ingerenza dell'antimafia, che aveva reso necessaria un'accelerazione tale delle indagini da non concedere un attimo di pausa.

Secondo Giorgio, il cattivo umore dell'agente scelto era invece dovuto all'incontro-scontro con la bella Irina, che Aragona gli aveva subito raccontato svegliandolo dal suo beato sonno. Non che potesse dare torto alla ragazza: Marco sembrava quello che era, uno scappato in piena notte, anche se i motivi erano diversi da quelli che lei aveva immaginato. Però l'istinto del vecchio poliziotto aveva rilevato, pur nel dormiveglia, una nota di sollievo nell'accorato sfogo del giovane collega. La parola «matrimonio», incautamente pronunciata dalla fanciulla montenegrina, era stata fuor di dubbio decisiva.

Pisanelli rabbrividí. Sollevò il bavero del cappotto e calzò meglio la coppola. Se fosse venuta a conoscenza dell'intemperanza di quello che considerava ancora un paziente, Nadia avrebbe messo le mani sui fianchi e urlato come una pazza; e forse non sarebbe piú venuta a fargli l'iniezione, reputando inutile tanta fatica di fronte a un aspirante suicida. Ma un poliziotto è un poliziotto, e oltre a essersi fatto riferire per filo e per segno da Aragona la faccenda della giovane morta, Giorgio si era attaccato al telefono e pure alla televisione, la quale dalla mattina presto non parlava d'altro. Ed era giunto alla conclusione che senza il suo fondamentale apporto le indagini avrebbero imboccato una strada che le avrebbe allontanate dalla soluzione.

Ebbe un lieve capogiro che imputò all'eccessivo tempo trascorso a letto. In realtà si sentiva bene, benissimo. L'idea di essere di nuovo operativo lo eccitava. Si avviò per il vicolo che conduceva alla strada principale, scambiando sorrisi con i negozianti che si felicitavano di vederlo in piedi.

Il quartiere, pensò con tenerezza; il luogo dove sono nato e cresciuto, e dove ho lavorato per la maggior parte della mia vita.

Il quartiere. Quattro città compresse in meno di un chilometro.

L'aristocratica, del lungomare e dei circoli nautici, pieni di vuoto e di musica passata, di tartine stantie e di cravatte a farfalla, di vecchi che si credono giovani e di vecchie che non si rassegnano.

La finanziaria, degli uffici e delle banche d'affari, nella bella piazza che sembra un salotto, con donne e uomini che si salutano con due baci e prendono il tè ai tavolini illuminati dal sole.

La commerciale, delle due strade che disegnano una L, negozi per ricchi con conti chilometrici regolati solo in parte a fronte di ulteriori acquisti, negozi per ragazzi che chiudono per cedere il posto a panini e patatine, scontrini che fanno da lavanderia di denaro dubbio.

La popolare, del reticolo di vicoli senza luce e aria, degli sguardi sfuggenti e delle risate sonore, di partite di pallone in salita e di matrone sedute fuori ai bassi a parlare del caldo o del freddo.

Fu verso quest'ultima che Pisanelli si avviò, l'andatura resa incerta dalla debolezza ma non dalla meta. Avvertiva addosso gli occhi del quartiere, e sapeva bene che non era un'impressione. Sapeva altrettanto bene che nessuno lo avrebbe fermato, finché non avesse violato quei confini che non aveva intenzione di valicare.

Si arrestò davanti a una bottega scalcinata, contrassegnata dall'insegna di una nota marca di scooter. Una Vespa smontata usciva per metà dall'oscurità dell'interno, dove si scorgevano quattro o cinque motocicli. Due uomini in tuta da meccanico, le mani sporche di grasso, fumavano seduti su sgabelli claudicanti, chiacchierando a bassa voce.

Senza salutare, senza presentarsi e senza chiedere niente, Pisanelli disse:

– Io vado al campetto.

E se ne andò, incurante della reazione provocata dalla sua frase criptica. Uno degli uomini alle sue spalle, scambiato un cenno d'intesa con l'altro, si alzò e prese la direzione opposta a quella del poliziotto.

Lungo una salita, Pisanelli dovette sostare due volte. La seconda temette di dover desistere: la testa era come ovattata, evanescente, il cuore gli martellava nelle orecchie e gli pareva di udire la voce di Carmen che lo rimproverava con le parole di Nadia. Tornò a camminare fino a un palazzo abbandonato e transennato perché pericolante, alla fine di una traversa cieca e perciò priva di passanti.

La barriera all'ingresso era stata divelta. Pisanelli scavalcò la rete e i nastri adesivi che si muovevano pigri nel vento leggero e si addentrò nel cortile. La desolazione era terribile. L'odore di escrementi, di orina e di spazzatura era rivoltante. In un angolo era visibile la carcassa di un'auto data alle fiamme.

Il poliziotto cercò e trovò, sotto cumuli di cartacce e di siringhe, le tracce di strisce dipinte con la vernice bianca.

Il campetto. Dove i ragazzi di un quartiere giovane, disperato e ingenuo passavano interminabili pomeriggi di interminabili partite, tre contro tre o venti contro venti, chi arriva prima a nove vince, tre corner un rigore, portiere volante.

Il campetto. Un modello di democrazia assoluta, dove vinceva il piú bravo, non il piú ricco o il piú violento, ma il piú bravo. Il campetto. Dove il figlio di un maestro poteva diventare compagno, anzi, fratello del figlio di un calzolaio.

Pisanelli rinvenne anche la panchina, una pietra sporgente su una parete del cortile che aveva piú ginocchia sulla coscienza di un ortopedico ignorante. La sgomberò dai rifiuti e sedette, le mani sulle cosce, lo sguardo perso nel passato. Vide sé stesso sgusciare agile sull'ala, dribblare due avversari (uno grasso, e fu facile; uno cattivo che mirava alle caviglie, ma passò ugualmente) e servire un assist al centro. E vide un bel ragazzo alto e bruno svettare di testa, il ciuffo nero attaccato alla fronte dal sudore, e segnare un gol meraviglioso. Vide il ragazzo andargli incontro per abbracciarlo.

– Ciao, Pisane'. Allora sei vivo. Credevo ti avessero seppellito già.

Il poliziotto alzò gli occhi di sfuggita, poi li riportò sul campetto.

– Ciao, Emilia'. Sono vivo, sí. O magari sono morto, e sei morto pure tu. E siamo i due fantasmi del campetto. Ti ricordi quando...

L'uomo gli si sedette al fianco, sbuffando. Era calvo e robusto, l'enorme ventre sporgente gli spuntava dal sopra-

bito. Sembrava di parecchi anni piú vecchio di Pisanelli, ma il vicecommissario sapeva che erano quasi coetanei.
– Io non mi ricordo niente. E mi ricordo ancora meno quando vedo come hanno ridotto questo posto, 'sti drogati di merda. I ragazzi non giocano piú a pallone, Pisane'. Quelli bravi lo fanno di professione, quelli scarsi preferiscono i videogiochi. Generazione schifosa.
All'ingresso stazionavano i quattro uomini che avevano accompagnato Emiliano Sorbo, patriarca del clan omonimo, all'appuntamento che non aveva con lui. Pisanelli ridacchiò.
– Non dovresti parlare male dei drogati, Emilia'. Sono i tuoi clienti. E il cliente ha sempre ragione.
– Qualcuno li deve pur aiutare a morire, no? Io sono un benefattore dell'umanità, faccio in modo che si tolgono di mezzo. Mi dovreste ringraziare.
Pisanelli sorrise, come avesse ascoltato una barzelletta. Poi disse:
– Grazie di essere venuto. Non ci vediamo da una vita. Come stai? I figli?
– Eh, i figli. I due che stanno con me li posso seguire, e non devo dirti come si comportano perché immagino che lo sai meglio di me, con la rete di sorveglianza che ci avete messo addosso.
– Quella è l'antimafia, Emilia', non ti confondere. Noi ci occupiamo di altro. E io sono pure in malattia, peraltro, quindi nemmeno so che è successo di recente nel quartiere.
– Lo so che sei in malattia. È per questo che sono qui. Se eri in servizio ti mandavo qualcuno, non venivo io. E immagino pure il motivo per cui mi hai voluto vedere: è per Giovanni.
Non era una domanda, ma una constatazione.
– Sí, ma per una curiosità. Mi sono fatto spiegare la situazione, e mi pare strana. Troppo strana. I ragazzi del

commissariato stanno indagando, ma presto, se non viene fuori niente, se ne occuperanno quegli altri, i tuoi amici della procura. E allora diventerà uno dei cento fatti capitati attorno a voi, e magari non verrà mai piú fuori chi è stato. Lo sai, voi siete...

Sorbo lo interruppe, cupo.

– Lo so, lo so. Noi siamo il grande alibi. Noi siamo quelli responsabili di ogni cosa che non funziona. Be', Giorge', certe volte è vero, non dico di no. Ma certe volte è proprio una cantonata.

Giorgetto. Erano piú di quarant'anni che nessuno lo chiamava piú cosí.

– Racconta, Emilia'. Fammi capire.

E Sorbo parlò.

XXIX.

Attesero Cecilia Fusco Barrella all'uscita dell'equipaggio, mentre al gate erano già cominciate le procedure d'imbarco del volo successivo.

Elsa fece un cenno. La donna rispose al saluto, disse qualcosa al comandante, un bell'uomo biondo e alto, e si staccò dal gruppo delle hostess e del copilota, avvicinandosi alle poliziotte.

Graziosa, pensò Alex. Molto carina, non fosse stato per il colorito terreo. Gli occhi arrossati contrastavano con la divisa verde acceso adornata da nastri blu.

Scambiarono poche parole, Elsa le disse che volevano farle qualche domanda. Cecilia non protestò.

– Ho quasi un'ora prima di imbarcarmi di nuovo. Vedete là? Quella fila deve salire sul mio prossimo aereo. Ormai siamo come autobus, andiamo e veniamo di continuo, facciamo addirittura amicizia coi passeggeri pendolari. Si risparmia su tutto, sul personale, sui piloti, sulla pulizia a bordo. Uno schifo di mestiere. Prego, venite con me.

Le condusse in un bar nell'angolo della grande sala, arredato in nero. Una cameriera sonnacchiosa portò loro i caffè.

Elsa disse:

– Stiamo cercando di ricostruire le ultime ore di Francesca, e ci sono alcune cose che non ci spieghiamo.

– Anch'io non mi spiego quello che è successo, dottoressa. E neppure mio marito, o i suoi zii. Sono sicura che non se lo spiegano nell'ufficio dov'era impiegata e dove io, quando ero libera, l'andavo a prendere per pranzare insieme; ed è probabile che non se lo spieghi nemmeno Giovanni, anche se, come vi avranno detto e come mi ha raccontato mio marito, la madre di Francesca è sicura che la famiglia Sorbo abbia responsabilità nella sua morte. Nessuno se lo spiega perché quello che è accaduto è inspiegabile. Tutto qui.

Elsa scese nei dettagli.

– Ci risulta che Francesca abbia deciso di sposarsi all'improvviso, circa un mese e mezzo fa. La comunicazione al lavoro, per esempio, l'ha data allora causando perplessità, e anche suo marito ci ha detto di non averne saputo niente prima. Lei cosa può dirci in proposito?

La donna bevve un sorso dalla tazzina.

– Francesca era una ragazza emotiva. Sentimentale, appassionata, si buttava a capofitto in ogni cosa. Il rapporto con Giovanni era forte, anche se lui era l'esatto contrario di lei. Con mio marito ci interrogavamo spesso se fossero davvero adatti l'uno all'altra. Lui diceva di no, ma secondo me era solo geloso di lei, sapete, era come una sorella e i fratelli sono sempre gelosi delle sorelle; io invece li vedevo bene proprio perché erano diversi. E poi lei era innamorata pazza, quindi tutto era giusto.

Alex chiese:

– Eravate molto amiche, vero? Parlavate molto, vi dicevate tutto come fanno le amiche, no?

Cecilia la fissò. Sembrò sul punto di scoppiare a piangere, poi si ricompose.

– Sí. Ma è riduttivo dire che eravamo amiche. Eravamo piuttosto come due parti della stessa mela. Non dormo da quando è successo questo fatto terribile, non so che darei per svegliarmi e scoprire di aver sognato, anzi di aver avuto un brutto incubo. Non ci nascondevamo niente anche perché sarebbe stato inutile, l'altra avrebbe capito subito. Abbiamo vissuto insieme, ci siamo anche scambiate i ragazzi a Londra, abbiamo riso e abbiamo pianto. Ci dicevamo tutto, sí.

Elsa chiese:

– E del matrimonio le aveva parlato? Questa decisione cosí repentina che aveva sorpreso famiglia e colleghi...

– Le piaceva sorprendere. Le piaceva fare cose inusuali. Aveva detto che un matrimonio fuori stagione, col freddo, le avrebbe consentito di comprarsi vestiti bellissimi e di andare al mare d'inverno. Lei e Giovanni avevano già stabilito di sposarsi, Francesca aveva solo anticipato la data. E io, a essere sincera, non ci trovavo niente di strano.

Alex disse:

– Be', i preparativi affrettati, il cambio di programma al lavoro...

– No, aveva stabilito da tempo che sarebbe andata a Milano con Giovanni, invece di attendere che lui si trasferisse qui. Non lo aveva detto a nessuno per evitare ritorsioni in azienda e piagnistei dei genitori. Mi aveva pure chiesto di non dire niente ad Achille, che non riusciva a tenere segreti con gli zii. Io lo sapevo, però.

Elsa recepí l'informazione: il livello di confidenza tra le due era quello che si aspettava.

– Ritorsioni in azienda? Che ritorsioni?

– Quell'Acampora, il tizio che dirigeva il suo ufficio. L'aveva sempre osteggiata. Francesca aveva ottenuto l'impiego lí perché la società è cliente della banca dove lavora il padre, e per Acampora era una raccomandata. Franci però era talmente brava che gli faceva fare sempre brutta figura, per cui, se avesse rivelato che pensava di andarsene, il tipo avrebbe piantato una grana e le avrebbe reso impossibile l'ultimo periodo.

Alex andò al punto.

– Dunque secondo lei era nelle caratteristiche di Francesca assumere una decisione come quella di sposarsi cosí poco tempo prima.

– Insisto, davvero non ci vedo niente di strano. Una decisione d'impulso, presa da una che se lo poteva permettere. Francesca non apparteneva a una famiglia che deve accantonare i soldi. La madre è l'erede di uno dei piú grandi costruttori degli anni Settanta e Ottanta, e aveva una sola figlia, quindi...

La Di Nardo non si fece distogliere dal tema del matrimonio.

– E l'atteggiamento della madre qual è stato? Il suo disaccordo rispetto alla famiglia del fidanzato ha creato fratture nel rapporto con Francesca?

– No, eravamo tutti abituati alla testardaggine di Franci. Se si metteva in testa una cosa, era impossibile farla desistere. La madre fece storie all'inizio, poi conobbe Giovanni, vide che ragazzo era e si rassegnò. Anche perché, gliel'ho detto, se Francesca decideva non restava che adattarsi.

Elsa chiese:

– E nell'organizzazione della cerimonia, nei preparativi? La madre si è data da fare oppure ha tenuto le distanze?

– Per la maggior parte ha organizzato lei, Franci non era molto applicata sulla questione. Era piú attenta all'abito, agli accessori, al rispetto delle usanze. Io, per esempio, le avevo prestato un anello che le stava grande ma le era sempre piaciuto, e l'avevo accompagnata a scegliere il bouquet. Sapete, qualcosa di nuovo, qualcosa di prestato...

Alex intervenne:

– Certo, questo è chiaro. Ma resta il fatto che il giorno prima del matrimonio la sua amica, con l'abito nuziale appresso, ha detto a tutti che era da un'altra parte ed è andata in una grotta sul mare, si è spogliata nuda e si è fatta ammazzare da qualcuno che poi ha gettato l'abito in acqua. Per una che non aveva segreti e agiva d'impulso, non mi pare poco.

Elsa lanciò un'occhiata alla collega. Con tono pacato e gentile, aveva gettato in faccia alla hostess la sua eccessiva sicurezza rispetto alla conoscenza dell'amica. Un ottimo modo per coglierla in fallo e portare a galla quello che nascondeva. Se qualcosa nascondeva.

Cecilia batté le palpebre, quasi offesa.

– Io questo non lo so. E non passa ora che non mi domandi cosa diavolo le sia venuto in mente, dove credesse di andare e a fare che. E ce l'ho con lei, se volete saperlo. Ce l'ho con lei perché avrebbe dovuto dirmelo, avrebbe dovuto chiedermi consiglio, come abbiamo sempre fatto. E io le avrei detto tu sei pazza, ma non è una pazzia che puoi fare. Ce l'ho con lei.

Da lontano, il gruppo col comandante biondo, il copilota e le hostess aspettava. Cecilia rivolse un cenno e un sorriso in quella direzione e fece per alzarsi.

Elsa chiese:

– Un'ultima domanda, signora. Mi rendo conto che è difficile rispondere, ma è un'informazione cruciale e le garantiamo l'assoluta riservatezza. Francesca aveva una relazione? C'era un altro uomo che frequentava, magari di nascosto, con cui poteva volersi incontrare quella mattina?

La donna impallidí e rimase alzata a metà, le mani sul bracciolo della sedia.

Alex insistette.

– Se lo sa o lo immagina, ci dia un'indicazione. Lo faccia per la sua amica.

Cecilia girò piano la testa verso di lei. L'allegria dei colori della divisa, coi nastri colorati e il cappellino vezzoso, cozzava con l'incarnato grigio.

– Non era soltanto mia amica, Francesca. Era praticamente la sorella di mio marito. Non mi ha mai detto di alcuna relazione, lo posso giurare. E posso pure giurare che se l'avesse avuta, io me ne sarei accorta. Adesso scusatemi, ma devo proprio andare.

XXX.

Io 'sta ragazza manco la conoscevo, sai, Pisane'? Cioè, l'avevo vista due volte, buongiorno e buonasera, tanto piacere, ma non l'ho mai sentita parlare veramente. Nemmeno so che femmina era, se valeva la pena.
Bella, sí. E mi pareva sveglia, una che teneva le opinioni sue e faceva quello che diceva lei. Una ragazza moderna, una di queste decise. A pensarci bene, una cosa apprezzai di lei: che non si sforzava di piacermi. Io quelli che vengono sulle ginocchia li ho sempre schifati.
Giovanni me la portò a casa a Natale, due anni fa. Io lo sapevo che stavano insieme, naturalmente, ma pensavo: se è una cosa seria me la porta, se no fa bene a non portarmela.
Nessuno meglio di te sa com'è stata la mia vita, Pisane'. Dal punto di vista tuo io sono il diavolo, non ti posso biasimare; ma certe volte ci sono dei bivi, le strade vanno da due parti, e tu ne devi scegliere una senza sapere, senza poter valutare tutti gli elementi.
Per me il bivio è stata la morte di Lucia.
Lo so quello che stai pensando. Che non è vero, che io ero già chi ero. Hai ragione, per alcuni versi; ma per altri no. Abbi pazienza, fammi spiegare, perché se no non ti riesco a dire quello che penso della morte di questa fidanzata di Giovanni.
Io quando vidi Lucia non capii piú niente. È un modo di dire, ma capita che è vero. Tenevo ventidue anni e mi gode-

vo la vita, mi prendevo le cose che volevo; avevo compreso come funzionava il quartiere, e poi i dintorni, e poi la città. Il commercio di allora erano le sigarette, la roba non era arrivata ancora, almeno non in larga scala. Una sera andai a ballare con gli amici e ci stava questa ragazza con uno. Seppi che era il fidanzato, ma lei non lo lasciò nemmeno: se ne andò lui, quando si accorse che c'ero io.

Faceva la modella, Lucia. Erano gli anni Settanta, ci stavano le minigonne. Era pure abbastanza nota, usciva sui giornali, era bellissima, ma non fu quello che mi colpí. Furono gli occhi.

Lucia aveva il fuoco negli occhi. Parlava, si muoveva e sembrava normale. Poi la guardavi negli occhi, e ti rendevi conto che non ci stava niente di normale in lei. Era buona, Giorgio: gentile, sorridente. Leggeva libri, le piaceva studiare. E finí proprio con me, che sono quello che sono.

I genitori non volevano, erano brava gente, il padre faceva il professore in un liceo. Ma noi, noi non ci potevamo allontanare di un metro. Mio padre andò dal suo, col cappello in mano. E tu lo sai che mio padre il cappello non se lo levava nemmeno quando ci stava la processione e portavano la Madonna fino a mare. Non lo so che gli disse, al padre di Lucia, ma lui disse di sí.

I tre figli sono venuti dopo, uno appresso all'altro. Non si metteva nei fatti miei, ma mi diceva una cosa semplice: potrebbero essere i figli nostri, quei ragazzi. Ci pensi, Pisane'? Una cosa cosí semplice. Io la stavo a sentire, facevo affari vecchi, le puttane, le carte, si guadagnava forse un centesimo di quanto si poteva fare con la roba, tu lo sai che il quartiere nostro tiene il mare e mille posti dove una barca senza luci può attraccare di notte. Ma Lucia diceva che quei ragazzi potevano essere i figli nostri, e io la stavo a sentire.

Poi Lucia è morta.

Tu lo sai com'è, no, Giorge'? Lo sai perché è successo pure a te, io me la ricordo la signora Carmen, anche se non l'ho mai conosciuta perché non me l'hai presentata, no, non ti giustificare, io lo capisco che non sono un'amicizia di cui vantarsi per un poliziotto. E poi erano passati troppi anni dall'ultimo gol, no?

Quando Lucia è morta io mi sono arrabbiato col Padreterno. Perché mi ha fatto un'infamità, facendola morire. E allora non me n'è fottuto piú dei figli degli altri.

E siamo cresciuti, e ancora cresciamo, e quel fesso di Buffardi ha voglia di intercettare e fotografare, non ci riesce a incastrarmi perché io sono piú furbo di lui.

Io ho tre figli, Giorge'. Alessio, che è un toro e deve maturare nella testa perché è impulsivo, e che un giorno, spero presto perché sono stanco assai, prenderà il posto mio. Rosetta, che è la piú intelligente e determinata, a volte fa paura pure a me. E Giovanni, che è tutto diverso.

È la mia debolezza, Giovanni. E lo sai il perché, no? È come la madre, Giorgio. È uguale alla madre.

Succede che pure in una famiglia come la mia c'è qualcuno che vuole imboccare un'altra strada. È difficile da accettare. Ma io, quando ho capito che Giovanni voleva andare per conto suo, sono stato contento. E non per utilizzare i suoi studi per gli affari, come fanno in tanti, ma proprio per vederlo scegliere, e seguire la sua scelta.

Non te lo so spiegare, l'effetto che mi faceva. Era come vedere come sarebbe andata se io stesso avessi studiato, come mio padre voleva, o come saremmo stati tutti se io, invece di pensare alle cose che avevo, fossi stato quello che voleva Lucia.

E capivo pure la distanza che teneva con noi, Giovanni. Gli altri figli si arrabbiavano e ancora un poco ce l'hanno con lui, forse, ma io gli dicevo: lasciatelo in pace. Fategli fare le cose sue.

È orgoglioso, Pisane'. Appena ha potuto si è messo a fare lavoretti, non voleva che gli pagassi gli studi. Non perché gli facessero schifo i soldi miei, ma per dimostrare che ce la faceva da solo. È in gamba, sai. Io non gliel'ho detto mai e mai glielo potrò dire, ma sono orgoglioso di lui.

E pure questa ragazza, mi pareva un passo avanti. Gente perbene, il padre sta nella finanza, mi sono informato, è abbastanza pulito. La moglie è una mezza pazza, ricchissima. Giovanni un mese fa è venuto, ha detto papà, scusami, al matrimonio voglio che venite tu e i fratelli miei ma non gli altri parenti. Mi capisci?

Io ho detto sí, ti capisco, va bene. E cosí avrei fatto, ero pronto. Gli ho comprato la casa a Milano, ho detto: un regalo agli sposi lo posso fare, sí? Lei era contenta, questo Natale qua, la seconda volta che l'ho vista. La terza sarebbe stata ieri.

Non lo so chi l'ha ammazzata, Pisane'. E quindi, non sapendo chi, non so nemmeno perché. Non posso ancora escludere che sia stato qualcuno che vuole mettere le mani sulle cose nostre, anche se mai come in questo periodo è tutto tranquillo. E poi a questo tipo di avvertimenti si arriva quando non c'è accordo, non prima di parlare. Ma non lo posso escludere, quindi ho mandato una squadra a sorvegliare Giovanni ventiquattr'ore al giorno, so che sono andati due colleghi tuoi, la rossa e il Cinese, e anche stamattina ci stanno altri due, di nuovo il Cinese e quello grosso, come si chiama, Romano.

Giovanni lo faccio sorvegliare perché se qualcuno ha ammazzato la ragazza per arrivare a noi, mio figlio è il passo successivo.

Io non me la sono sentita di andare da lui. Non ancora. C'è stata mia figlia, ieri pomeriggio, ma io no. E non per non metterlo in pericolo, e nemmeno per evitare confusione coi tuoi.

Noi ci conosciamo da tanto tempo, Giorge'. Troppo, per dirti fesserie. Non ci sono andato perché non reggerei il suo sguardo. Non ci sono andato perché ancora non posso escludere che non abbia perso l'amore della vita sua per colpa di suo padre.

Mi sono chiesto che avrei fatto io a mio padre, se Lucia invece di un tumore l'avesse uccisa qualcuno solo perché io mi chiamavo Sorbo. L'avrei finito con le mani mie, probabilmente.

Giovanni non credo che lo farebbe. Ma se devo vederlo, devo essere sicuro di potergli dire che non c'entro io, non c'entra la famiglia, non c'entrano gli affari. Quindi sto facendo i miei riscontri, ci vorranno ancora poche ore.

Non lo so chi l'ha ammazzata, 'sta povera ragazza. So che è successo nella zona nostra, e se fosse stato qualcuno di conosciuto l'avrei saputo.

Trovate l'assassino, Pisane'. Trovatelo in fretta, perché lo sto cercando pure io. Perché chi fa del male a mio figlio, al figlio di Lucia, io lo levo dalla faccia della Terra.

Trovatelo voi. Perché se lo trovo prima io, lo devo ammazzare.

Per forza.

XXXI.

Romano squadrava Giovanni Sorbo e si chiedeva se davvero non fosse vittima dei propri pregiudizi, lui che i pregiudizi credeva di combatterli con tutte le forze.

Si era aspettato un criminale, uno dei tanti che fingevano di essere qualcos'altro e che il suo occhio clinico riconosceva all'istante. Al limite un colletto bianco, un mafioso dell'ultima generazione, furbo e dalle mani lisce, la lingua pulita e il tono mellifluo.

Aveva consolidato e nutrito il pregiudizio attraversando con Lojacono due sbarramenti di delinquenti posti a sorveglianza. Non accettava che nel terzo millennio le forze dell'ordine consentissero l'istituzionalizzazione di un sistema criminale che aveva le proprie guardianie, il proprio servizio d'ordine, la propria polizia. Fosse stato per lui, avrebbe a muso duro chiesto le generalità, riscontrato i precedenti e fatto piazza pulita di quella feccia.

Lojacono però, prima di scendere dall'auto, gli aveva detto che avevano un altro obiettivo; che non si poteva impedire a uno di proteggersi come riteneva meglio, e che Sorbo era un testimone chiave nella ricerca dell'assassino di Francesca Valletta.

A meno che l'assassino non sia proprio lui, aveva risposto Romano a denti stretti fissando dal parabrezza i quattro motociclisti di guardia.

Ora che l'aveva di fronte, seduto in pizzo a una sedia in cucina, gli sembrava solo un ragazzo smarrito, inadeguato alla sopportazione del dolore, privo di punti di riferimento.
– No, ispettore, – stava dicendo a Lojacono, – non ho incontrato mio padre. L'ho sentito brevemente, mi ha detto che provvedeva lui alla mia compagnia. Immagino abbia voluto dire, nel suo codice, compagnia di queste persone che ha visto alla porta e in strada.
Lojacono disse:
– Lei comprende, dottore, che la possibilità che l'omicidio della sua fidanzata sia connesso alle attività della sua famiglia non soltanto non può essere scartata, ma resta la piú probabile. E che, se vogliamo dare avvio a un'indagine seria di chi è esperto in queste cose, prima dobbiamo escludere ogni altra ipotesi.
Sorbo lo ascoltava attento, quasi dovesse tradurre da una lingua straniera.
– Prima che l'indagine passi all'antimafia, vuol dire. Certo. Anzi, credevo ci stessero già lavorando loro, per la verità.
Romano chiese:
– E a parte suo padre e i gentiluomini qui fuori, ha avuto contatti con qualcuno? Esponenti di altre famiglie, per esempio.
Sorbo corrugò la fronte.
– Altre famiglie... Ma cosa crede, che io sia in relazione con... con quella gente? Mi ascolti bene: sfido lei e chiunque altro a dimostrare una, e dico una sola, situazione in cui io, la mia attività lavorativa o le persone che frequento rappresentino una connessione con quel mondo. Non sono disposto ad accettare che...
Romano rispose, secco:
– Quella marmaglia là fuori non sta certo proteggendo me, dottore.

Aveva pronunciato l'ultima parola come fosse un insulto. Se ne stava in piedi a braccia conserte, appoggiato allo stipite della porta, quasi provasse disgusto ad avvicinarsi troppo.

– Ah. Giusto: io mi chiamo Sorbo. Ho quel sangue nelle vene, no? Sono nato in quella famiglia, ho bevuto quel latte, eccetera. Il professor Lombroso sosterrebbe che il mio destino criminale è segnato, che sono un predestinato. Be', agente, le dico una cosa che forse non sa: il professor Lombroso è deceduto.

Romano sogghignò:

– Anche la sua fidanzata. E noi siamo quelli che stanno cercando di capire chi è stato.

Il giovane sussultò, come colpito da un ceffone. Lojacono si voltò a fissare il collega.

– Romano, se sei qui per lavorare resta pure. Se invece vuoi fare il magistrato, vai in procura e lasciami andare avanti.

Fu il turno dell'agente di sussultare. Arrossí, nel realizzare quello che aveva detto.

– Chiedo scusa, dottore. Mi dispiace per la sua perdita, mi sono fatto prendere la mano.

Sorbo gli rispose, teso:

– Si immagini. Lo so com'è il vostro lavoro in questa città. E come questi uomini, e purtroppo anche la mia famiglia, siano quelli che vi rendono la vita dura. Volevo solo dire che io non sono come loro –. Gli mancò la voce, se la schiarí. – L'unica persona della mia famiglia che ho avuto modo di vedere è stata mia sorella Rosetta. È venuta qui nel pomeriggio di ieri, per assicurarsi che non mi manchi niente. Mi ha detto che sarebbero stati tutti piú tranquilli se non mi fossi mosso di qui, e se non avessi avuto contatti con nessuno. Immagino sia la maniera di mio padre di tenermi al sicuro.

Lojacono domandò:

– E le ha detto se pensano che a uccidere Francesca sia stato qualcuno che ce l'ha con loro?

– È stata la prima domanda che le ho fatto. Mi ha risposto che stavano verificando, che non potevano escluderlo. Ma che finora nulla era emerso e che lei personalmente credeva di no.

Il Cinese si inserí.

– Ha parlato con i genitori di Francesca?

Sorbo si passò una mano sul volto.

– Io... Io lo so che sono un vigliacco, ispettore, ma non me la sono ancora sentita di... Capisco che soprattutto la madre, che non ha mai fatto lo sforzo di accettare il mio cognome, tragga delle conclusioni; e finché non potrò negare con certezza, non posso sopportarne lo sguardo.

Lojacono era stupito. Erano passati due giorni dall'omicidio, ormai: e in mezzo c'era un matrimonio da cancellare.

– E loro, non l'hanno cercata?

– Ho solo ricevuto una telefonata da Achille, il cugino di Francesca. Noi... siamo amici, in qualche modo. Mi ha chiesto come stavo. Di non preoccuparmi per la gestione della cerimonia funebre, di quello che c'era da fare. Poi è scoppiato in lacrime, e pure io.

Romano intervenne, con maggiore gentilezza:

– Dottore, noi vorremmo fare un passo indietro. Ci risulta che la decisione di sposarsi sia giunta all'improvviso, almeno nessuno sembrava saperne niente. Ci può dire qualcosa?

Sorbo sembrò sorpreso.

– All'improvviso? No, perché? Parlavamo del matrimonio da un anno almeno. Non avevamo fissato un momento preciso, questo no, ma eravamo d'accordo che ci saremmo sposati.

Lojacono ritenne di precisare.

– Non la decisione: la data. Ci risulta che in origine la previsione fosse di un suo trasferimento in città, e non quello della Valletta a Milano; e che al lavoro non avessero idea che la sua fidanzata fosse in procinto di andarsene.

Romano aggiunse:

– E anche in famiglia, da quello che ci è stato detto, ci si aspettava che ci avreste pensato non prima dell'estate. Perché questa accelerazione dei tempi? Cos'era accaduto?

– Ma noi... no, non è vero. C'era una dialettica in corso, c'è tra tutte le coppie, no? Io non ero certo felice di venire a vivere qui, data la presenza della mia famiglia e i pregiudizi che... che sapete. Lei non voleva separarsi dai suoi, amava molto la città. Ne parlavamo, qualche volta anche in maniera accesa. Per me era difficile starle lontano cinque giorni alla settimana, e pure lei...

Romano chiese, neutro:

– Avete litigato? Di recente, c'è stata una di queste... accese discussioni?

– No, era roba vecchia. Nel periodo successivo al Natale, dopo che eravamo andati a fare gli auguri a mio padre che è l'unico caso in cui io torno a casa, mi aveva detto che ci aveva pensato e aveva deciso di trasferirsi da me, a Milano. A quel punto, mi disse, non c'è bisogno di aspettare ancora.

Lojacono domandò:

– Quindi fu allora che decideste di sposarvi, vero? E non si meravigliò di questo cambio nell'atteggiamento di lei?

– Anzi, ne fui felice. Sognavo quelle parole da molto tempo. Che dovevo fare, chiederle di cambiare idea di nuovo?

Romano disse, a bassa voce:

– Ma questo non spiega perché sia andata dov'è stata uccisa. Di sua spontanea volontà. Anche quella è stata una sua decisione, e non glielo ha detto. Se è vero che non lo sapeva. Se è vero che non gliene ha parlato.

Sorbo accolse quelle parole come una bestemmia.
– No! Come fa a pensare che... Io amavo Francesca! Non capisce che senza di lei non riesco a sopravvivere? Ho già detto ai suoi colleghi che quando è successa questa cosa io ero da tutt'altra parte! Che vuole insinuare?
Romano proseguí, inespressivo.
– Dottor Sorbo, la sua fidanzata vedeva qualcun altro? Che lei sappia aveva un'amicizia, un contatto che...
L'uomo balzò in piedi, rosso in volto, i pugni lungo i fianchi. Strillò.
– Mi sta chiedendo se la mia fidanzata, la donna che stavo per sposare, aveva un altro? No! Non ce l'aveva! Se non stava con me, sapevo con esattezza dov'era e con chi! Mi chiamava lei e mi faceva sentire le voci delle persone con cui si trovava, non faceva niente che io non sapessi!
Sulla porta si profilò un uomo enorme, la faccia butterata e i capelli rasati a zero. Fissò a lungo i poliziotti, con sfrontatezza, senza alcun timore. Romano si spostò dallo stipite e sciolse le braccia, restituendo lo sguardo di sfida.
L'omaccione si rivolse a Sorbo, senza staccare gli occhi da Romano.
– Dotto', ci stanno problemi? Vi ho sentito alzare la voce.
– No, i signori stanno andando via. La prossima volta che vorrete vedermi, vi prego di avvertirmi prima, cosí posso procurarmi un avvocato. Buongiorno.

XXXII.

Il vento della notte prima aveva lasciato tracce. Nello specifico, aveva fatto cadere alcune tegole dal tetto della scuola di Vittoria Martini, con tanto di intervento dei vigili del fuoco e conseguente evacuazione dello stabile.

Elsa aveva firmato perché la bambina potesse tornare a casa da sola, quindi Vicky se ne andò al commissariato di Pizzofalcone alla ricerca della madre che, in quel momento, era all'aeroporto in attesa che atterrasse il volo da Genova.

Fu accolta dalla guardia Ammaturo, di servizio all'ingresso. Era un giovane assai simpatico, strabico e quasi calvo, con una pancetta che accettava con difficoltà la disciplina della divisa. Aveva una marea di cugini disoccupati disseminati nel mondo, ognuno in possesso di una competenza da mettere a disposizione dietro modico pagamento, possibilmente senza fattura.

Appena vide Vicky le sorrise sotto i baffetti curati. Sembrava guardasse la finestra, ma la bambina sapeva che ce l'aveva con lei.

– Ué, principessa, buongiorno! Uno potrebbe dire: qual buon vento? Divertente, eh? Nel senso del vento, quello vero e quello del modo di dire. Capisci, no? È una battuta, perché ci sta il vento che...

Consapevole del fatto che il poliziotto avrebbe continuato per tutto il giorno, Vicky gli disse:

– Sí, molto divertente, Gerardo. Il vento c'entra, perché sono cadute delle tegole e ci hanno mandati a casa. Mia madre è qui?
– No, no, sono usciti con due destinazioni diverse, lei era con la Di Nardo. Credo che non torneranno tanto presto. Tu però puoi entrare, di là ci stanno Ottavia e Aragona che dice che ha il torcicollo. Tutti gli hanno detto: e allora perché non te ne vai a casa? E lui ha risposto: appunto. Chissà che voleva dire.

Vittoria sospirò e si avviò in sala agenti, dove fu accolta con entusiasmo dalla Calabrese.

– Ciao, amore! Ti ho sentita nel corridoio, quindi ti hanno mandata via da scuola per il tetto, eh? Ho seguito su internet, hanno dato la notizia. Vuoi che avverta tua madre?

La bambina si accomodò alla scrivania di Elsa.

– No, no, grazie. L'aspetto qui, faccio i compiti nel frattempo. Mica dò fastidio, no?

La donna rovistò in un cassetto ed estrasse una barretta di cioccolato.

– Ah, lo sapevo di averla! Cerco di stare a dieta, ma mi dà conforto averne a disposizione per i momenti difficili. Tieni, tesoro.

Vicky prese la barretta.

– Be', se vale per i momenti difficili, dovrei tenerne un quintale per la mamma. Lei è sempre in un momento difficile.

– A chi lo dici, Vicky. A chi lo dici.

Giunse Aragona, proveniente dal bagno. Manteneva la sua curiosa andatura rigida e per parlare faceva una rotazione del busto, che gli conferiva un'aria aristocratica sconfessata dall'orribile sciarpa e dal cappellino che portava anche dentro il commissariato.

Vittoria lo squadrò.

– Ciao, Marco. Sei in incognito, vero? Io però ti ho riconosciuto lo stesso, anche vestito in maniera cosí anonima.

L'agente scelto non colse l'ironia.

– Oh, ecco il grillo parlante. Anonimo, dici? Perché non sai riconoscere la raffinata eleganza di certi capi. E d'altra parte, povera creatura, ti capisco, perché vivi con tua madre. Che per carità, è una bellissima femmina, ma dal punto di vista dell'abbigliamento lascia parecchio a desiderare.

Ottavia intervenne con una punta di amarezza.

– Tua madre, Vittoria, è una di quelle donne talmente belle da non aver bisogno di vestirsi in maniera ricercata per essere guardate. E soprattutto non deve stare attenta a quello che mangia, beata lei.

Aragona scrutò la collega con apparente, nobile sussiego ma si tradí con un lamento per una fitta al collo.

– Eppure la bellezza non è l'unica cosa che un maschio vede, Mammina, e te lo dico per farti capire qualcosa degli uomini. Uno vorrebbe pure essere trattato con un po' di dolcezza, essere compreso. Voi donne ne fate solo un discorso estetico.

Ottavia lo fissò a bocca aperta.

– Marco, che bello che tu mi dica questo! E pensare che ti credevo il principe dei materialisti, coi commenti sulle donne che fai sempre. È evidente che il torcicollo, oltre a darti quest'aria aristocratica, ti fa bene alle idee.

– Perché voi tutte pensate che uno, soltanto perché può contare su un bellissimo aspetto e su un immenso acume, dev'essere per forza abituato a spezzare cuori e non avere una sensibilità. E invece anche l'agente scelto Marco Aragona, noto come Serpico, ha un cuore. Che può essere calpestato da una donna che non si rende conto delle vicissitudini economiche e sociali, e le interpreta come una fuga notturna.

Ottavia e Vittoria non avevano la minima idea di quello che blaterasse il sedicente Serpico. La bambina, alla fine, ritenne opportuno cambiare prospettiva.

– Comunque la mamma è troppo anonima, con quei giacconi e quei cappelli. Non lo troverà mai un fidanzato, se va avanti cosí.

Prima che Aragona potesse dare una salace risposta su quello che davvero può fare una donna per trovare un fidanzato, la situazione precipitò.

E tutto mutò, per sempre.

XXXIII.

Cominciò tutto con un suono morbido e innocuo, una specie di squillo digitale sul computer di Ottavia.

Proprio mentre Aragona, ruotando il busto per assecondare il collo irrigidito, diceva con tono accademico a Vittoria che le donne sono insensibili e poco caritatevoli, per nulla inclini alla comprensione e alla partecipazione emotiva, e la bambina pensava che quel ragazzo doveva aver subito una brutta delusione d'amore, giunse l'e-mail con il referto dell'autopsia effettuata sul cadavere di Francesca Valletta.

La Calabrese, che stava seguendo la conversazione dell'agente scelto con la figlia di Elsa, tardò qualche secondo a leggere il contenuto del messaggio. Palma si era allontanato dopo aver ricevuto una telefonata sul cellulare, borbottando che sarebbe rientrato subito; gli altri Bastardi erano fuori per le visite a Cecilia Fusco Barrella e Giovanni Sorbo, quindi nulla poteva accadere che avesse riflessi sull'operatività del commissariato.

Riportata l'attenzione sullo schermo, Ottavia aprí la comunicazione. Il tono era quello freddo e analitico del medico legale, che le aveva sempre dato i brividi. Gli occhi scorsero le righe senza particolare attenzione, col desiderio di togliersi di dosso il disagio della descrizione asettica di quella che era stata una persona, con affetti e sentimenti.

Paziente femmina di 28 anni.
Si obbiettiva ferita sulla parete anteriore del torace, a 3 cm dalla linea parasternale sinistra, tra la 3ª e la 4ª costa. In base all'estensione superficiale, le estremità acute, la regolarità e la nettezza dei margini, e la presenza di codette di entrata, è lecito pensare a un mezzo tagliente tipico, come un coltello o un pugnale. L'arma al suo ingresso frattura la quarta costa a 4 cm dall'articolazione costosternale e sublussa la stessa a livello della costa superiore, a testimonianza della forza con cui è stato sferrato il colpo.
La ferita viene inferta con un'inclinazione di circa 30 gradi anteroposteriormente e craniocaudalmente, per cui incontra perforando il muscolo cardiaco in corrispondenza del ventricolo sinistro. Sullo stesso, si evidenzia ampia lacerazione, lunga 2,5 cm, che deve aver reso inefficiente la funzione di pompa cardiaca, causando il decesso in non piú di 3 minuti. Intatte le altre strutture cardiache valvolari e vascolari. Copioso versamento ematico in torace.

Nessuna notizia nuova, pensò Ottavia mentre Aragona seguitava nella sua lezione a Vittoria sull'insensibilità femminile. Salvo che l'inefficienza della pompa cardiaca, come tu, caro medico legale, cosí dottamente la definisci, ha reso impossibile la realizzazione di un sogno dolce e intimo, che forse sarebbe diventato una prigione tra dieci o quindici anni, ma che all'inizio è uno scrigno di speranze e di aspettative.

Quasi non lesse, presa dai suoi malinconici pensieri, le ultime righe del rapporto.

La valutazione gineco-necroscopica non evidenzia segni di violenza sessuale, ma all'analisi dell'utero si ritrova materiale placentare accompagnato a feto. Dalle dimensioni di 6 cm dalla testa al sacro e dal peso di 12 g, la datazione è di 11-12 settimane.

La telefonata che Palma aveva ricevuto – ed era passata piú o meno un'ora – proveniva dal cellulare di una persona che gli era diventata molto cara, in quanto uno dei primi interlocutori nella nuova esperienza lavorativa a Pizzofalcone.

Il vicequestore avrebbe ricordato per sempre il primo incontro con Pisanelli e Ottavia, i sopravvissuti del commissariato, quelli sui quali avevano indagato tutti gli organi interni di disciplina senza arrivare alla dimostrazione di connivenza coi colleghi infedeli, bensí all'univoca conclusione di una clamorosa incapacità personale. Tutto era avvenuto sotto il naso di entrambi, dicevano le relazioni finali delle indagini: e loro non se n'erano accorti.

I mesi successivi avevano rivelato quanto fossero false quelle deduzioni, e Palma aveva avuto modo di capire come due dei migliori poliziotti che avesse mai incontrato fossero stati distratti da terribili situazioni private: la malattia e la morte della moglie per l'uno, la gestione del figlio gravemente malato per l'altra. Un'atroce coincidenza, che il destino si era divertito a concertare nel momento sbagliato.

Il coinvolgimento del dirigente nei confronti di Ottavia aveva poi assunto altre tinte, ma aveva confermato l'opinione piú che positiva di quel primo incontro.

Con Giorgio Pisanelli il cammino era stato ancora piú sorprendente. L'impressione era stata quella di un poliziotto stanco, cinico, esacerbato dalle fallite esperienze personali e professionali. Il viso, il linguaggio del corpo, la lentezza dei movimenti dichiaravano un'età maggiore di quella che risultava dalla scheda, e Palma si era rassegnato a dover condurre da solo il commissariato alla chiusura. Nulla di piú errato: le cose avevano preso un'altra piega, e Giorgio si era rivelato un acuto, sensibile e preparato vice: una forza irrinunciabile per rendere coeso e produttivo un gruppo che pareva impossibile da assemblare.

Certo, c'era il fatto dei suicidi. Palma aveva deciso di non entrare nel merito della questione, considerandola come tutti una specie di anomalia professionale, una fissazione innocua sulla quale esercitare le proprie capacità investigative.

Per il resto, l'esperienza di Giorgio – e soprattutto la sua perfetta conoscenza delle dinamiche del quartiere – si era rivelata una risorsa potentissima. E quando per la malattia del vicecommissario erano stati costretti a farne a meno, le ripercussioni si erano sentite.

Fu perciò con gioia che il vicequestore sentí la voce del vecchio amico. E anche con una punta di rimorso, per le visite che avrebbe dovuto fargli e che, preso dagli impegni e dalla poca voglia di vederlo a letto, non aveva fatto. Giorgio era stato sbrigativo. Con tono teso, lo aveva pregato di raggiungerlo al bar di Peppe, a poca distanza dal commissariato.

Adesso l'aveva davanti, all'unico tavolino del piccolo locale che consentiva un minimo di riservatezza, pomposamente chiamato dal burbero proprietario «la saletta»; in realtà si trattava di una rientranza della parete, chiusa alla bell'e meglio con una porta a soffietto.

I due si salutarono con affetto. A Palma il collega parve pallido e dimagrito, ma con una luce negli occhi che ricordava il Pisanelli dei momenti migliori.

– Giorgio, ma che piacere, come stai? Scusami se non sono venuto a trovarti, ma nessuno meglio di te può capire il casino che abbiamo. Ma perché non sei salito? I ragazzi sarebbero felici di vederti, tra poco rientrano, c'è anche questa collega nuova che ti voglio presentare. Dài, vieni con me, andiamo!

Pisanelli fece cenno al superiore di sedersi di fronte a lui.

– No, capo, non salgo. Non mi sento ancora bene e non voglio mettere in difficoltà chi mi sostituisce o i ragazzi. Oggi, pensa, è la prima volta che esco dopo l'intervento, e se lo vengono a sapere il medico e l'infermiera che mi seguono è la volta che devi indagare sull'omicidio di un prepensionato della polizia. Ma non è di questo che ti devo parlare.

– Dimmi, Giorgio. Che succede?

Pisanelli gettò un'occhiata al di là della porta a soffietto.
– Ascoltami bene. Tu sai che io qui ci sono nato e cresciuto; ho scelto da che parte stare e ci sono rimasto per tutta la vita. Questo però non mi ha fatto perdere le antiche conoscenze, non amicizie, per carità, ma conoscenze. Mi capisci?

Palma, preoccupato, scrutava il volto segnato del vicecommissario.

– Lo so, Giorgio. Ma per favore, dimmi, che sta succedendo.

L'anziano poliziotto si piegò in avanti e abbassò la voce.

– Gigi, i Sorbo non c'entrano con questo delitto. Non c'entra la mafia, non è un avvertimento né una vendetta trasversale. Non devi consentire che le indagini vadano in quella direzione, perché significherebbe non scoprire mai piú il colpevole.

Il vicequestore nemmeno immaginava che Pisanelli fosse al corrente della morte di Francesca Valletta. Sbatté le palpebre, perplesso.

– Scusa, e tu come... Mica dipende da me, lo sai come funziona, no? Se non riusciamo a venirne a capo, se non avviene entro oggi qualcosa che... C'è Buffardi su quest'osso, non lo mollerà facilmente, ammazzano la promessa sposa, praticamente la moglie di uno del clan e...

Pisanelli picchiò sul tavolino, facendo sobbalzare la tazzina vuota del caffè e lo stesso Palma.

– È proprio questo il punto, maledizione! Non è affatto uno del clan, Giovanni Sorbo! Io ne ho parlato con il padre, e...

Palma non credeva alle proprie orecchie.

– Tu? Tu hai parlato con Emiliano Sorbo, il capo della famiglia mafiosa? Ma sei pazzo?

– No, non sono pazzo. Ci conosciamo da quand'eravamo ragazzi, giocavamo a pallone insieme e... Ma questo adesso non c'entra. È sicuro che i Sorbo non hanno nulla a che vedere con il delitto, e tu mi devi credere perché sai bene che non ti mentirei mai su una cosa come questa.

Il vicequestore faticava a fare mente locale.

– Lo dovrei dire almeno alla Piras, lo capisci, no? Se non abbiamo un minimo di protezione da lei, non ci sono possibilità. A meno che non succeda qualcosa adesso.

Pisanelli allungò la mano sul tavolo e la mise su quella di Palma.

– Tranquillo, gliene puoi parlare. Ma per quanto riguarda me e il contatto con Sorbo, ti dico io che teoria dovrai sostenere. Ascoltami...

Squillò il cellulare di Palma. All'altro capo la voce di Ottavia, rotta dall'emozione.

– Gigi, devi rientrare. Subito.

Quando Palma tornò in ufficio, Lojacono e Romano erano appena rientrati e stavano ricevendo da Ottavia la notizia.

L'atmosfera era quella di una generale, attonita sorpresa. Ognuno cercava di rimodulare quello che sapeva alla luce del fatto che Francesca era incinta.

Ottavia disse a Palma che aveva provato a mettersi in comunicazione con la Martini e Alex, ma che i loro cellulari non erano raggiungibili: dovevano trovarsi in una zona d'ombra.

Romano diede voce ai pensieri di tutti.

– Ecco spiegata la decisione frettolosa di sposarsi.

Lojacono era perplesso.

– Sí, ma perché tenerlo nascosto? Non è mica un problema. E poi la ragazza era una estroversa, di personalità forte e comunque aveva ventott'anni, non era mica un'adolescente. Lo avrebbe detto, no?

Palma aveva in mente quello che gli aveva detto Pisanelli.

– Certo, questo ci deve far rivedere ogni cosa. Abbiamo interrogato Sorbo due volte, gli abbiamo chiesto ogni dettaglio. Perché ci ha mentito? Perché non lo ha rivelato, che la fidanzata aspettava un figlio?

    Fu Aragona a parlare.

    – Perché magari nemmeno lo sapeva.

    Prima che Lojacono chiedesse a sé stesso e agli altri come fosse possibile, ci fu un'irruzione in sala agenti.

XXXIV.

Diego Buffardi aveva predisposto una serie di riscontri coi collaboratori di giustizia per acquisire informazioni sull'omicidio di Francesca Valletta. I tre giorni stavano per scadere e voleva farsi trovare pronto.

Il caso, non poteva negarlo, presentava numerose incongruenze rispetto alla prassi della criminalità organizzata. Il luogo del delitto, per esempio; e le modalità, in pieno giorno e in una zona trafficata. Il melodramma dell'abito nuziale, la vittima, che non apparteneva ancora ufficialmente alla famiglia.

E anche le risultanze successive, le informative assunte in deroga a quanto promesso alla Piras circa lo starsene fuori fino allo scadere del termine, collocavano l'evento in un ambito di indeterminatezza. Giovanni Sorbo non sembrava connesso alle attività del padre. Nemmeno a quelle che sarebbero state lecite, se non avessero utilizzato finanza proveniente da quelle illecite.

Buffardi era tuttavia convinto che il clan c'entrasse, benché in forma passiva. Se tra gli interessati da un crimine c'era un criminale, allora era necessario solo individuare il collegamento.

La segretaria entrò e gli consegnò una busta. Erano le evidenze delle squadre di sorveglianza che operavano ventiquattr'ore al giorno sul territorio. Dovevano esserci novità grosse, perché di solito si limitavano a brevi telefonate di aggiornamento. Buffardi aprí la busta, diede una scorsa alle fotografie che conteneva. Il teleobiettivo che le aveva catturate era potente e le immagini erano molto nitide. Buffardi corrugò la fronte e lesse la nota allegata.

Nomi. Orario. Riferimenti. Primi piani, con didascalie.

Ripassò i documenti almeno quattro volte. La curiosità fu seguita dalla sorpresa, la sorpresa dalla perplessità, la perplessità dalla rabbia, la rabbia da una furia cieca.

Afferrò il telefono, con una tale forza che l'apparecchio cadde dalla mensola. Lo riprese e digitò un numero. Attese schiumando, ma non ci fu risposta. Allora digitò un altro numero, e il messaggio di non raggiungibilità che ricevette incrementò l'ira.

Si alzò di scatto, raccattò fotografie e note accompagnatorie e le infilò in una cartellina. Poi uscí, sbattendo la porta. La segretaria, abituata a queste esibizioni, non sembrò impressionata. Il sostituto procuratore scese per le scale e uscí dal palazzo di corsa. Appena fuori, richiamò l'attenzione di uno degli uomini che fumavano nel freddo.

– Portami a quella merda di commissariato di Pizzofalcone. Subito.

Laura Piras ricevette la telefonata che aspettava a metà mattinata.

Era il terzo e ultimo giorno, la partita volgeva al termine. Se non avesse avuto in mano la soluzione o quantomeno qualcosa di concreto, avrebbe dovuto passare la mano. Il procuratore Basile era stato chiaro:

«Tu lo sai a chi va la mia simpatia, collega. Ma la presenza di quel cognome tra gli implicati indica, anche in assenza di riscontri diretti, una via obbligata. Per cui o viene fuori qualcosa presto, o ti invito a uniformarti a quello che è stato deciso».

E tuttavia Laura era convinta che non si trattasse di un omicidio di mafia. Si era interrogata a lungo, tentando di liberarsi dalla voglia di avere ragione a ogni costo, dalla rivalità con quello sbruffone di Diego affinché non la allontanasse dall'obiettività che si era imposta. La risposta era stata la stessa: non era un omicidio di mafia. Le modalità, l'orario, il luogo, l'abito. Non era un omicidio di mafia.

La telefonata arrivò. Laura uscí subito e disse all'autista dove condurla. La trasmissione dei dati che le servivano avveniva in maniera farraginosa, avrebbe dovuto aspettare troppo: andando lei a ritirarli avrebbe guadagnato tempo. C'era traffico, l'ufficio non era distante ma in alcune strade si procedeva a passo d'uomo. Avrebbe potuto usare la sirena, ma quell'ostentazione di urgenza non le era mai piaciuta.

Passò in rassegna quello che era stato fatto, in cerca di una mancanza, di un errore a cui porre riparo. Non trovò nulla, e di nuovo diede atto alla squadra di Pizzofalcone di essere diventata un'eccellenza. Il pensiero la portò a Lojacono, ai riferimenti che aveva fatto a un ulteriore avvicinamento tra loro. L'idea le diede un inquietante brivido di disagio.

Giunta a destinazione, si recò dal responsabile del servizio che le interessava. L'uomo la salutò deferente. Le consegnò una busta.

– Dottoressa, abbiamo fatto il possibile. In assenza dell'apparecchio certi tipi di incroci sono impossibili, ma il collegamento attraverso la rete consente di far emergere dagli archivi il testo degli Sms inviati e ricevuti.

La Piras aveva fretta, ma non era il caso di mortificare il lavoro svolto dall'unità di cui faceva parte l'uomo.

– Certo, e di questo la ringrazio.

– Peraltro, – continuò lui, – come le abbiamo detto al telefono, l'utenza era stata agganciata dalla cella a cui fa capo il luogo dov'è stata ritrovata la ragazza, e poi è sparita. Segno che il telefono è stato staccato e non piú riattivato.

– Sí, infatti. Ma gli archivi conservano i messaggi comunque, no? Quindi abbiamo anche quelli del giorno prima.

L'uomo, un piccoletto dagli occhiali spessi e il colorito olivastro, reagí come avesse ricevuto un complimento.

– Esatto. E li trova tutti lí dentro. Mi sono preso la libertà di inserire l'intestazione delle utenze di mittenti e riceventi.

La Piras andò via. In auto aprí la busta, con la trepidazione di una bambina che si avvicina all'albero la mattina di Natale.

Scorse la pagina, e il cuore le si fermò in petto. Disse all'autista:

– Portami al commissariato di Pizzofalcone.

XXXV.

Buffardi irruppe come una furia in sala agenti, seguito dall'affannato Ammaturo che aveva cercato di precederlo per annunciarlo. Si guardò attorno finché non individuò Palma.

– Ah, eccola qui, vicequestore Palma. Allora, mi dica: lei è solo un incapace, è un ignorante, oppure avete deciso di rimettervi in affari come i vostri predecessori, in questo covo di delinquenti?

Attoniti, interrotti mentre discutevano della gravidanza di Francesca Valletta, faticarono tutti a metabolizzare il senso di quello che il magistrato aveva detto. Poi Palma disse, freddo:

– Buongiorno, dottore. Che cos'è questo, un modo bizzarro di scherzare? Perché se è cosí, devo dire che me ne sfugge il senso.

– Ah, le sfugge! E mi dica, che cosa cazzo non le è chiaro di quello che ho detto? Il covo di delinquenti? Perché non sarebbe la prima volta che l'organico di questo maledetto posto ospita dei personaggi che infangano la divisa intrattenendo rapporti con la mafia!

Buffardi aveva progressivamente alzato la voce fino a urlare. Ottavia scattò in piedi, livida. Si sentiva insultata due volte: come unica dei presenti che aveva fatto parte della precedente gestione e come innamorata di Palma, sottoposto a quell'attacco.

– Dottore, la invito a moderare i termini. Se non altro per la presenza di una bambina.

Seduta alla scrivania della madre, Vicky era coperta dallo schermo del computer. Buffardi gettò uno sguardo sprezzante verso la piccola.

– Ah, certo, una bambina. È sua, signora? Si porta pure la figlia al lavoro, come fosse un doposcuola? Be', la invito a evitare, d'ora in poi. Come forse saprà, non è un bell'ambiente. Alla bambina non fa bene, stare qui.

Vittoria si mise in piedi e disse, con voce ferma:

– Buongiorno, signore. Io mi chiamo Martini Vittoria, non sono figlia di Ottavia ma di un'altra poliziotta. E sono una persona, quindi se ha qualcosa da dire a me, la dica a me.

Aragona scoppiò a ridere, ma si rese conto della difficoltà del momento e soffocò la risata in un colpo di tosse. Buffardi, preso in contropiede, puntò Vicky. La piccola resse lo sguardo, e lo fece con la sua tipica espressione: strizzò gli occhi e la bocca, piegando la testa di lato. Il magistrato ebbe una specie di vertigine.

Palma chiese:

– Posso sapere a che cosa dobbiamo tutti questi complimenti, dottore?

Buffardi batté le palpebre, fissò Vittoria che continuava a sfidarlo senza paura. Poi si riprese.

– Ce l'ho qui, il motivo. Ed è un motivo che vi farà finalmente chiudere la baracca. Perché stavolta nessun santo in paradiso vi tirerà fuori dai guai.

Scagliò la cartellina sulla scrivania di Romano, la piú vicina. Palma l'aprí. Sfogliò le fotografie che ritraevano Giorgio Pisanelli con un omaccione calvo. Mentre uscivano da un portone, mentre si salutavano, mentre l'uomo saliva in un'automobile scura dallo sportello posteriore, mentre Pisanelli si avviava a piedi lungo una discesa.

Palma rimase impassibile. Gli altri si passavano le fotografie in silenzio. Aragona mormorò:
– È uscito, 'sto pazzo.
Lojacono disse:
– E questo chi è, capo?
Buffardi, che aveva continuato a lanciare occhiate sbigottite alla bambina, rispose:
– Be', uno dei due lo conoscete, no? Il vicecommissario Pisanelli Giorgio, leggo sulla nota. In servizio presso questo cesso, se non sbaglio.
Romano ruggí:
– Senti, rivolgiti un'altra volta cosí a questo gruppo e io...
Palma lo zittí. Poi si rivolse a Buffardi.
– Se l'altra persona è chi penso io, posso spiegarle tutto.
– Se chi pensa lei è Emiliano Sorbo, capo dell'omonimo clan, decine di imputazioni per i reati associativi piú gravi e a piede libero soltanto perché è abituato a far fuori tutti i possibili testimoni, sí, è proprio chi pensa lei. E adesso mi spiega come cazzo è possibile che un poliziotto in servizio lo frequenti cosí amichevolmente, e proprio quando voi vi siete appropriati di una cazzo di indagine che non vi riguarda. Cazzo!
Vicky si ritenne in diritto di intervenire.
– Ma sua madre non gliel'ha mai detto che dire tutte queste parolacce non solo non le fa avere ragione, ma le fa fare pure una pessima figura? Come anche urlare, del resto.
Fece di nuovo quell'espressione che sembrava sconvolgere il magistrato. Lui disse, imbarazzato:
– Sí, sí, scusa, accidenti. Ma non si può far aspettare da qualche altra parte, 'sta bambina?
Vicky disse:
– Le ripeto che se ha qualcosa da dirmi dovrebbe rivolgersi a me direttamente. E comunque non ci tengo proprio

a sentire tutte queste parolacce. Ottavia, se mi dài il permesso, vado da Ammaturo in corridoio, aspetto la mamma di là.

Ottavia, che continuava a fissare sconvolta le fotografie di Pisanelli con Sorbo, disse meccanica:

– Sí, tesoro. Metti il cappottino, però, ché nel corridoio ci sono le correnti d'aria.

Buffardi osservò la bambina mentre indossava il soprabito, gli rivolgeva un ultimo, malevolo sguardo e si avviava verso la postazione all'ingresso. Sembrava impaurito da lei.

Appena fu uscita, tornò a ringhiare verso Palma.

– E sentiamola, questa spiegazione. Perché poi magari vi spiego io, a tutti, quello che significa la vera lotta al crimine, quello che ammazza la gente in serie, che ha giri d'affari da decine di milioni di euro, che ammorba questa città mentre voi giocate a guardie e ladri.

Prima che Palma potesse rispondere, nella sala agenti entrò una seconda furia in forma di magistrato.

Solo che stavolta si trattava di una donna.

XXXVI.

Lojacono, che la conosceva bene, distinse il caleidoscopio di emozioni che vide passare sul volto della Piras quando fece scorrere gli occhi sulla sala agenti. Dalla determinazione euforica dipendente dalla busta che aveva in mano, alla sorpresa, alla perplessità, alla rabbia.
La Piras si rivolse a Buffardi:
– E tu che accidenti ci fai, qui? Non lo sai che il tuo dannato termine non è ancora scaduto? Non sai contare?
L'altro non intendeva mostrare debolezze: di rabbia era pieno anche lui.
– Che ci faccio qua? Il mio dovere, ecco che ci faccio. E tra i miei doveri, e per inciso anche tra i tuoi, primario è quello che ci fa controllare che le forze di polizia non siano contigue alla mafia. Contiguità che, fino a prova contraria, appartiene a questo ghetto che tu hai voluto tenere aperto!
Laura si voltò verso Lojacono, che si strinse nelle spalle per dimostrare la propria incompetenza sulla questione. Poi chiese a Palma:
– Che diavolo sta dicendo?
Buffardi proruppe:
– Come sostiene quella nana che sembra una bambina, se hai qualcosa da dire a me dovresti rivolgerti a me. Guarda qui.
Le mise in mano le fotografie e la nota di accompagnamento. La Piras le scorse e l'espressione cambiò ancora. Meraviglia, angoscia, dolore.

– Ma questo è... È Giorgio Pisanelli, no? E quest'altro è... E a quando risalgono, queste foto?

– Quest'altro, – disse Buffardi, con maligna soddisfazione, – è proprio chi pensi tu: Emiliano Sorbo, il capo del clan omonimo. E se permetti rientra nelle mie prerogative venire a chiedere spiegazioni al superiore diretto di questo... di questo...

Aragona provò a placarlo.

– Oh, calmo calmo, dotto'. Prima di arrivare a certe conclusioni, vediamo di capire bene la situazione.

Era stato un ringhio minaccioso, il secondo che Buffardi riscuoteva in pochi minuti. Fu Palma a parlare.

– Come stavo dicendo al dottor Buffardi, dottoressa, sono in grado di spiegare queste fotografie. E di confermare che Giorgio Pisanelli è non solo onesto e coerente con il proprio ruolo, ma anche tra i migliori poliziotti con cui abbia mai lavorato. Se non il migliore.

Aragona sorrise come se il complimento fosse per lui. Palma continuò.

– Premesso che Pisanelli non è in servizio come da certificato medico, è venuto oggi qua. Cioè, non in commissariato, ma al bar, qui sotto. Non è venuto in ufficio proprio per non mettere in difficoltà me e i colleghi, soprattutto chi lo sostituisce. E mi ha avvertito che non è sua intenzione rientrare in organico, avendo già presentato domanda di pensionamento per il quale, ovviamente, possiede tutti i requisiti.

Ottavia era sbigottita.

– Ma come, Giorgio non rientra? E quando lo ha deciso? Io ci ho parlato ieri, e...

Palma le fece segno di tacere e proseguí.

– Quindi è, come da regolamento, già al di fuori dei quadri del commissariato. Giorgio è nato e vissuto nel quartiere. La sua generazione è cresciuta insieme, e tra i suoi coetanei c'è appunto Emiliano Sorbo. Non si vedevano da decenni, come a lei, dottore, di certo risulterà, proprio come le risulta il loro recente incontro.

Buffardi ascoltava ancora indignato, e al riferimento ironico di Palma non batté ciglio. Il vicequestore riprese:

– Avendo avuto stamattina notizia dalla televisione e dalla stampa del delitto e del nome dei Sorbo, ha preso l'iniziativa di contattare questa sua antica conoscenza. Che, a quanto mi risulta, è un libero cittadino non sottoposto ad alcuna misura restrittiva, non essendo stato incardinato nessun giudizio a suo carico.

Stavolta le parole di Palma suonarono come uno schiaffo in piena faccia a Buffardi, che impallidí.

– Questo non vuol dire, – sibilò, – che non sia uno tra i peggiori delinquenti in città. E che non gli metteremo le mani addosso, prima o poi.

– Non c'è dubbio, dottore, non c'è dubbio. Fino ad allora, però, non è un reato parlargli. E non c'è discussione sul fatto che Giorgio Pisanelli, che manca da quattro mesi per ragioni mediche ampiamente comprovate, non è in possesso di alcuna informazione che possa interessare Sorbo nella sua attività criminosa.

La Piras aveva cominciato ad annuire a un terzo del discorso di Palma, e adesso appariva soddisfatta. Ottavia rispose al telefono e confabulò per un po'. Buffardi, spalle al muro, tentò un colpo di coda.

– E allora per quale maledetto motivo il vostro bravo poliziotto malato e pensionato sarebbe andato da Sorbo, si può sapere? Immagino mi dirà che era lí per organizzare un cineforum o roba del genere.

– No, dottore. Pisanelli voleva capire se e in che misura Sorbo c'entrasse col delitto Valletta. Sostiene che a lui l'avrebbe detto.

Buffardi era esterrefatto.

– Ma davvero? Cioè, chiediamo a un criminale se ha commesso un crimine? Siamo ridotti a questo?

Ottavia gli disse, calma:

– Dottore, se Giorgio pensa che Sorbo glielo direbbe, può star certo che è cosí. Non parla se non è sicuro di quello che dice.

Palma rispose:

– Pisanelli mi ha detto che Sorbo non c'entra. Che non può escludere che altre organizzazioni criminali abbiano voluto destabilizzarne il potere con questo omicidio, ma non ha alcun riscontro in tal senso. Che, nel dubbio, ha posto sotto stretta sorveglianza il figlio Giovanni. Cosa che peraltro ci risulta, vero?

Lo aveva chiesto a Lojacono e a Romano, che confermarono. Palma concluse:

– Ma che è convinzione di Sorbo che si tratti di un delitto di altra natura.

Buffardi era trasecolato.

– E lei gli crede?

– Se gli crede Giorgio, ci credo anch'io.

– Io pure, – disse Aragona.

– Anch'io, – dissero in coro Lojacono, Ottavia e Romano.

La Piras si uní a loro.

– Anche la sottoscritta. Soprattutto alla luce della notizia che ho qui.

Buffardi aveva assunto un colorito a chiazze. Si passò la mano nei capelli.

– Che sarebbe?

La Piras aprí la busta e lesse:

– «Devo essere il primo a vederti con l'abito da sposa. E a fare l'amore con te a modo nostro, sulla nostra spiaggetta. Ci vediamo lí, alle 10, domani mattina».

Ci fu un attimo di silenzio. Poi Lojacono le chiese:
– Che cos'è, questo?
– Un messaggio ricevuto dall'utenza della Valletta alle 2 della notte precedente l'omicidio –. Poi, rivolta a Buffardi, concluse: – E sappiamo anche chi gliel'ha mandato.

XXXVII.

Il tragitto di ritorno dall'aeroporto fu compiuto da due poliziotte piú inclini al dialogo rispetto all'andata.

Si confrontavano sulle risposte di Cecilia Fusco Barrella, l'amica piú intima della vittima. E la conversazione si fece ancora piú interessante quando, dallo squillo dei telefonini nuovamente riceventi, arrivò a entrambe l'avviso che il commissariato le aveva cercate.

Alex guidava nel traffico dell'ora di punta, per cui fu Elsa a richiamare. Seppe cosí da Ottavia della gravidanza di Francesca, e pure che Vittoria si trovava a Pizzofalcone per la chiusura dell'edificio scolastico.

Elsa le riferí che la vittima era incinta e Alex sussultò, poi cominciò a riflettere.

– Questo spiega la decisione di anticipare le nozze. Mi chiedo, però, perché non dirlo a nessuno. Non la vedo come una che se ne poteva vergognare.

– Sai, a volte i borghesi si ricordano di essere borghesi. L'abito bianco, lo strascico, la festa...

– Le tradizioni: qualcosa di nuovo, qualcosa di vecchio...

– ... qualcosa di prestato, qualcosa di blu.

– Quindi potrebbe darsi che abbia voluto arrivare al matrimonio, ancorché anticipato, con tutti i crismi.

La Martini fece una smorfia.

– Mah... Capisco la reticenza con la madre, al massimo col padre: ma perché non dire una cosa del genere alla migliore amica, o al cugino? E poi, perché il fidanzato non ce l'ha detto?

– Avverto un senso di... disordine, come se ci fosse un che di sbagliato che non riesco a inquadrare.

Elsa seguiva un altro percorso.

– Poteva averlo tenuto per sé. Magari era per quello che aveva deciso di trasferirsi a Milano, forse si vergognava di mettere al mondo un bambino a poca distanza dal matrimonio.

– Guarda che qui al Sud non siamo un secolo indietro. Certe cose sono accettate anche negli ambienti piú retrogradi.

– Non volevo dire questo, per carità. Anzi, in certi paesi dalle mie parti è piú complicato che qui. Quando ho scoperto di aspettare mia figlia, spiegarlo a mia madre è stato una delle imprese piú penose della mia vita.

La Di Nardo era curiosa, ma non voleva apparirlo. Elsa lavorava con loro da qualche mese, ma nessuno era riuscito a riceverne le confidenze. Per cui riparò in un semplice:

– Davvero?

– Sí. Avevo ventidue anni. A ripensarci oggi, mi sembra tutto cosí assurdo.

– Perché essere genitore è difficile. E la cosa piú difficile è accettare i figli per come sono, senza pretendere che siano come uno se li immagina.

Fu la volta di Elsa di reagire sorpresa. Il traffico era quasi fermo e il riscaldamento dell'auto non dava conforto.

– Sí, penso di sí. Io certe volte vorrei che mia figlia fosse meno... meno adulta. Invece lei è piú grande di me.

– Vittoria è uno spettacolo! Quando viene in commissariato tiene banco, è cosí intelligente che a volte siamo tentati di raccontarle qualche indagine per farci aiutare.

– Capisco. Ma è una bambina, e io l'ho strappata da amici, compagni di scuola, mia madre, con la quale ha un'intesa incredibile.

– Scusa se te lo chiedo, ma non potevi tenerla dov'era? Magari proprio con tua madre? Tanto fra pochi mesi potresti tornare a casa, no?

La vicecommissaria tacque. Alex temette di essere stata invadente. Si morse il labbro, stava quasi per dirle di lasciar perdere, quando l'altra parlò.

– Non ha voluto. Io ho insistito molto, e mia madre pure. Il che è abbastanza strano, giacché all'epoca, quando le ho detto che aspettavo un bambino, ha sperato che me ne liberassi. Così diceva: te ne devi liberare. Come fosse un peso, come fosse un problema. Non diceva: devi abortire. Suonava male per la sua morale cattolica. Diceva: te ne devi liberare.

– Però dopo ti è stata vicina, no? Ti ha aiutata.

– Sí. All'inizio piangeva di nascosto, si lamentava che non avrei mai trovato un uomo, un marito. Non si rendeva conto che io un marito non lo volevo. Che non mi sarei sposata mai, che il matrimonio mi faceva orrore.

Alex commentò:

– A chi lo dici. Alla sola ipotesi mi viene da vomitare.

Lo disse senza pensarci, in maniera cosí drammatica e disgustata che entrambe scoppiarono a ridere. Elsa disse:

– Certo che è strano, no? Due come noi, che vedono il matrimonio come una disgrazia, a indagare su una ragazza che magari per quel matrimonio è stata uccisa.

– Tu dici? Pensi che la sua morte sia stata causata dall'imminenza del matrimonio?

– Una relazione potrebbe esserci. E la notizia della gravidanza complica le cose, unita al silenzio che Francesca aveva mantenuto. Magari qualcuno aveva scoperto quel segreto e gliene ha chiesto conto.

– Io continuo a non capire la storia del vestito. Qualche anno fa ho fatto da testimone a un'amica. Era ossessionata da quello che poteva accadere all'abito prima del matrimonio. Lo teneva su una gruccia, appeso al centro della stanza, e lo controllava in continuazione nonostante fosse coperto dalla plastica. Diceva che se si fosse macchiato o strappato, ne sarebbe morta. Questa invece lo prende e se lo porta su una spiaggia lercia e umidissima, la mattina prima dell'evento, quando sarebbe stato impossibile mettere riparo a qualsiasi inconveniente.

La Martini le diede ragione.

– È strano, sí. Sono come due persone distinte: la Francesca aperta, disinibita, allegra e sicura di sé, che cambia parere sulla data delle nozze e decide di trasferirsi a Milano; e quella che cura il matrimonio come un evento meraviglioso, rispetta la tradizione, prepara tutto con l'aiuto della madre e coinvolge la migliore amica. Sono stata a casa sua e ho visto perfino il bouquet: bellissimo, di rose bianche e blu, pronto a essere lanciato alle amiche zitelle.

Di nuovo Alex avvertí una punta di disagio alla quale non seppe dare il nome. Cosa c'era nella personalità di Francesca che non quadrava con le informazioni in loro possesso?

Elsa sospirò avvilita davanti al muro di macchine che impediva il passaggio.

– Mia figlia è al commissariato, hanno chiuso la scuola. Non mi piace che stia là, avrà anche fame.

– Vuoi che metta la sirena?

– No, non mi va per le cose personali. Magari chiamo per sapere come va –. Digitò un numero, poi disse: – Ah, Calabrese, ciao. Che si dice da quelle parti? La bambina? – Ascoltò la risposta ed ebbe un sussulto. Mormorò: – Va bene. Mi raccomando, lasciala con Ammaturo. Non voglio che senta certi discorsi. Io arrivo subito –. Chiuse la conversazione e disse ad Alex: – Ho cambiato idea, Di Nardo. Metti la sirena.

XXXVIII.

Lo andarono a prendere in tre: Lojacono, Romano e Aragona. Quest'ultimo restò alla guida: la rigidità del collo lo rendeva simile a un composto autista anglosassone, non fosse che per l'intero tragitto aveva bestemmiato per il traffico e il dolore.

La Piras aveva firmato il mandato per il fermo, dopo un breve colloquio con gli organi competenti in procura. Il rischio di alterazione delle prove e il pericolo di fuga erano concreti.

Lojacono era stupito: aveva interrogato l'uomo due volte, e non aveva avvertito quella crepa nel dolore che, anche a posteriori, poteva essere un dettaglio che apriva alla colpevolezza. E d'altra parte le risultanze erano chiare, cosí come la plausibilità della ricostruzione. Sto invecchiando, è evidente, pensò il Cinese. La sofferenza e le lacrime gli erano parse sincere.

Laura aveva letto i messaggi e spiegato che, nei giorni precedenti, le due utenze erano state collegate anche da varie telefonate, diverse in piena notte. I messaggi invece non erano molti, allegri e complici come c'era da aspettarsi fra due persone unite da un grande sentimento. Solo alla fine lo scambio si era fatto piú urgente, accorato, disperato quasi. Paura. Rimpianto. Malinconia.

Ottavia aveva recuperato l'indirizzo del posto di lavoro dell'uomo, un palazzo di uffici in centro. Si occupava degli investimenti di famiglia, mettendo cosí a frutto gli studi finanziari fatti all'estero.

Romano e Lojacono si diressero all'interno, lasciando Aragona in attesa in doppia fila. Trovarono il piano indicato su una tabella nell'androne, salirono in ascensore e bussarono alla porta. Li ricevette una segretaria piuttosto in carne, dall'aria sveglia e diffidente. Si qualificarono, e restarono ad aspettare in anticamera.

Achille Barrella, cugino di Francesca, uscí manifestando vivo interesse per le notizie che i poliziotti potevano portargli. Quando gli dissero il motivo per cui erano là, rise divertito. È uno scherzo, vero? Che diavolo di presa in giro sarebbe?

Anche in auto, man mano che acquisiva consapevolezza della situazione, pareva non crederci. Mi spiegate come vi è venuta in mente questa assurdità?

Gli fecero chiamare l'avvocato, che lo raggiunse in procura nell'ufficio della Piras. Come spesso accadeva, legale e Pm ebbero quasi un alterco. L'avvocato, un professionista scafato, intimò al cliente di avvalersi della facoltà di non rispondere: davanti alla Piras disse che domande e illazioni sarebbero state trappole e trabocchetti, che non aveva nulla da temere a meno che, per sbaglio, non avesse affermato cose che, una volta messe a verbale, avrebbero costituito una pietra tombale sulla sua libertà. Lui chiarí che non aveva nulla da temere, che era innocente e non voleva sottrarsi all'interrogatorio.

L'avvocato non riuscí a ottenere che Barrella tacesse, ma con la sua presenza incombente bloccò e indirizzò le risposte dell'uomo: mancava soltanto che gli tirasse calci negli stinchi.

Sí, aveva un rapporto fortissimo con Franci. Erano poco piú che bambini quando era morta sua madre, e il padre non lo aveva mai conosciuto. Erano ricchi di famiglia, e la zia lo aveva preso a vivere con sé.

Sí, erano simbiotici. Non ricordava un solo evento della propria vita senza Franci, e non ricordava nessun sorriso senza di lei. Si erano innamorati appena adolescenti, e lui era stato il primo uomo di lei, lei la prima donna di lui. Li avrebbero separati se avessero lasciato intuire agli zii quel rapporto, quindi erano diventati bravissimi a mantenere il segreto; avevano addirittura lasciato trapelare di essere insofferenti l'una all'altro.

No, non avevano avuto «una relazione». Il loro era stato un grande amore, senza limiti e senza confini, e Barrella pregava la dottoressa di non esprimersi in questa maniera, perché era sminuente del loro sentimento. Con Franci era morto anche lui: e non poteva sopportare che qualcuno pensasse che l'avesse uccisa. Impossibile.

Sí, si erano amati anche dopo il suo matrimonio e il fidanzamento di Franci. Avevano concordato che sarebbe stato meglio mettersi qualcuno vicino, ché altrimenti prima o poi si sarebbero fatti scoprire. Nutrivano entrambi un sincero, dolcissimo affetto per Cecilia e Giovanni, ma il vero amore era il loro.

Sí, la decisione di Franci di sposarsi lo aveva sorpreso. Non era geloso di Giovanni, come Franci non lo era di Cecilia, c'era troppa differenza fra i sentimenti, ma non si sarebbero visti per troppo tempo fra viaggi, trasferimenti, eccetera. Franci gli aveva spiegato che era la soluzione migliore, perché avrebbe avuto maggiore libertà una volta affrancatasi dalla madre, una rompiscatole senza altra occupazione che opprimere la figlia, e trasferendosi a Milano avrebbero avuto piú agio e occasioni per incontrarsi, perché lui, Achille, non aveva vincoli lavorativi e poteva raggiungerla anche due o tre volte alla settimana.

No, nessuno poteva confermare dove fosse la mattina di mercoledí 10 febbraio. Era a casa, la moglie non c'era, era uscita alle 4:45 per andare ad Amsterdam col volo di linea con il quale era rientrata nel tardo pomeriggio, e lui era solo. Il che non voleva dire però che aveva ucciso Franci, no?

No, non aveva la minima idea di chi avesse mandato quel messaggio. Avevano concordato con Franci di smettere di scriversi o di sentirsi fino a quando fosse tornata dal dannato viaggio di nozze, l'aveva appena detto che erano diventati bravissimi a dissimulare il loro amore, si allenavano sin da quando erano bambini, non aveva sentito, la dottoressa? Quindi non avrebbe mai scritto nessun messaggio, né fatto altre telefonate. Sarebbe stato il testimone di nozze, avrebbe fatto il brindisi al pranzo, avrebbe ballato e bevuto e aspettato il ritorno di Franci. Ecco, dice, prendete il mio telefono: ci sono messaggi di o a Franci?

No, la prego, avvocato, mi lasci fare, dice. Io non ho niente da nascondere. Prego, cercate pure.

Sí, quella grotta aveva un significato particolare per loro, e quando ha saputo che era successo proprio lí gli si è spezzato il cuore. Ci andavano ai tempi della scuola, è là che hanno fatto l'amore per la prima volta. No, non sa proprio perché ci sia andata né chi ci abbia trovato. Non ne ha la piú pallida idea.

Chi pensa che l'abbia uccisa? Non ha altri pensieri da quando ha saputo la notizia. Crede c'entri la famiglia di Giovanni, sono dei delinquenti. Lui è un bravo ragazzo, e certo le colpe dei padri non devono ricadere sui figli; e può garantire che Franci non solo non aveva nemici, ma nemmeno persone alle quali stesse antipatica. C'era quell'Acampora, in ufficio, che la contrastava: ma lo faceva per principio, non perché ce l'avesse davvero con lei.

Se sapeva che era incinta? Franci, incinta? Ma stavano scherzando? Erano impazziti, forse? No, che non lo era! Lo avrebbe saputo. Lo esclude, assolutamente! Peraltro Franci con Giovanni aveva rapporti sporadici e non completi, lui non... la amava sinceramente, ma non... È per questo che lo hanno scelto. È per questo che lui ha acconsentito a... Ma certo, dice, procedete pure alla prova del Dna! No, avvocato, la prego, dice, io non ho niente da nascondere. Va benissimo, a questo punto deve sapere. Non può mica restare con questo dubbio per sempre! Anzi, dovete fare presto, e dovete fare tutto quello che è necessario per scoprire chi è il maledetto assassino che ha ucciso la mia donna, dice. Io non sarò mai un ostacolo alle vostre indagini, purché andiate fino in fondo, dice.

Fino in fondo.
Mi lasci parlare, avvocato. La prego.
Io non ho niente da nascondere.
Dice.

XXXIX.

La stampa, le televisioni e la rete diedero alla soluzione del caso Valletta meno rilievo che all'omicidio.
Le ragioni potevano essere molteplici. Il non averne dato immediata notizia, per l'efficienza della protezione fornita dalla polizia, era una sconfitta che non faceva piacere ammettere; poi la rapidità della conclusione delle indagini, avvenuta un paio di giorni dopo il delitto; infine la banalità del probabile movente, una questione di gelosia nell'imminenza di un matrimonio.
Serpeggiava anche la delusione di non poter ricondurre l'evento alla mafia. Sarebbe stato mediaticamente perfetto: una vendetta dei clan contro chi aveva provato a uscirne, la sconfitta del buono e del bello per mano del brutto; un giovane sano, nato per errore in un ambiente malato, che veniva privato della sposa sull'altare. Il trionfo della retorica della dannazione, il racconto ideale per tutti quelli che manifestavano l'idea che le organizzazioni criminali vincevano ancora, e sempre avrebbero vinto, in un territorio geneticamente predisposto a delinquere.
Né la circostanza si prestava al coro di una delle sinfonie preferite dalla narrazione locale, quella dell'incapacità delle forze dell'ordine a garantire tranquillità a chi paga le tasse. Stavolta la polizia era stata fin troppo solerte nell'individuare il colpevole, con tanti saluti a corruzione, infiltrazioni e protezioni indebite di gente ricca e famosa.

Il delitto Valletta si era rivelato un normale scoppio di follia criminale all'interno di una famiglia benestante ma non particolarmente nota. Un paio di servizi in Tv, qualche commento in cronaca e si passò oltre.

In procura la faccenda fu presa con relativa tranquillità. L'ipotesi di coinvolgimento dei Sorbo era piú che plausibile e andava verificata, per cui nessuno si sentí di contestare il tentativo di acquisizione dell'indagine da parte di Buffardi anche di fronte all'evidenza della colpevolezza di Barrella.

Il magistrato dell'antimafia ricordava con disagio l'esito della sua irruzione a Pizzofalcone. Era entrato animato dalla convinzione che non solo l'omicidio fosse riferibile ai Sorbo, ma che addirittura uno dei Bastardi fosse il tramite delle fughe di notizie che avevano sempre consentito al capoclan di evitare le manette. Le fotografie che ritraevano Pisanelli in compagnia di Emiliano gli erano sembrate la conferma di questa teoria, che in qualche maniera avrebbe anche confortato il suo ego: se c'è una slealtà, uno che opera alle spalle, una talpa, allora la sconfitta non è dovuta all'incapacità di vincere.

Cosí però non era. Malgrado le spiegazioni di Palma, plausibili ma non conclusive, Buffardi aveva affidato a tre collaboratori l'analisi dell'archivio di tutte le immagini e delle intercettazioni della sorveglianza a Sorbo per trovare anche una sola presenza dell'anziano poliziotto negli ultimi anni. Niente. Non c'era niente. I due non si erano mai incontrati, prima di quella mattina.

C'era un'altra cosa, però, che dava a Buffardi un misterioso senso di disagio quando pensava a quella visita a Pizzofalcone. Credeva fosse nell'espressione di trionfo della Piras; nello sguardo d'intesa che aveva colto fra lei e Lojacono; nell'aver dovuto cedere le armi dal punto di vista professionale, il che poteva avere risvolti anche sotto l'aspetto personale e in qualche modo sentimentale. Era probabile, pensava Buffardi nel suo insolito tentativo di goffa autoanalisi, che la Piras avesse seguito – come era già accaduto nel caso del panettiere ucciso – l'intuizione di Lojacono e lo avesse preferito a lui; e questo lo offendeva, e gli faceva ricordare con sofferenza quell'incontro.

In realtà, a dargli fastidio era la bambina. Non il suo modo tagliente di rintuzzarlo, né il ripetuto richiamo alla buona educazione, ma l'espressione, la sua maniera di guardarlo storto. Gli tornava molesta nella mente, recando con sé una punta di rammarico che non aveva idea da dove derivasse.

Dal canto suo, la Piras non aveva vissuto la soluzione di quell'omicidio come una vittoria professionale, tantomeno come un'affermazione delle proprie ragioni su quelle di Buffardi. Non era il tipo di magistrato che nell'identificazione di un colpevole vedeva un trionfo.

Non riusciva a togliersi dalla testa un'immagine in particolare: quella dell'abito da sposa che galleggiava nell'acqua gelida e sporca, come un rifiuto in mezzo ai rifiuti. Pensava a tutti i sogni che dovevano aver guidato la scelta del modello, la manifattura, le prove e gli aggiustamenti. Sapere che quel vestito cosí bello avrebbe accompagnato all'altare una sposa senza amore, senza gioia, le procurava un dolore sordo.

Il lavoro successivo era stato rapido e aveva dato tutte le conferme. Dal cellulare di Barrella erano stati in effetti inviati quei messaggi, anche se erano stati subito cancellati. Era bastata un'ora a un informatico della polizia per inviare via e-mail un rapporto: vi si riferiva della piena corrispondenza di invii e ricezioni fra l'utenza di Francesca e quella di Achille.

Anche il tampone al quale Barrella non si era sottratto aveva dato esito positivo, se positivo poteva definirsi. Il feto di pochi centimetri era suo.

In via informale, l'avvocato aveva riferito a Laura dello sconvolgimento dell'uomo quando aveva appreso la notizia. Era scoppiato in lacrime e da allora non aveva piú smesso di piangere. Restava il mistero del perché la ragazza non glielo avesse comunicato: forse aveva temuto che l'uomo le chiedesse di formalizzare la loro unione, impedendo il matrimonio. Forse al suo rifiuto l'aveva uccisa. Magari, pensava la Piras, qualcosa sarebbe emerso nel dibattimento. Lo sperava, per dare altre ragioni alla morte della ragazza: e per spiegare le cause di quell'abito che fluttuava senza meta nello specchio d'acqua davanti alla spiaggia, nel ventre tormentato dell'antico palazzo sul mare.

Palma aveva organizzato la cena in pizzeria che era ormai una tradizione, dopo che veniva risolto un caso importante; era un retaggio di quando, venuti a capo dell'omicidio della moglie di un notaio, la chiusura del commissariato era stata procrastinata per poi essere definitivamente scongiurata. Una specie di piccola celebrazione, autoreferenziale forse, ma assai gradita.

Gli estremi c'erano tutti. Un delitto importante; la competizione vinta nientemeno che con l'antimafia; la rapidità con cui erano giunti alla conclusione, anche se la componente scientifica aveva avuto un ruolo predominante; la partecipazione collettiva all'indagine, compreso Giorgio Pisanelli che non era nemmeno piú in servizio.

Fu una serata gradevole, alla quale partecipò anche Elsa Martini. Una novità assoluta, la Rossa non si era mai vista nelle occasioni di incontro fuori dell'ufficio. Stavolta non solo c'era, ma aveva portato con sé la figlia, che tenne banco con commenti e battute. Romano disse che Vicky era intelligente circa dieci volte Aragona, e Alex commentò che non era un gran complimento per la bambina.

Bevvero, risero, si sentirono un gruppo. Ottavia disse che sentiva la mancanza di Giorgio, e Aragona raccontò di un brutto raffreddore che quel vecchio pazzo aveva preso nella sortita mattutina per vedere Sorbo. Palma chiese ad Aragona come mai fosse sempre cosí informato sulla salute di Pisanelli, e l'agente scelto fu evasivo sull'argomento.

Alex sedette accanto a Elsa. Non fu preordinato, ma la ragazza fu contenta che fosse capitato. Si lanciarono sguardi imbarazzati: due persone riservate e introverse si erano scambiate confidenze personali che adesso restavano sospese.

Un paio di volte Alex aveva fatto per parlarle, ma poi aveva deciso di tacere. E almeno una volta Elsa era stata sul punto di dirle qualcosa, ma aveva taciuto.

La serata finí e ognuno rientrò a casa propria. Tranne Aragona, che rientrò in quella di Pisanelli. Nessuno lo avrebbe ammesso, ma c'era qualcosa di strano nell'aria.

Qualcosa di femminile.

XL.

Quella notte ci fu un unico colpo di vento. Fu verso le 3:36, nel pieno del buio: l'ora in cui gli ultimi ritardatari si sono rassegnati alla fine della serata, e i piú mattinieri devono ancora cominciare la giornata successiva.
Fu un fenomeno strano, perché l'aria fino ad allora era stata gelida e immobile; e cosí sarebbe tornata a essere di lí a pochi minuti, quando quella corrente di tramontana si sarebbe dissolta tanto da lasciar pensare di non essere mai esistita.
Per bizzarro che fosse, tuttavia ci fu.
Fu come se qualcuno picchiasse contro vetri e tapparelle, muovesse tende e cassonetti, sollevasse cartacce e le rigettasse a terra.
Fu come se un fantasma nudo e livido, in cerca di un abito nuziale sottratto, bussasse alla finestra di un appartamentino ricavato sul tetto di un palazzo, perché ancora assetato di giustizia.
Fu come una donna che cerca comprensione nell'unico luogo dove può trovarne: la mente e il cuore di un'altra donna.

Alex si svegliò di soprassalto, il cuore in gola. Aveva sentito qualcuno bussare alla finestra.
Restò ferma a letto, gli occhi chiusi nel buio, le orecchie tese. Niente. Non il vento, né urla di un ubriaco in strada, né rumore di motociclette o di camion per la raccolta dei rifiuti.

Allungò la mano sul comodino e premette un tasto. Le 3:37. Maledizione. Eppure aveva un sonno bestiale, quando si era messa a letto. Tastò il letto e sentí il contorno morbido e caldo del fianco di Rosaria, che le dormiva accanto. Ciao, amore, disse fra sé. L'altra respirò profondamente e si mosse piano.

Alex si alzò senza far rumore. Infilò la vestaglia e andò in bagno. Fece la pipí senza accendere la luce, chiedendosi per quale motivo si fosse svegliata, lei che una volta addormentata poteva aprire gli occhi solo se cannoneggiata dall'esterno. Forse sto invecchiando, si disse.

Uscí dal bagno e andò in cucina. Mi faccio una tazza di latte caldo, pensò. Prese la bottiglia dal frigo, il pentolino; versò il liquido, rimise a posto la bottiglia. Accese il fornello e si avvicinò alla finestra.

La notte gelida regalava una vista perfetta sulla porzione di città, sulla montagna e sulla massa scura che una volta giorno sarebbe stata azzurra come il cielo. Mare. Il mare che diventa nero. Che prende e che restituisce.

Mi farà bene, il latte, pensò. Scioglierà questo nodo che ho nello stomaco e mi farà dormire di nuovo.

Il pensiero del mare le riportò quello dell'abito da sposa che galleggiava. Sul posto erano andati Lojacono e la Martini, ma la scientifica aveva scattato delle foto che lei aveva visto. A darle maggiore inquietudine era stata proprio quella dell'abito che fluttuava tra fogli di giornale e sacchetti di plastica. Per qualche motivo le aveva inoculato piú tristezza di quelle del cadavere, che ricordava un manichino grigio riverso in una pozza scura col tufo sullo sfondo.

L'abito sembrava ancora vivo, invece. Ampio, candido e setoso, pareva indossato da un fantasma fatto d'acqua. Povera ragazza, pensò Alex. Io non mi sposerei mai, ma se lo volessi, sceglierei un vestito come quello.

Dal pentolino risalí un borbottio, e prima che il rumore potesse svegliare Rosaria Alex spense il fuoco. La mente andò al bottone vecchio, chissà da dove veniva, forse l'abito della nonna, forse quello della madre. Tutta questa cura, e poi tutto nell'acqua in mezzo ai rifiuti.

Andò al pensile sopra il lavello, aprí con cautela per non far rumore e prese una tazza. Con la luce spenta, dovette tastare per essere sicura di non fare un disastro. Tornò al fornello e versò il latte.

La cucina era illuminata dalla luna e dalle luci che l'aria sgombra rimandava dalla città. Ad Alex piaceva muoversi tra le proprie cose senza vederle, riconoscendone i contorni. Chissà perché mi sono svegliata, pensò di nuovo.

Bevve un sorso, il liquido caldo le accarezzò lo stomaco. Pensò a Barrella, alla sua mano mentre affondava il coltello nel cuore della donna che diceva di amare, che aspettava un figlio da lui. Una sola coltellata, pensò. Non l'ha presa per le spalle e scossa. Non le ha dato uno schiaffo, non l'ha spinta per farla cadere. Non le ha urlato addosso, non ha lasciato che lei tentasse di difendersi, lo graffiasse o lo picchiasse. Non l'ha aggredita, non ha discusso con lei. Una coltellata al petto nudo, all'altezza del cuore.

Un omicidio freddo e determinato. Premeditato e portato a compimento. La voleva ammazzare, e l'ha ammazzata.

Ma perché? Lei aveva rispettato i loro programmi, il piano che avevano fatto insieme. Perché l'aveva uccisa?

Bevve un altro sorso. Certo, l'idea di tutti era che aveva mentito. Che sapesse della gravidanza, che avesse ceduto a una crisi di gelosia. Ma allora perché aveva accettato di sottoporsi all'esame del Dna?

Si alzò dal tavolo al quale si era accomodata per bere il suo latte. Inquieta, andò di nuovo alla finestra. Ma perché diavolo mi sono svegliata, si chiese per l'ennesima volta.

La luna sembrava un bottone, tondo e fermo nel velluto nero del cielo. Un vecchio bottone. L'anello d'argento troppo grande, con una pietra d'ambra. Qualcosa di vecchio. Qualcosa di prestato.

La luce lunare illuminò la tazza che stava portandosi alle labbra. Aveva preso quella di Rosaria, nel buio.

La tazza blu.

Le si fermò il cuore. Risentí la voce di Rosaria, che le raccontava di come funziona un matrimonio e delle credenze popolari. Risentí la voce di Elsa, che le raccontava della prima e della seconda visita a casa Valletta.

Ripensò al cenno di una mano verso il sorriso di un uomo biondo.

Capí perché era sveglia, con un lampo di coscienza perfetta.

E corse a svegliare Rosaria Martone.

XLI.

Ebbe effetti su molte donne, quel raggio di luna.

La prima fu Rosaria, che non solo fu svegliata di soprassalto e ci mise quasi un quarto d'ora a riacquisire un battito cardiaco regolare, ma dovette anche stravolgere il programma di una pesante giornata lavorativa per mettersi a fare una serie di esami di compatibilità.

La seconda fu Elsa Martini, che sul cellulare di servizio ricevette una chiamata alle 6, primo orario ritenuto utile da Alex che le disse di scendere in strada perché doveva parlarle.

La ragazza enunciò la propria teoria, e parlarne per esteso – cosa che non aveva fatto con Rosaria, per non alterarne il giudizio – ne consolidò la convinzione. Elsa, che nonostante indossasse un'informe tuta felpata e un vecchio cappotto restava affascinante, l'ascoltò attenta.

La vicecommissaria si era formata un'opinione su quasi tutti i colleghi, senza farsi condizionare dai pregiudizi che rifiutava su sé stessa. Il dossier su Alex era quello che piú la lasciava perplessa, perché conduceva a conclusioni molto distanti dalla prova dei fatti. La Di Nardo era silenziosa e riflessiva, appassionata ma non impulsiva, con una mente investigativa molto lucida. Le piaceva, anche se percepiva nella ragazza un rumore di fondo piuttosto oscuro. Meritava di essere ascoltata. Soprattutto di prima mattina.

Alex fu chiara e consequenziale. Ogni anello della catena si legava perfettamente al successivo, secondo una spiegazione logica che valeva almeno quanto quella che aveva di fatto concluso l'indagine.

Mancavano però le risultanze scientifiche, quelle che avevano inchiodato Barrella. La teoria di Alex non era confutata da messaggi né riscontri di laboratorio. Non ancora, disse Alex. Ma se ci fossero, allora bisognerebbe muoversi.

Elsa rifletté. Bisognava muoversi, ma con la massima attenzione. Fosse stato giusto quello che era venuto in mente alla ragazza al chiaro di luna, avrebbero rimesso in discussione un caso chiuso per il quale era già stato avviato un processo, senza contare i festeggiamenti in pizzeria per un successo di cui la loro struttura aveva bisogno.

Sí, disse Alex. È vero. E tacque. Elsa la fissò, pensando che non avrebbe mai immaginato quanto freddo potesse fare in quella città famosa per il sole. Poi si disse che l'alternativa era fra lasciare un innocente in galera e un colpevole a piede libero; cosa che avrebbe provocato non uno svegliarsi in piena notte, ma una rinuncia per sempre al sonno.

Elsa elaborò quindi una strategia che prevedeva il silenzio con tutti, soprattutto con i colleghi di Pizzofalcone. I maschi, naturalmente. Loro non avrebbero mai compreso il ragionamento di Alex, che lei invece non solo capiva ma condivideva. Avrebbero perciò lavorato sottotraccia, continuando a raccogliere gli elementi giusti senza alterare la superficie degli eventi in corso.

Su una cosa, però, la Martini non transigeva: se uno soltanto degli indizi fosse stato in contrasto con la teoria di Alex, avrebbero abbandonato il percorso e si sarebbero rassegnate alla colpevolezza di Barrella. Alex era d'accordo.

E mentre Rosaria faceva la sua parte, controllando cataloghi e procurandosi campioni, Elsa e Alex attesero l'intervallo del pranzo per invitare Ottavia Calabrese alla trattoria di Maddy, non lontano dal commissariato. Un posto piccolo, delizioso, governato da una bellissima, giovane signora e dal marito taciturno che creava piatti sopraffini.

Ottavia era contenta di stare un po' con le colleghe, ma abbastanza intelligente da dare il giusto significato all'eccezionalità dell'evento. Attese perciò paziente che le donne finissero di magnificare la pasta, fagioli e cozze che avevano divorato e chiese cosa potesse fare per loro.

Le poliziotte illustrarono la teoria di Alex; e sia la giovane poliziotta sia la bella graduata trovarono tutto molto consequenziale. Ottavia non nascose moti di meraviglia. Ammise che il quadro sembrava coerente, ma mancavano i riscontri. Appunto, disse Elsa. E qui subentri tu.

Spiegarono ciò di cui avevano bisogno. Bisognava penetrare in sistemi informatici coperti da alta sicurezza. Si domandavano se Ottavia si sentisse in grado, e se l'hackeraggio sarebbe stato tracciabile. Ottavia giocherellò con la polpetta di melanzane che giaceva superstite nel piatto, e concluse che ci poteva provare. Fece però alle amiche una domanda che non prevedeva risposta: si rendevano conto che, quand'anche il lavoro che avrebbero svolto fosse stato in linea con la loro teoria, tutto quello che avevano costruito sarebbe stato smontato da qualsiasi avvocatuccio?

Elsa sospirò: sí, ce ne rendiamo conto. E a quel punto ci servirà un'altra soluzione, ma abbiamo già in mente quale. Ottavia si appoggiò allo schienale, mise le braccia conserte e strinse le labbra. Se volete il mio aiuto, disse, devo sapere che cosa intendete ancora fare. Elsa e Alex rivelarono a Ottavia il nome della quinta donna che avevano intenzione di coinvolgere, nel caso in cui tutto avesse confermato quella teoria. Ottavia sussurrò: minchia. Non avrebbe potuto commentare meglio.

Il pomeriggio che seguí fu surreale. Ogni volta che qualcuno in ufficio chiedeva una mano a Ottavia, le altre due facevano scudo e con fare servizievole si caricavano il compito. La Calabrese smanettava senza sosta, la punta della lingua all'angolo della bocca, gli occhi sullo schermo, la mano che correva a un taccuino e trascriveva password che, una volta utilizzate, cancellava velocemente.

A un certo punto disse: tombola. Aragona si risvegliò da un vago torpore e disse: ma lo sai che non puoi giocare a Bingo in ufficio? Se ti acchiappano ti cacciano. Ottavia pensò: se mi scoprono mi licenziano, eccome! Si alzò, andò in bagno e fece l'occhiolino a Elsa e Alex, che la fissavano fameliche.

Nella toilette delle donne, al sicuro da sguardi indiscreti, la Calabrese raccontò alle colleghe il procedimento che aveva seguito, come si era introdotta all'interno del sistema che avevano individuato e come le informazioni fossero in file separati e ben protetti. Le due friggevano dall'ansia, ma capivano che Ottavia aveva la necessità di spiegare bene quello che aveva fatto per dare il senso della certezza del risultato.

E il risultato corrispondeva a quanto Alex aveva immaginato. Con precisione assoluta.

Nemmeno un quarto d'ora dopo arrivò la telefonata della Martone. Sul cellulare di Alex, al di fuori dei canali ufficiali. Non volle dire niente, se non che aveva bisogno di parlarle. Di persona.

Né Elsa né Ottavia, una volta avvisate dalla Di Nardo, accettarono di restarsene in attesa di notizie. Non se ne parla, le dissero, veniamo con te, tanto qui abbiamo finito.

Quando se le vide arrivare tutte e tre, Rosaria mise il broncio. Non si fidava. Aveva lavorato tutto il giorno dietro un'idea strampalata della sua ragazza dopo essere stata svegliata in piena notte, utilizzando attrezzature, strumenti e personale pagati dallo Stato senza uno straccio di provvedimento di magistrato, di richiesta ufficiale di un commissariato, di indagine in corso. E adesso avrebbe dovuto discuterne davanti a due estranee, che avrebbero potuto accusarla davanti a un organo disciplinare?

Alex le illustrò la natura e la necessità del coinvolgimento delle due colleghe; lo fece con tenerezza, accarezzandole la mano per tranquillizzarla. Ottavia ebbe conferma di quello che aveva sempre pensato di lei, e sorrise. Elsa capí finalmente qual era il rumore di fondo che aveva sempre percepito in Di Nardo, e sorrise.

Gratificata da questa forma di outing di Alex e sapendo bene quanto le costasse, Rosaria parlò. E disse che sí, l'elemento esaminato corrispondeva al modello immaginato dalla Di Nardo. Che il suo laboratorio era riuscito perfino a procurarsi un frammento originale con cui effettuare il confronto, e l'identità era assoluta, come la provenienza del tessuto e il bagno di colore. Che per quanto la riguardava non c'erano dubbi ed era disponibile, se le fosse stato affidato l'incarico, a stilare un rapporto in quel senso. Che le modalità di adesione all'altro tessuto erano compatibili con la ricostruzione degli eventi.

Tutto quadrava. E adesso?

E adesso si coinvolge la quinta ragazza, disse Elsa. Sperando che sia intelligente come sembra.

Fuori del laboratorio, un singolo colpo di vento attraversò la strada.

XLII.

Rumore di un chiavistello che si apre. Di un secondo chiavistello. Cancello.

GUARDIA Prego, signo', entrate. Adesso arriva. Vi ricordo che tenete quindici minuti. Va bene?
DONNA Sí, certo. Grazie. Dove mi siedo, là?
GUARDIA Sí, da quella parte del tavolo. Mi raccomando, non potete toccarvi. D'accordo?
DONNA Io... Sí, sí. D'accordo.

Rumore di sedia spostata. Sospiro. Passano due minuti e venticinque secondi. Rumore di cancello che si apre e di passi.

DONNA Amore mio...
GUARDIA Ecco, stai seduto da questa parte. Mi raccomando, nessun contatto. Io sto fuori ma vi vedo dalla finestrella, quindi non vi potete passare niente e non vi potete toccare, altrimenti devo interrompere il colloquio. Avete quindici minuti. Ci siamo capiti?
UOMO Sí. Ho capito.
DONNA Sí, sí. Va bene.

Rumore di cancello che si chiude, primo chiavistello, secondo chiavistello.

DONNA Dio mio, come ti sei ridotto. Sei distrutto. Ma stai mangiando, sí?
UOMO Sto bene.
DONNA Ma che bene? Avrai perso tre chili in cinque giorni, fai paura! Non ti dànno da mangiare, qui dentro?
UOMO Sí, mi dànno da mangiare. Ma non mi interessa.
DONNA Tesoro, ma che dici? Noi dobbiamo combattere, tu devi combattere! Non possiamo rassegnarci a questa assurda accusa, se tu...
UOMO Non mi interessa, ti dico. Non c'è nessuna battaglia da combattere.
DONNA ... se tu ti lasci andare, noi da fuori non potremo fare niente, capisci? L'avvocato dice...
UOMO L'avvocato non sa niente. E non può fare niente. Nessuno può fare niente.
DONNA Achille, non essere ridicolo, certo che l'avvocato può fare qualcosa! È evidente, lo sappiamo tutti, che l'omicidio è dovuto al fatto che Giovanni è un Sorbo. È una vendetta trasversale, un avvertimento, qualcosa del genere! Lo sai che...
UOMO No. Giovanni non c'entra niente.
DONNA Ma certo che c'entra! Magari non direttamente, non dico di no, pure io sono convinta che lui non sarebbe capace di... Ma forse tu pensi che... Pensi che possa essere stato lui?
UOMO Io non penso niente.
DONNA Ascolta, Achille, non ho intenzione di stare qui a guardarti mentre distruggi la tua vita e la vita di tutti quelli che ti vogliono bene. Francesca è morta, ormai. Non si può fare niente.
UOMO Non la nominare.
DONNA Che vuoi dire, scusa? Per quale motivo non la dovrei nominare?

UOMO Perché non voglio sentire il suo nome sulla tua bocca.
DONNA Ascolta, amore. Capisco che tu sia sconvolto, prima questa tragedia, poi addirittura essere accusato. Ma se perdi la testa, se non dài appoggio a chi ti vuole tirare fuori...
UOMO Non hai capito. Io non voglio essere tirato fuori.
DONNA Come sarebbe, non vuoi essere tirato fuori? Certo che ti tireremo fuori! L'avvocato dice che non hanno prove, che un paio di messaggi da un telefonino non dimostrano proprio niente. E che anche questo schifo che vanno dicendo, questo esame del Dna che ti hanno estorto e che può essere contestato, non vuol dire che...
UOMO Io non voglio essere tirato fuori. Voglio stare qui dentro per tutta la vita che mi rimane.
DONNA Ma perché? Dimmi, perché?
UOMO Semplice. Perché sono colpevole.
DONNA Come sarebbe? Come... Sei stato tu? L'hai uccisa tu?
UOMO No. Non l'ho uccisa io. Ma sono colpevole.
DONNA Achille, maledizione, che vuoi dire? Abbiamo solo pochi minuti, e tu vuoi perderli dicendo assurdità? Dobbiamo concordare una strategia, dobbiamo...
UOMO Sono colpevole. Perché l'ho sempre amata, perché eravamo nati per stare insieme. Perché portava in grembo mio figlio, e non lo sapevo. Perché ho lasciato che andasse in sposa a un altro, pur di rispettare forme, convenzioni. Chi se ne fotte, delle forme e delle convenzioni, dovevo dirle. Io ti amo, e siamo fatti per stare insieme. E invece.
DONNA Ma... ma che stai dicendo? Come sarebbe, che l'amavi? Io sono tua moglie, ricordi? Io! Hai sposato me, non lei!
UOMO Io ho sposato te soltanto perché me lo ha chiesto lei. Perché diceva che sarebbe stato meglio per tutti.

Se avessimo sposato due persone che ci permettessero di stare insieme, i suoi genitori non avrebbero sofferto e noi avremmo continuato a vederci. Ma io non ti ho mai amata.

DONNA E hai il coraggio di dirmelo cosí? In faccia? Per quella... per quella puttana?

UOMO Non osare chiamarla cosí. Non osare!

DONNA Io non dovrei chiamarla cosí, quella cagna vigliacca? Dopo che mi ha rovinato la vita?

UOMO A te? E perché ti avrebbe rovinato la vita?

DONNA Perché ti ha messo sulla mia strada, ecco perché. Io ero la sua migliore amica, l'unica confidente che aveva. Eravamo unite piú di due gemelle, lo capisci? Io mi fidavo di lei!

UOMO E anche lei di te. Purtroppo.

DONNA Ma che ne sai tu, del dolore di una donna? Tu pensavi solo ai fatti tuoi, a continuare questo rapporto incestuoso, a scoparti me, tua moglie, e la tua amante, che era come una sorella! E dici «purtroppo» a me?

UOMO Sí. Purtroppo. Perché lei era pura, come una bambina. E tu, invece...

DONNA Pura? Pura come una bambina? Sai quando me lo disse, che era incinta? Sai quando venne da me a dire: devo dirlo a qualcuno, Ceci, e tu sei l'unica a saperlo? Un mese e mezzo fa. E io sapevo che Giovanni... Che lui non poteva essere stato. Me lo ha detto in faccia, capisci?

UOMO Lo sapevi, dunque. Tu lo sapevi.

DONNA Certo che lo sapevo! Quella puttana me l'era venuto a dire, proprio a me! Certo non poteva immaginare che io sapessi di chi era, il bastardino.

UOMO Lo sapevi. E non me l'hai detto.

DONNA Le domandai di chi fosse, e lei si mise a ridere. Questo non posso confessartelo, disse. La troia.

UOMO Non era una troia. Non poteva venirti a dire che...
DONNA Non poteva sapere che io lo sapevo già.
UOMO Che? Come sarebbe, lo sapevi già?
DONNA Certo che lo sapevo. Credi di essere in grado di ingannare una come me? Pensi davvero che io non vi avessi scoperto? Lo so da piú di un anno. Da un messaggio che ricevesti mentre eri in bagno, dopo aver fatto l'amore con me. Dopo l'amore con me, capisci? Il dannato display si illuminò e io guardai. È da allora che so tutto.
UOMO Sai tutto. E allora sai che la mia vita è finita. Che è per questo che non mi interessa uscire da qui.
DONNA Io invece voglio che tu esca. Perché possiamo ancora costruire la nostra vita, amore mio. Il figlio che non hai avuto da lei potrai averlo da me, se vorrai. Ora che lei non esiste piú, ora che l'ho cancellata...
UOMO Che l'hai cancellata? Tu?
DONNA Sí, sí, sí! Non capisci? Davvero non hai ancora capito? L'ho uccisa io, quella maledetta puttana. Prima che rovinasse la vita a un altro innocente, magari facendogli credere che il figlio fosse suo, con quel ridicolo matrimonio organizzato in fretta e furia. Prima che se ne andasse a Milano, diventando un maledetto, infame fantasma nella mia vita. O credi che avrei potuto sopportare di vederti partire, due, tre volte alla settimana, sapendo che andavi da lei, a scopare con lei, ad accarezzare vostro figlio?
UOMO Tu. Sei stata tu.
DONNA Sí, sono stata io! E non l'avrei fatto, credimi, se non mi avesse detto che era incinta. Avrei aspettato, perché se un figlio l'avessi avuto io prima di lei ti avrei avuto tutto per me, ne sono certa. Avrei fatto in modo che la dimenticassi, quella dannata puttana che...
UOMO E come? Come hai fatto a... Come hai potuto?

DONNA Pensavate di essere intoccabili, vero? Pensavate di essere piú astuti, piú intelligenti di tutti? Pensavate, siccome eravate ricchi, di poter fare quella sporcizia immonda senza che nessuno se ne accorgesse? È stato facile, invece. Perché lei era stupida. Era una ragazza viziata, stupida e inutile. È bastato mandarle un messaggio dal tuo telefono, mentre dormivi. Sapevo che cosa avrebbe voluto sentirsi dire, e come. Sapevo della vostra grotta, avevo letto i messaggi, ricordi? E lei mi aveva anche raccontato, la puttana, di aver perso la verginità proprio là, che cosa romantica, eh? Certo, non mi ha detto con chi. Ma io lo sapevo già.
UOMO E che cosa avrebbe voluto sentir dire da me? Che cosa le hai scritto, a nome mio?
DONNA Che la volevi. Che a possederla per la prima volta con quell'abito dovevi essere tu. Che era la tua sposa, e cosí doveva essere. L'avevo imparato bene, il vostro ridicolo linguaggio melodrammatico. E quella puttana è arrivata puntuale, e con quel freddo si è pure spogliata. Nuda. E stava per indossare il maledetto abito da sposa che costava l'ira di Dio, e si sarebbe rotolata con te, rovinandolo. Che puttana di merda.
UOMO Povero amore, amore mio…
DONNA La chiami amore, sí? Ancora la chiami amore? Ma è morta, sai. È morta. Sapessi la faccia che ha fatto quando sono uscita dall'ombra col coltello. Era il ritratto della sorpresa, dell'orrore, col mio anello al dito, quello che aveva avuto la faccia tosta di chiedermi in prestito per rispettare la tradizione. Come se non mi avesse già preso abbastanza. Come se non mi avesse già tolto tutto. Un colpo solo, ma con tutta la rabbia, la sofferenza che avevo in corpo. E ho preso quel maledetto abito e l'ho buttato a mare. Poi ho preso la sua borsa, col telefonino

dentro, e l'ho portata via. L'ho gettata in un cassonetto, dalle parti dell'aeroporto.

UOMO Tu. Sei stata tu.

DONNA No, caro. No. Sei stato tu, invece. E se non vuoi vivere una nuova vita senza quella dannata puttana, meriti di marcire qui dentro. Perché tutti immaginano che sia stato tu, e nessuno ti tirerà fuori se non lotto io dall'esterno. I tuoi potenti zii ti vorrebbero morto, sai. E anche i Sorbo. La tua libertà dipende soltanto da me.

UOMO Io in un mondo dove esisti tu e non lei non voglio vivere. Preferisco restare qui. Fino a che non potrò di nuovo stare con lei, nel posto dove sta.

DONNA Come vuoi. Io dirò che sei impazzito. Che non ragioni piú. E tra poco di te nessuno si ricorderà.

Rumore di serratura e di cancello che si apre.

GUARDIA Tempo finito, mi dispiace.

DONNA Non si preoccupi. Ci siamo detti tutto quello che c'era da dire.

XLIII.

Palma era accigliato. Stavano tutti nel suo ufficio, appollaiati qua e là, con spiriti diversi. Chi soddisfatto, chi perplesso, chi incredulo su quanto era accaduto. C'era anche chi era divertito dalla situazione.
Di fronte a lui era seduta la Piras, che rientrava fra i divertiti.
– Scusi, dottoressa, ma penso di avere diritto, come i colleghi peraltro, a una spiegazione completa. Per cortesia, potrebbe ripetere con precisione quello che è successo?
La Piras sospirò.
– Va bene, mi sembra giusto. E a questo punto farei parlare i protagonisti, d'accordo? Anzi, per essere precisi: le protagoniste. Quindi *in primis* darei la parola a Di Nardo. Ritengo le sia dovuto.
Alex se ne stava in disparte, accanto alla porta che dava in sala agenti. Si comportava come se avesse fatto qualcosa di sbagliato ed era sulla difensiva. Lanciò uno sguardo supplichevole a Laura, ma non ricevette aiuto. Quindi parlò.
– Non riuscivo a dormire, l'altra notte. Continuavo a chiedermi perché Barrella avrebbe dovuto ammazzare la Valletta. Certo, poteva essere un raptus, una scenata di gelosia, ma quei vestiti ripiegati con cura, nessuna traccia di colluttazione... Mi sembrava strano. E poi questa storia dell'abito da sposa: perché?

Aragona, seduto sul tavolo da riunione con le gambe penzoloni, commentò:
– Perché le donne sono pazze, ecco perché.
Alex seguitò, quasi non avesse udito.
– Allora mi è venuta in mente la tradizione. Qualcosa di nuovo, qualcosa di vecchio, qualcosa di prestato e qualcosa di blu. Ora, tutti avevano detto che la Valletta era intenzionata a mantenere l'uso, e infatti c'era un bottone antico cucito all'abito, cioè qualcosa di vecchio.
Ottavia aggiunse:
– L'anello della Fusco, che le andava anche largo, era qualcosa di prestato.
Elsa, in piedi dall'altra parte della stanza, disse:
– L'abito stesso, era qualcosa di nuovo.
Alex annuí:
– Sí. E qualcosa di blu. Dall'esame dell'abito, ricorderete, era emerso un nastro. Un nastro blu. Abbiamo pensato che fosse quello il rispetto della tradizione, no?
Lojacono disse:
– Certo. Quel nastrino completava la tradizione.
Elsa gli disse:
– Sí, ma c'era il bouquet. Lo abbiamo visto a casa dei Valletta la mattina delle nozze, era stato appena consegnato.
– Mi pare di sí, ma non me lo ricordo. Che c'entra il bouquet?
La Piras scosse il capo.
– Maschi. Siete maschi. Non è colpa vostra. Il bouquet era di fiori blu. Era quello, il blu. Non il nastro.
Romano, seduto come Aragona sul tavolo a braccia conserte, borbottò:
– E perché, non poteva avere due cose blu? Il voodoo lo proibisce? Fatemi capire.
Alex gli rispose quasi con tono di scusa.

– Sarebbe stato inutile, ti pare? O i fiori o il nastro. Se hai già deciso di avere i fiori blu, che sono una cosa particolare e abbastanza insolita, perché mettere un nastro dentro il vestito?

Palma sembrava sempre piú infastidito.

– Vabbe', andiamo avanti. Ti è venuta questa cosa in mente. E allora che hai fatto?

Alex arrossí. Era venuto il momento della piccola bugia.

– Ho un'amica che lavora alla scientifica, lo sai, capo. L'ho chiamata la mattina presto e le ho chiesto di analizzare quel nastro. Anche perché mi ero ricordata dove ne avevo visti di molto simili.

Elsa intervenne:

– Sí, li avevamo visti insieme. Me li ricordavo anch'io. Dunque, quando la Di Nardo è venuta da me a dirmi di questo pensiero, io sono stata d'accordo con lei.

Palma batté una manata sul piano della scrivania, facendo cadere un portapenne e un fermacarte con un cupo rumore metallico.

– E perché cacchio non ce lo avete comunicato, maledizione! Non avevamo il diritto anche noi di sapere di quest'illuminazione notturna della Di Nardo, e del fatto che avevate concordato una prosecuzione collaterale delle indagini?

La Martini resse lo scoppio d'ira, manifestando indifferenza.

– E che avreste detto? Tu che avresti fatto, Palma? C'era un colpevole in galera, un'indagine chiusa, un processo per direttissima che stava per iniziare. Una serie di indizi che andavano tutti nella stessa direzione.

La Piras integrò:

– E dall'altra parte c'era solo un'idea, tutta da confermare. Sono d'accordo sull'irritualità della procedura, e comprendo anche che le dia fastidio, Palma, ma nemmeno mi sento di biasimare le sue colleghe. Sa, noi donne puntiamo al risultato. Siamo pragmatiche.

Aragona disse, a mezza voce:

– Non siete pragmatiche, siete pazze. E quindi vi capite soltanto fra voi.

Elsa fece spallucce.

– Comunque il nastro blu era identico a quelli che portava sull'uniforme da hostess Cecilia Fusco Barrella. L'avevamo notato entrambe, una guarnizione delle maniche e del cappellino.

Aragona commentò:

– Ecco, questo non l'avrei visto mai. Io delle hostess guardo solo le cosce.

Alex riprese.

– Mentre la mia amica alla scientifica faceva gli esami necessari, la Martini ha pensato che dovevamo verificare gli spostamenti della Fusco. Perché, a quanto ci aveva detto lei e confermato il marito, all'ora del delitto doveva essere in volo per Amsterdam.

Elsa si agganciò.

– Allora abbiamo chiesto a Ottavia se poteva entrare nel sistema informatico della compagnia aerea dove lavora la Fusco.

Palma si voltò verso Ottavia, schiumando rabbia.

– E tu, tu ti sei prestata. Facendo peraltro una cosa non legale, te ne rendi conto, sí?

– Certo che sí. E mi sono divertita un mondo. C'erano due verifiche da fare: una sul volo per vedere se la Fusco apparteneva all'equipaggio. E una volta appreso che non c'era, veniva la parte difficile: accedere ai file dell'ufficio del personale per capire se fosse stata destinata ad altra funzione. Fosse risultata presente, eravamo punto e a capo.

Lojacono era affascinato.

– E tutto questo cosí, mentre noi festeggiavamo il successo professionale che invece era una cappellata cosmica.

Elsa assentí.

– Esatto. Ed è risultato che la Fusco Barrella non solo non era sull'aereo, ma quel giorno si era data ammalata. Sindrome influenzale.

Alex continuò:

– Ma per ingannare il marito era uscita comunque prima delle 5, con la sua bella uniforme coi nastrini. La mia amica della scientifica...

Palma la fissava, idrofobo.

– Di cui vorremmo pure sapere il nome, se permetti.

La Piras fece un cenno vago con la mano.

– Non si preoccupi, Palma, non è rilevante. Vai avanti, Di Nardo.

– Sí. Be', il nastro blu è risultato compatibile con quello dell'uniforme. Anzi, c'è stata la fortuna che presso l'archivio della scientifica c'era proprio una di quelle divise, per un fatto assicurativo su cui avevano lavorato di recente. E a un esame piú approfondito è risultato che il nastro non era fissato all'abito con una cucitura, ma intrecciato alle fettucce interne.

Romano disse, meravigliato:

– Quindi si era staccato ed era rimasto nel vestito, quando la Fusco lo ha buttato a mare? È andata cosí?

La Piras assentí:

– Sí, è andata proprio cosí. Si è staccato dalla manica destra, abbiamo verificato.

Suo malgrado, Palma era assorbito dal racconto.

– E quindi a questo punto c'erano tutti gli elementi.

La Martini negò.

– No. Non c'era nessuna prova, nessun riscontro. Qualche indizio, e un'ipotesi. Non avevamo modo di mettere la tizia spalle al muro. Un nastro è un nastro, e l'assenza al lavoro non dimostrava un bel niente.

Lojacono, l'espressione impenetrabile, disse:
– È vero, capo. Qualsiasi avvocato avrebbe smontato tutto in due secondi.

La Martini proseguí.
– E allora siamo andate dalla dottoressa. Una cosa fra donne, insomma. Le abbiamo raccontato tutto: se lei avesse scelto di andare avanti trovando una maniera di dimostrarla, bene. Altrimenti ci saremmo fermate e sarebbe finita lí.

Palma aveva il collo rosso.
– E nessuna di voi ha pensato, nemmeno per un momento, di informare questo stronzo di dirigente che dovrebbe essere qui per questo? Che un commissariato funziona per via gerarchica, e che questa via gerarchica ha un senso? O soltanto perché sono maschio devo essere escluso dai ragionamenti, porca miseria? – Si rivolse alla Piras, che sembrava divertirsi un mondo: – E anche lei, dottoressa, abbia pazienza! Che maniera è di portare avanti un'indagine? Siamo pupazzi?

La Piras gli rispose, calma:
– Palma, le ho già detto che è stata una cosa informale. Tra amiche, potrei dire. Una chiacchierata di quelle che voi fate davanti alla partita o al bar. Le mie amiche mi sono venute a trovare e mi hanno raccontato di un'idea. Tutto qui.

Aragona era trasecolato.
– 'Azzo, un'idea. Con tutti 'sti riscontri. Se mai vi viene un'idea su di me, mandatemi un avviso di garanzia, per favore.

Laura non lo degnò di uno sguardo.

– Allora io ho convocato l'avvocato di Barrella e gli ho detto di questa nostra sensazione. Di parlarne in via informale col suo cliente, di sentire che ne pensava e se gli andava di aiutarci.

Lojacono era ammirato dalla soluzione machiavellica.

– Giusto. L'unico modo per incastrarla. Una confessione.

Laura precisò:

– Non del tutto: io volevo proprio capire se fosse vero, non incastrarla. C'era ancora un margine di incertezza. Marito e moglie non si erano piú visti dall'arresto di lui, ricorderete che lei non c'era. Se qualcosa doveva venire a galla, sarebbe uscito nel colloquio.

Alex integrò:

– Comunque la borsa di Francesca e il coltello sono stati ritrovati nei pressi dell'aeroporto. La scientifica sta ancora completando i rilievi, ma ci sono moltissime impronte. Adesso le prove le abbiamo.

Palma disse:

– Quindi avete sistemato le microspie nella saletta colloqui. Col consenso dell'imputato.

– Col pieno consenso dell'imputato, sí. Firmato e sottoscritto. E con la convinta collaborazione dell'uomo, che quando ha sentito dall'avvocato l'ipotesi è diventato una belva fredda e determinata.

Ottavia commentò:

– Perché davvero per lui la vita è finita con la morte di Francesca. E punire chi l'aveva uccisa restava l'unico scopo che gli restituiva la voglia di respirare.

Elsa disse a Palma:

– Non ti devi arrabbiare, capo. È solo che era una questione tra donne. Donna la vittima, donna l'assassina. Soltanto noi potevamo capire.

Le parole della Martini caddero nel silenzio.

Poi Aragona cominciò ad applaudire. E uno alla volta tutti i presenti, prima gli uomini e poi le donne, si unirono all'applauso.

Palma, restio a togliersi dalla faccia l'espressione incazzata, disse:

– E io adesso che dovrei fare, me lo dite?

La Piras gli rispose allegra:

– Penso che le tocchi organizzare un'altra pizza, Palma. Offrendo lei, è ovvio.

XLIV.

Alla fine febbraio decise di regalare alla città un violento acquazzone.
Di quelli che c'è una parete d'acqua gelida, compatta e diritta, che non lascia scampo. Di quelli che spaccano ombrelli e inondano strade. Di quelli che entrano nelle scarpe e nei colletti, si insinuano nelle cuciture e nelle finestre chiuse. Di quelli che trasmettono malinconia e ti fanno pensare che l'inverno non cesserà mai piú.

Lojacono fissava la parete d'acqua gelida al di là della finestra, un tutt'uno col mare nero. La Piras ascoltava un sassofono che arrivava da un altoparlante nascosto, raccontando di un autunno lontano.
– Ma ci pensi che dalle parti mie adesso fioriscono i mandorli? Guarda qui, invece. Sembra la penisola scandinava.
Laura ridacchiò:
– Questo succede, a trasferirsi al Nord. Sei pentito?
– Pentito? No. E per due motivi: il primo è che non ci sono venuto ma mi ci hanno mandato. Il secondo è che qui ho incontrato la donna piú bella e appassionata che esista. Non mi pare poco.
La Piras si imbronciò.
– E chi sarebbe, questa stronza? Dimmelo subito, prima che ti cavi gli occhi. O peggio.
Lojacono posò il bicchiere e si avvicinò al divano.

– Per scoprirlo dovresti mettere delle microspie mentre commento le mie avventure tra maschi con Romano e Aragona.

– No, no, per carità. Potrei correre il rischio di dover sentire quelle di Aragona, di avventure. Non so se reggerei.

Lojacono le accarezzò tenero il fianco. Quella carezza era il loro piccolo segreto, dopo l'amore. Il momento in cui la sazietà dei corpi lasciava spazio al cuore, quando i sentimenti non potevano mentire a sé stessi.

Lui pensò che non poteva fare a meno di lei, e che se glielo avesse chiesto non c'era aspetto della sua vita al quale non avrebbe rinunciato. Lei pensò che avrebbe rinunciato a lui con dispiacere, ma che non avrebbe fatto patti con sé stessa per questo. E per qualche motivo ricordò qualcuno, nel passato, che le portava la colazione a letto.

La pioggia, fuori, urlò.

Di quelli che ti fanno venire voglia di stare a casa, e magari scopri che piove anche dentro.

Ottavia varcò la soglia. Nonostante l'ombrello, era fradicia. Guardò con malinconia la piccola pozza d'acqua che le si era formata ai piedi.

L'atmosfera in casa era luminosa e calda. Il cane le corse incontro scodinzolando. Dal televisore acceso veniva una bella musica, e il profumo di minestra le solleticò lo stomaco.

Tolse l'impermeabile gocciolante e lo appese. Si avviò all'interno, Riccardo la chiamò a sé. Mamma, mamma, mamma. Ne accolse l'abbraccio, la testa che le si appoggiava sulla spalla. Lo accarezzò a lungo, piano, sussurrandogli parole dolci senza senso.

Gaetano, invece, la chiamò dalla cucina, dicendole amore, ho quasi finito. Stasera ti faccio leccare i baffi che non hai. Tutto era accogliente, luccicante, riposante. Tutto era bello, delicato, profumato.

Ottavia pensò che sarebbe morta di dolore, in quell'orribile galera che si era costruita con le proprie mani. E andò in bagno a piangere.

Di quelli che tengono lontano il mondo. Di quelli che ti fanno diventare un'isola in mare aperto.

Palma stava seduto al buio. Aveva scelto il jazz, e Billie Holiday in particolare, per fare da sottofondo ai suoi pensieri solitari. La pioggia aveva deciso di rendere il mondo incomprensibile al di là di una parete d'acqua. Non gli dispiaceva.

Allungò una mano nell'oscurità che conosceva cosí bene e prese il bicchiere. Qualcuno avrebbe potuto eccepire che scorreva un po' troppo di quel liquido scuro nella gola del vicequestore, la sera; ma lui avrebbe avuto di che rispondere. E comunque, nessuno lo sapeva.

Perché era solo, Gigi Palma. Come ogni sera, come ogni notte. Come ogni volta in cui lei era a casa sua, in mezzo al calore che lui non aveva, perché senza di lei non c'era calore, semplicemente.

Blue moon, cantava Billie Holiday. Magari dietro tutta quell'acqua c'era proprio la luna, ma non poteva parlargli. Chissà cosa gli avrebbe detto, d'altronde. Chissà se lui avrebbe capito.

Bevendo e lasciandosi cullare dalla musica, Palma rifletté che in fondo quella solitudine non era male. Almeno non doveva fingere niente. Almeno non doveva mostrare uno spirito di allegria che non aveva.

You saw me standing alone, disse la Holiday. Chissà chi sta meglio tra noi due, pensò Palma. Brindo a chi sta peggio, comunque. E bevve un lungo sorso.

Di quelli che distorcono tutto, e fanno vedere cose che non ci sono. Di quelli che fanno fare errori.

Alex ringraziò la madre per le due fettine di vitello che le aveva messo nel piatto. Si chiese per quale motivo tutte le pietanze che uscivano dalla cucina dei suoi genitori avevano lo stesso sapore, qualsiasi fossero gli ingredienti.
Un sapore stantio. Vecchio.
Mamma, papà, vi devo dire una cosa, pensò. Aveva ipotizzato centomila volte quel discorso. Poche, sentite parole, come si dice.
Il generale Adolfo Di Nardo le sorrise. Era incredibile come fosse diventato affettuoso da quando si era trasferita. Come se aver compreso che la sua bambina era indipendente gliel'avesse finalmente rivelata come una persona dotata di individualità, non una trascurabile suppellettile della casa.
La stessa conversazione era cambiata. Ora era tra adulti. Che non sempre la pensavano allo stesso modo, è vero, ma che accettavano i diversi punti di vista. Era perfino interessante, adesso. E rendeva meno dolorosa quella cena al mese che era diventata un appuntamento irrinunciabile.
Mamma, papà, vi devo dire una cosa, pensò Alex. Ingoiò il boccone. E rinunciò di nuovo a parlare.

Di quelli che non dànno respiro, che tolgono la voce e lasciano le paure.

Rosaria finí di truccarsi e si guardò allo specchio. Non male, pensò. Gli anni passano, ma quando decido di mettermi in tiro faccio ancora la mia figura.
Succedeva qualcosa in lei quando Alex andava a cena dai suoi. Non lo mostrava alla sua ragazza, ma si accendeva un

piccolo demonio che normalmente dormicchiava da qualche parte nel suo cuore, e pretendeva vendetta.

Era irrazionale, perché Rosaria sapeva che Alex andava tutt'altro che volentieri a casa del generale; ma questo lasciarla sola, questo tenerla fuori, questo renderla secondaria le pungeva dentro.

Che farai tu?, le aveva domandato Alex. Come la riempi la serata senza di me? Boh, niente, le aveva risposto. Vedo un film, mangio qualcosa di precotto e vado a dormire presto. Non hai visto che tempo?

Quindi non ti chiamo, appena rientro?, aveva risposto la ragazza. Non vorrei svegliarti, magari faccio tardi. No, infatti, lascia stare, aveva detto. Non ti preoccupare. Divertiti. Sí, divertiti, proprio, aveva risposto Alex. Figurati.

E il piccolo demonio si era svegliato, e aveva chiesto udienza. Aveva preso possesso della mano, che aveva acceso il cellulare e scorso la rubrica alla ricerca di vecchie allegrie. Pioveva troppo per stare in casa, aveva suggerito incoerente il piccolo demonio. Troppo freddo, in casa.

Con un'ultima piroetta davanti allo specchio Rosaria mise il soprabito e il cappello e uscí. Attraversò la parete di pioggia che si frapponeva tra il portone e l'auto che aspettava a luci accese ed entrò.

Ciao, Miriam, disse al viso luminoso che l'attendeva. E con un veloce, amichevole bacio a fior di labbra sussurrò all'amica di immergersi nella pioggia e nella notte.

Il piccolo demonio agitò il forcone in segno di gioia.

Di quelli che tolgono la pace dove sembra che ci sia solo pace. Di quelli che ti mettono a nudo.

Francesco Romano baciò la moglie. Fu un bacio dolce e gentile, pieno di tenerezza e affetto. Era il bacio del ritorno a casa dalla pioggia e dal mondo, il bacio all'interno della caverna dopo la caccia. Chissà dove sei, pensò Romano.

Giorgia gli parlò, fitto fitto. Gli disse della giornata che aveva trascorso, di quanto le piacesse il nuovo lavoro. Di quanto fosse apprezzata e gratificata, finalmente. Chissà che stai facendo, pensò Romano.

Giorgia gli raccontò di essere anche passata per la casa famiglia. Di come si fosse incantata a giocare con la piccolina, di come un po' alla volta stesse entrandole nel cuore e, sperava, viceversa. Chissà con chi sei, pensò Romano.

Giorgia gli disse di lavarsi le mani perché era pronto. Prima di lasciarlo andare verso il bagno gli afferrò il braccio, si alzò in punta di piedi e gli sussurrò all'orecchio che non era il polpettone l'unica cosa che aveva in serbo per lui, stasera. Chissà se sei triste, pensò Romano.

Giorgia tornò in cucina ancheggiando e lanciandogli uno sguardo seducente al di sopra della spalla. Un'immagine domestica e bellissima, che fino a pochi mesi prima avrebbe costituito per lui un miraggio meraviglioso, la realizzazione del desiderio piú riposto.

Chissà se pensi a me, pensò Romano.

E la pioggia martellò la finestra.

Di quelli che fanno tristezza e dolore, che fanno anche paura. Ma che fanno pensare che peggio di cosí non può andare.

Che può solo migliorare.

La pioggia colse di sorpresa l'eterogeneo condominio di recente formazione in casa Pisanelli.

L'infermiera Nadia, che aveva programmato l'iniezione a Giorgio prima di recarsi a un appuntamento al buio organizzato da una collega in ansia da sistemazione degli altrui cuori, si ritrovò nell'impossibilità di affrontare le intemperie. Tacco dodici, calze sottili, tubino nero e filo di perle della madre non erano la *mise* ottimale per trenta centimetri d'acqua gelida in turbinoso scorrimento per strada.

Aragona era arrivato dall'ufficio in uno stato pietoso. Non c'era un millimetro del suo corpo che non fosse stato sferzato dall'acqua. Il giovane era convinto che gli ombrelli fossero un accessorio anacronistico inadatto agli agenti speciali con licenza di uccidere, e che la pioggia andasse affrontata a petto in fuori e con disinvoltura. Il risultato era stato un poliziotto tremante avvolto in una coperta, protagonista di un costante lamento che ricordava un agnello sotto la Pasqua.

Pisanelli stesso non usciva dal raffreddore preso per incontrare Sorbo, e alternava momenti di insofferenza a un sonno profondo che aveva tristi risvolti di incubi su frati assassini. La febbre andava tenuta sotto controllo, data la debolezza.

Il concorso di quelle circostanze aveva indotto Nadia a una telefonata di rinuncia alla collega. Non c'era mai stato tanto bisogno di un'infermiera, in quella casa.

Somministrati medicinali a destra e a manca, si era avviata in cucina per produrre qualcosa di commestibile. La pioggia percuoteva feroce le imposte, Pisanelli russava e Aragona gemeva. Che serata di merda, pensò la ragazza.

Qualche minuto dopo, mentre aspettava che l'acqua per la pasta bollisse, sentí uno scalpiccio dietro di sé. Si voltò e vide Aragona. I capelli, di solito accuratamente riportati, gli pendevano inerti scoprendo l'incipiente spazio deserto sulla sommità della testa; gli occhi miopi, orfani delle lenti azzurrate, erano stretti alla ricerca dei contorni delle cose; i piedi nodosi e bianchicci emergevano dalla coperta, cosí come le mani, che ne serravano i lembi.

Grub, disse, gli angoli della bocca tendenti al suolo, nessuna traccia della solita aria ribalda. Poi tossí cavernoso e forní la traduzione del fonema: credi che io stia per morire?

La ragazza col tacco dodici sospirò. Ma pensò che in fondo, una volta privato dei suoi orribili vestiti, quel poliziotto fasullo non era male.

E buttò la pasta, mentre la pioggia aumentava d'intensità.

Di quelli che portano a galla antiche paure. E le uniscono alle nuove, senza badare al tempo e allo spazio.

Buffardi sognò sua madre.

Strano, dal momento che le rispondeva al telefono una volta su dieci e le riservava pochi monosillabi. Eppure, in quella notte di pioggia terribile, che batteva senza sosta l'asfalto della grande città violenta, Buffardi sognò sua madre.

Mentre dormiva con una donna di cui nemmeno rammentava il nome, scelta tra quelle adoranti che erano andate ad ascoltarlo alla conferenza della sera precedente, Buffardi sognò sua madre.

La sognò nella grande cucina della casa al mare, dove quand'era piccolo andavano d'estate. Avvertí il vento caldo e l'odore del sale, la sabbia sui piedi e il costume bagnato. Nella notte di pioggia gelida, Buffardi sentí l'odore del sugo di pomodori freschi e basilico, e il calore del pomeriggio.

Buffardi sognò sua madre, e fu di nuovo piccolo e attento all'umore di lei. Provò lo scrupolo dei compiti per le vacanze ancora da fare, la voglia di tornare in spiaggia e la consapevolezza di non essersi preparato per il pranzo.

Nel sogno, la madre si accorse che era appena uscito dall'acqua. Lui ebbe un tuffo al cuore. Si agitò nel letto, la donna accanto a lui mormorò qualcosa, ma il sogno non si interruppe e Buffardi rimase sospeso nello sguardo della sua mamma.

Allora la madre fece quell'espressione che lo feriva e lo induceva alle lacrime. Quell'espressione che era peggio di un rimprovero e peggio di un ceffone.

La madre piegò la testa di lato e strinse gli occhi e le labbra. Nel sogno, Buffardi capí dove aveva già visto l'espressione della bambina dai capelli rossi di Pizzofalcone, e si sentí morire dall'angoscia.

La pioggia si chiese se ne avrebbe conservato traccia, il giorno dopo.

Un acquazzone. Di quelli che forse non hanno memoria, che forse lavano tutti i ricordi e li portano via.

E forse no.

Questo libro è stampato su carta contenente fibre certificate FSC®
e con fibre provenienti da altre fonti controllate.

Stampato per conto della Casa editrice Einaudi
presso ELCOGRAF S.p.A. - Stabilimento di Cles (Tn)
nel mese di dicembre 2019

C.L. 23720

Edizione   Anno

1 2 3 4 5 6 7   2019 2020 2021 2022